ひかりの魔女

にゅうめんの巻

山本甲士

双葉文庫

目次

ひかりの魔女　にゅうめんの巻

春

カウンターの内側にある流し台でコーヒーカップや皿などを洗い終えた鳥海結衣《とりうみゆい》は、水切りラックに積み上げた洗い物の少なさに、ため息をついた。

今日のモーニングサービス利用客は六人。最近はこれぐらいのことが多い。去年の今頃は毎朝平均十人ぐらいだったので、確実にお客さんが減っている。

お母さんが言うように、そろそろ潮時かもしれない。かつては大勢の買い物客で賑《にぎ》わっていた商店街だったが、今では寂しいシャッター通りと化し、その一角にあるこの小さな喫茶店も寿命を迎えようとしている。

薄暗い店内を見回してみた。カウンター席が八つに四人がけのテーブルが三つ。スモークガラスの窓にはレースのカーテンがかかっていて、全体的に薄暗い。かつてはこういう店のことを純喫茶と呼んだらしいが、今はもう死語となっている。昔は、開店するとすぐ満員になって、外に並んでもらったこともあるというのがちょっと信じられない。結衣が店を任されるようになったときには既に、活気のかけらもない状態だった。

トイレに行って汚れをチェックしたときに、洗面台の鏡に映る自分の顔を見て、何と覇気のない表情をしているのかとため息をついた。縁なしメガネの奥にあるのは、死にかけている者の目だった。もともとは若く見られがちな顔だったのだが、これでは実年齢の二十五よりも五つぐらいは上に見られてしまいそうである。後ろでまとめただけの髪もつやがなく、早くも頭頂部に何本か、白髪が見える。

カウンターの内側に戻ったときに、出入り口ドアのスモークガラスに小さな人影が映った。手押し車らしきものがその横にある。どうやら一見客《いちげんきゃく》のようで、何やら外から店内の様子を窺《うかが》っているようだった。

入ろうかどうしようか、迷っているのだろうか。結衣は、入って来ないだろうと予想した。が、ドアが開かれてカウベルが鳴った。

手押し車を引いてその人物が後ろ向きに入って来た。結衣は「いらっしゃ……」と言いかけた口が止まった。

かなりの年配女性だったが、その身なりがちょっと変わっていた。頭には白い手ぬぐいをいわゆる姉《あね》さんかぶりにしており、作務衣《さむえ》らしき紺の服の上に白い割烹着《かっぽうぎ》を身につけている。

足もとは……紺の地下足袋《じかたび》？　農作業か山菜採りの後でここに立ち寄ったのだろうか。

手押し車は、高齢者がよく押しているタイプのものだが、老女の背筋はしゃんとしており、手押し車に身体を預けなければ歩けないわけでもなさそうだった。

結衣が「いらっしゃいませ」とちゃんと言わなかったのは、直感的にこの人は客でない、道でも尋ねようというのだろうと思ったからだった。しかし結局改めて「いらっしゃいませ」と声をかけることになった。その小柄な老女が、何とも言えない、愛嬌《あいきょう》のある笑顔を向けてきたからだ。こんな表情を見せられては邪険な対応はできない。

「あの、ちょっとお尋ねしたいんですけど」と老女はにこにこ顔のまま口を開いた。

「ここは鳥海達雄《たつお》さんがやっておられたお店でしょうか」

「ええ……鳥海達雄は私の祖父で、確かにもともとは祖父が始めた店ですが……お知り合いの方でしょうか」

「ええ、そうなの。よかったー」老女は両手で軽く拍手をした。「亡くなられてからもう二年以上経ってると聞いたので、お店も他人のものになってるかもしれないと思ってましたけど、そう、お孫さんなのね」

「ええ祖父の娘が私の母親なんです」

「亡くなったこと、気がつかないでいて、申し訳ありません」老女はぺこりと頭を下げた。「私、マザキヒカリと申します。もともとこちらの出身なんですけど、その後二十年以上遠くに住んでたもので、達雄さんともずっと疎遠なままで。最近になって再びこちらに移り住むことになって、たまたま幼なじみから達雄さんのことを聞いたもので、もしお仏壇があれば線香を上げさせていただきたいと思って来たんです」

ああ、そういうことか。おじいちゃんは最後は施設で暮らしていたが、仏壇は住居に使っている二階の和室にある。

結衣は「それはわざわざご丁寧にありがとうございます。祖父も喜ぶと思います。ではニ階にご案内しますので、お上がりになってください」と応じた。

結衣はカウンターの裏から住居へと通じるドアを開けて老女を招き入れた。店舗の奥と二階が住居スペースになっている。昔の商店街はこういう構造の建物が多い。住居の玄関は裏通り側にあり、家への来訪者はそちらから入ってもらうのが筋なのだろうが、高齢者に手間をかけさせるのはかえって不親切だろうと思い、こちらから案内することにした。

老女は手押し車と脱いだ地下足袋を、両ひざをついた丁寧な所作《しょさ》で狭い靴脱ぎ場の隅に置き、「ごめんなさいね、急に来ちゃって。焼香させてもらったら、すぐにお暇《いとま》しますから」と笑顔で頭を下げた。

ダイニングを通りながら「階段、大丈夫ですか」と聞いてみると老女は「ええ、家にも階段があって普通に使ってますから」と答えたが、少し心配だったので何かあったときのためにすぐ後ろにつくことにし、先に上がるよう手のひらで「どうぞ」と促《うなが》した。

階段の左側に手すりがあるのだが、老女はそれに軽く触れるだけで、ほとんど足音を立てずに、すすーっと上ってゆく。服装のせいもあって、忍者みたいだなと結衣は思った。晩年のおじいちゃんは足腰も弱って施設内では歩行器を使っていたのに較べると、同じ年代だとはちょっと信じられない。

老女から「お店にお客さんが来たらどうしましょう」と聞かれ、「ドアのベルが聞こえるので大丈夫です」と答えてから「昼前まで多分、お客さんは来ないと思います。たいがいそんな感じですから」とつけ加えた。

二階の和室は、一応は客間として用意してあるのだが、今ではほとんど来客などないので、クローゼットに入りきらないお母さんの服をかけたハンガーラックや、結衣の冬服を詰めたダンボール箱などの置き場と化している。結衣は「散らかっていてすみません」と一応謝って、奥にある仏壇を片手で示した。壁際には額に入ったおじいちゃんの写真。

お母さんは毎朝、線香を上げているが、結衣はサボるようになって久しい。

閉まっていたカーテンを開けると、春の明るい陽が射し込んだ。人の動きによって空気の流れが生まれたせいだろう、光線の中で、舞い上がった小さなほこりがきらきら光った。

「あら、こんなところに桜の木があるのね」

老女は仏壇に向かいかけた足を止めて、窓から見える狭い庭を見下ろした。既に四月中旬のため、ひょろりとした桜の枝に控えめに咲いた花はとっくに散ってしまったが、この人は葉や幹を見ただけで桜だと判るらしい。

「私が生まれたときに祖父が苗木を植えたそうなんですけど、土がよくないのか、あまり大きくならず、こんな貧相な桜になってしまって」

この桜に関してはお母さんからいつだったか「あんたは病弱だったから桜も気兼ねして生長できなかったのよ」と言われたことがある。

「土との相性が悪くても、ちゃんとここまで生長したということは、本当は力強い桜なんでしょうね」

そういう見方もあるか。今までそんなふうに考えたことがなかったので、ちょっと目からウロコの気分だった。

妙な間ができた後、老女は気を取り直すように「失礼しますね」と仏壇の前に正座し、専用ライターでろうそくに火をつけてから線香をかざし、細い煙が上がった線香を丁寧に立てて、両手を合わせた。

たっぷり十数秒間の静寂の後、老女はこちらに向き直って白い割烹着のポケットから白封筒を取り出して、「わずかですけど、お線香代の足しに」と差し出した。

結衣は「あら、そんな」とまずは遠慮する感じで片手を振ったが、断るのも変なので「あー、では頂戴致します。ありがとうございます」と受け取った。

〔御仏前〕の文字は印刷ではなくて直筆らしかった。わざわざ薄めの墨で、少し崩した感じだが丁寧に書いてある。結衣は字が上手い方ではなく書道のこともよくは知らないが、マンガ家を目指した時期があり、明朝体やブロック体などの書体文字も描く練習をしたことがあるので、この文字を書いた人がかなりの腕前だということは判る。

封筒を裏返してみると、〔真崎ひかり〕と、こちらも達筆な字で書いてあった。

香典をもらったお礼に、カウンター席でコーヒーを飲んでもらうことにした。ひかりさんは「あら、いただいちゃっていいの？　コーヒーなんて飲むの、何年ぶりかしら」と、ちょっと大げさなぐらいにうれしそうな顔を見せたが、背の高いカウンターの椅子に座るのに少し苦労させてしまったようだった。

コーヒーの準備をしながら「祖父と幼なじみだと伺いましたが」と水を向けると、ひかりさんは笑顔でうなずいた。

「ええ。子どもの頃、ご近所だったのでよく遊んでもらったんですよ。達雄さんが一つ年上だったかしらね。あの頃は今と違って、年の違う近所の子たちが集まって、かくれんぼとか鬼ごっことかして遊ぶのが当たり前だったの。鬼ごっこをすると、年下の子はすぐに捕まっちゃうでしょ。だから年長のお兄ちゃんが、小さい子を追いかけるときはケンケンでとか、みんなが一緒に遊べるルールを考えてくれたりしてね」

「へえ」ほとんど同級生としか遊んだことがなかった結衣にとっては、ちょっと想像しづらいことだった。

「当時の達雄さんち、お庭に大きな柿の木とビワの木があって、食べ頃になったらよくいただいてたのよ。達雄さんのお母さんが親切な人で、干し柿もくださって。あの頃はお菓子代わりだったのよね」

そういえば、それらしき写真を見たことがある。中学生になったおじいちゃんがちょっと大きめの学生服姿で映っているバックに、それらしき木々があった。

ひかりさんはさらに、今は次男夫婦の家で厄介になっていることや、その次男は去年まで電気設備関係の会社で働いていたけれど残業手当などの支払いをしてくれないので退職し、今は夫婦で惣菜《そうざい》を料理店などに納める仕事をしていること、夫婦の間には一男一女がいて、上の男の子は今春から大学に進学して一人暮らしを始めたこと、下の女の子は高校一年生になったことなどを話してくれた。結衣にとっては特に興味をそそられる話ではなかったが、このちょっと謎めいた老女の家族の話だと思うと、知っておいた方がいいかもしれないという思いにかられる。

「あの、すみません。ひかりさんとお呼びしても——」

結衣が尋ねると、ひかりさんは「ええ、どうぞ。おばあちゃんと呼ばれるよりうれしいわ」と笑ってうなずいた。

「ひかりさんは、私の母のことはご存じですか」

「ごめんなさい、達雄さんと幼なじみだというだけなので、あなたのご両親にお会いしたことはないの。このお店も来るのが初めてで。でも、どうかよろしくお伝えください。と言っても、幼なじみだというおばあちゃんが焼香しに来たというだけのことなんですけど」

ひかりさんはちょっと肩をすくめて笑った。妙に愛嬌がある。結衣は、自分にもこういう自然な笑顔ができたら、店もちょっとは繁盛させられたかもしれないのにと思った。

「判りました。母にはもちろん伝えておきます。普段は保険の外交員をしていて、日中は家にいないんですよ」

ひかりさんは結衣の返事に、少し違和感を覚えたようだったが、父親のことをいちいち尋ねようとはせず、笑ってうなずいただけだった。

結衣が生まれる前に両親は離婚しており、父親がどういう人物なのかを、ほとんど聞かないで育った。お母さんが話そうとしないからだったが、結衣の方からも尋ねたことはなかった。親戚の法事のときに伯母の一人から「酒飲みで女癖の悪い男だった」「会社もクビになってずっと行方知れず」と耳打ちされたことがあるだけだ。離婚したのも、結衣がお母さんのおなかにいるときに父親が浮気をして、相手の女性を妊娠させてしまったことが理由だという。

コーヒーポットの細い注ぎ口から三角ドリッパーに湯を注ぐと、ひかりさんが「わあ、いい香り」と目を細めた。本当にコーヒーを飲むのが久しぶりなのかもしれないが、ちょっと反応が大げさではないかと思った。

ソーサーに載ったカップをひかりさんの前に「どうぞ」と置くと、ひかりさんは「ありがとうございます。じゃあ、いただきますね」と両手を合わせた。コーヒーを飲む前に両手を合わせるという光景がちょっとおかしくて、心の中で苦笑した。

ソーサーには小さなミルクポットとスティックシュガーも用意してあるが、ひかりさんはブラックのまますすった。しかもカップのハンドルを指先でつまむ持ち方ではなく、湯飲みで緑茶を飲むかのように両手でカップを包むようにして持っている。変則的な持ち方ではあるが、丁寧に味わってくれていることが伝わってきた。

「あー、美味《おい》しい」ひかりさんは満面の笑みを浮かべた。「さすがコーヒーを専門に出すお店よね。香りも味も素敵」

「いえいえ、ごく普通のブレンドコーヒーですよ」結衣は苦笑して片手を振った。「自家焙煎《ばいせん》なんかしてないし、業者さんから挽《ひ》いたやつを購入してるだけの手抜きコーヒーですから。その辺のコンビニで飲めるコーヒーと似たようなものですよ」

「でもほら、コンビニだと紙コップなんでしょ。孫娘がそういうお店でコーヒーを買って飲むのを見たことがあるけど、自分でボタンを押すと機械からコーヒーが出てくるのよね」

「ええ、そうですね」

「あれだと同じコーヒーでも、やっぱり味わい深さがないと思いますよ」

「はあ……」

「鳥海さん、よかったら下のお名前、教えてくださる？」

「はあ……結衣です。むすぶという字にころも」

「あら、いいお名前ね」ひかりさんは笑ってうなずいた。「結衣さんがさっきお湯を注いでいるときに、とても丁寧な手の動かし方をなさってて私、感心したわ。心を込めた一杯をお客さんにっていう気持ちが伝わってきたもの。ここにコーヒーカップを置いてくださったときも、コンというかすかな音が耳に心地よくて、そのときにコーヒーの表面に一瞬できた細かい波紋もきれいで」

確かに、淹《い》れ方や出し方だけは丁寧さを心がけてはいる。店を引き継いだときにお母さんからもしつこく言われた。でも、その動作や仕草を見て「何か陰気くさい店だなあ」とつぶやいた客ならいたが、こんなふうに褒《ほ》めてもらったのは初めてのことだった。

もちろんお世辞も入っているのだろうが、悪い気はしない。

「心がこもっているかどうか、丁寧にやるかどうかで味は違ってくるものなのよ」とひかりさんは続けた。「だから結衣さんのコーヒーはこんなに美味しいのね」

「それはどうも」

「こういう陶器のカップもいいんですよね。お皿に戻すときにカチャッていう小さな音がしたり、カップの重みを手で感じたり。紙コップだとそういうところ、楽しめないもの」

しかし実際には全国的に個人経営の喫茶店はどんどん潰れてゆく一方で、有名コーヒーチェーン店やコンビニなど、紙コップのコーヒーが主流になっている。とはいえ、ひかりさんにそういう解説をしても仕方がないと思ったので、結衣は「ですね」と相づちを打っておいた。

「ところでお店の名前はあれかしら」とひかりさんは話題を変えた。「鳥海という苗字の鳥と海を入れ替えて海鳥にして、それを英語読みしたということなの？」

店の名前は、C《シー》バードである。

「はい。祖父が昔『かもめのジョナサン』という外国の小説を読んで感動したことが由来でして。かもめは英語でシーガルというんですけど、ちょうど鳥海の上下を逆にしたら海鳥だから、シーバードにしようってなったらしいんです。で、最初はカタカナにするつもりだったんですけど市内に既に同じ名前の楽器屋さんがあることが判って、シーの部分をアルファベットのCに変えたんです」

ちなみに『かもめのジョナサン』は結衣も読んだことがあるが、予想していたのと違って、飛び方を極めようと修行を積むかもめが最後に奇跡を起こすファンタジックな小説だった。読書家とはいえなかったおじいちゃんがそういう小説に心を揺さぶられたこと、印刷会社を早期退職して喫茶店を始めたこととの間に何らかの関係があったのかもしれないが、真相について詳しいことは判らないままである。

ひかりさんが最後の一口を飲み干し、満足そうに両手でカップを皿に戻した。

「あー、本当に美味しかったー。ありがとうございました」

「いえいえ、こちらこそ祖父のためにご焼香していただいた上に、お香典まで頂戴してしまって」

「結衣さん、こういう、ほっと一息つける場所を提供するお仕事って素敵ね。知り合いにも宣伝させてもらってもいい？　私にも知り合い、多少はいるから」

「いえいえ、それは大丈夫ですよ」結衣は少しざらついた気分を感じながら苦笑しつつ手を振った。「このお店、もうすぐたたむことになりそうなので」

「えっ、そうなの？」それまで笑顔だったひかりさんの表情が一瞬、困惑した感じに変化した。

「ええ。商店街が賑わってたときはお客さんもたくさん来てくれたらしいんですけど、今ではもう閑古鳥《かんこどり》が鳴いている状態なので。祖父の具合が悪くなって私が店を引き継いだのは三年ほど前からなんですが、その頃にはもう既にお客さんは少なくて。テナント代を払う必要がないから何とか続けてきましたけど、そろそろ潮時かなって母とも話し合ってるところなんです」

「確かにこの商店街、昔は賑やかだったけれど、今は寂しくなってしまいましたよね」

「商店街に人が来なくなったという事情もありますけど、私自身が接客が下手だっていうのも大きな原因なんです。もともと他人と話をするのが得意じゃないので」

「あらそうなの？　でも、お客さんをもてなす丁寧な――」

「根が暗いんですよ」結衣は遮《さえぎ》るように言った。「笑顔でお客さんに対応することを心がけてはいても、本当の笑顔じゃないのがバレちゃってるんだと思います。もともと私、感情表現が乏《とぼ》しいっていうか、表情で意思を伝えるのが下手で。だから笑顔を作っても冷笑してるように見えてしまうみたいで。酔って来店したお客さんから、馬鹿にしてんのかって言われたこともあります」

「そう」ひかりさんは少ししんみりした顔つきになった。「いろいろとご苦労があるのね。でも、お店をたたんだ後にやりたいことがあるんでしょう？」

「いえいえ、ないですよ。他人とコミュニケーションを取るのが苦手だから、母がやってるような外回りのセールスなんて絶対にできないし、同僚たちと上手くやっていける自信もありませんから。中学生のときに引きこもりになって、高校も通信制だったから友達もいなくて。だから、夜間のビル清掃とか、工場のラインで黙々と作業をするとか、あまり人間関係を気にしなくてもよさそうな仕事がいいかなと思ってます。母からやってみたらと言われてこのお店を引き継ぎましたけど、やっぱり向いてないってことが身に染みて判りました」

結衣は不意に、しゃべりすぎていることに気づいて口をつぐんだ。目の前の老女が笑顔でうなずいてくれることに甘えて、いつの間にか言わなくてもいいことまで話している。近しい相手ではない、初対面の人だからこそ話しやすいという事情もあったかもしれない。

「確かに人によって向き不向きというのはあるわよね」ひかりさんは無理に励ますような言葉を口にするのではなく、素直に同調してくれた。「なら私、お店があるうちにお邪魔できてよかったわ。結衣さんが淹れてくれたコーヒー、本当に美味しかったもの。あ、申し訳ないんだけど、お手洗いを借りてもいいかしら?」

「ええ、もちろん。そちらの奥です」

手のひらで示すと、ひかりさんは「はい、ありがとうね」と笑ってうなずき、カウンターに両手をつきながら椅子から下りた。

ひかりさんがトイレに入ったタイミングでスマホを取り出して、お母さんにかけた。午前中のこの時間帯はたいがい外回りだろうが、客と商談中でなければ出られるはずだ。

幸いすぐに「どうしたの?」とお母さんが出た。事情を話し、できればお母さんからもこのスマホで礼を伝えて欲しいと言うと、お母さんは「悪いけど、今お客さんの家のいてくれない？」

前に到着したところなのよ。後でこっちから電話でお礼言っとくから、番号だけ聞いと

「あ、そう、判った」

だが切ろうとしたときにお母さんが「あ、ちょっと」と言った。「香典までいただい

たんだったら、おじいちゃんが集めてた古銭のうち何枚かを適当に選んでもらって、形《かた》

見分《みわ》けとして差し上げたらどうかしら？」

「あんなものをもらっても喜んでくれないんじゃない？」

「要らないと言われたらそれでいいじゃない。年配の人たちって、形見分けっていうの、

案外大切に考えたりするものなのよ」

おじいちゃんは小さな木箱に数十枚の古銭を集めていた。もともとは友人から借金を

頼まれたときにそのカタとして何枚かの古銭を受け取ったというが、それが気に入った

のか借金返済を求めずそのまま自分のものにし、その後は骨董市などでさらに購入した

りしてコレクションを増やしたと聞いている。

結衣はその手のものには興味がなかったのであまりじっくり見たことはないが、明治

や大正時代のいわゆる近代貨幣というものだったはずだ。おじいちゃんの小遣いで購入

できる古銭だから、たいした代物ではないに決まっている。

その木箱は……和室の押し入れにしまい込んであるはずだ。

ひかりさんがまだトイレから出て来ないので、木箱を取りに行った。

幸い特に探すこともなく、押し入れの下の段で見つかった。時代劇に出て来る千両箱のような見た目だけれど、中身の価値は千両にはほど遠いだろう。というか、千両って、どれぐらいの価値なのかよく知らないが。

記憶にあったよりも少し小さかったが、持つとさすがにずっしりした重さがあった。蝶番《ちょうつがい》の留め金を外して開いてみると、古びた光沢の古銭たちが現れた。一銭とか十銭、そして大日本という文字。黄色っぽいのは真鍮《しんちゅう》だろうか。銀色系の古銭も色の濃淡に違いがあり、使われている金属が異なっているらしいことが窺える。

店内に戻ると、ひかりさんはさきほどの席に座っていた。

「あ、すみません。実はさきほど母に電話をしまして――」と切り出して、よければ気に入ったものを何枚か差し上げたい旨《むね》を伝えたところ、ひかりさんは「いえいえ、どうかお気遣いなく。美味しいコーヒーをいただけただけで充分ですから」と手を振った。

まあ、そうだろう。お母さんの余計な気遣いだったということである。

無理強いはしない方がいいと思ったので結衣は「そうですか。すみません、変な申し出をしてしまって」と謝った。

「でも、できたら拝見だけしてもいいかしら」ひかりさんはカウンターの上に置いた木箱に視線を向けた。「私の父も何枚かそういう古銭を持ってて、見せてもらったことがあるんです。ちょっとなつかしいから」

「ええ、どうぞ、ご遠慮なく」

結衣が箱を開けて少しだけ前に押し出すと、ひかりさんは「へえ」と覗き込んで「確かにこういうおカネだったわね」と目を細めた。

しかしその表情が少し変わって、ひかりさんは「あら？」と言った。

「どうかしたんですか」

「何枚かある明治時代の黄色いおカネ、金貨じゃなかったかしら」

「えっ、これがですか」

結衣はそれらしきものを手に取ってみた。

〔十圓〕と〔五圓〕の二種類。いずれも明治時代のものだった。

「確か、十圓金貨とか、五圓金貨って呼び方をしてたわよ」

「だとしてもメッキじゃないですか」

「どうかしらね」

結衣はスマホを取り出して〔近代貨幣　明治　十円　五円〕などのワードで検索してみた。

十数秒後、「わ、本当だ」と声が漏れた。

確かに金貨だった。しかも古銭を扱う商店のホームページによると、製造年にもよるが中には一枚十万円もの買い取り価格が提示されている。

そんなにすごいコレクションだったの、おじいちゃん。

いやいや、おじいちゃんが入手した頃はまだそこまでの価値はなかったけれど、その後で値が上がっていったということだろう。

結衣はこれまで、おじいちゃんの取るに足らない道楽ぐらいにしか思っていなかったことを申し訳なく感じた。こつこつと続けたことは、ときに人々を驚かせる結果を招く。

「達雄さん、いい物を残してくださったようね」

うなずいているひかりさんの笑顔が一瞬、大黒様や恵比寿様と重なって見えた。


二日後の朝、結衣は店内の窓と窓の間の壁にかけた額縁を眺めて、「まあ、こんなものかな」と口にした。ここならテーブル席からだけでなく、カウンター席からも振り返れば、眺めることができる。

パソコンを使って調べた結果、おじいちゃんが残した近代貨幣のうち、レアものといえるのは期待に反して八枚だけだった。十圓金貨、五圓金貨、二圓金貨、一圓金貨が一枚ずつと、五銭銀貨と五銭白銅貨が二枚ずつ。専門業者のホームページにある買い取り価格表によると、合計して五十万円分ぐらいになるらしい。ただし、それ以外の貨幣は昭和のものばかりで、骨董市などで一枚数百円で売られている安物だった。

おじいちゃんのコレクションは要するに、玉石混淆《こんこう》だった。おそらくおじいちゃんの目的は、最初に借金のカタとして受け取った高価な近代貨幣の〔仲間たち〕を、自分の小遣いで買える範囲内で集めて、もう少し賑やかにしたかったということなのだ。おじいちゃんにはもともとそういうところがあった。庭の貧弱な桜の木を眺めては「ちょっと寂しそうだなあ。あと二本ぐらい植えようか」と言っていたのも覚えている。そのたびにお母さんから「養分の取り合いになって共倒れになるわよ」と反対されていた。

その記憶が呼び水となって、さらに思い出した。おじいちゃんは信楽《しがらき》焼のそこそこ上等な湯飲みを持っていて、気に入ってよく使っていたらしいのだけれど、他の安物の湯飲みも同じぐらい愛用していた。その理由についておじいちゃんは確か、「他の湯飲みも使ってやらないと、食器棚の中で湯飲み同士が不仲になるから」みたいなことを言っていた。

おじいちゃんは、ものを値段だけで計るのが嫌いな人なのだ。安いものがあるからこそ、高価なものの値打ちが上がる。安いものたちは縁《えん》の下《した》の力持ち。だから近代貨幣のコレクションも、高価なものと安物とが等しく同じ箱の中で混ざり合っていたのだ。

おじいちゃんの気持ちには反することになって申し訳なかったが、額縁に入れて展示したのは高価な八枚だけである。両面テープを使ってケント紙に八枚の貨幣を貼り付けて、それぞれの下に〔明治三十三年新十圓金貨〕などの名称を書き込んだ。ペン書きだが、一応手間をかけて明朝体で仕上げたので、じっくり観察しない限り、印刷した文字だとみんな思ってしまうはずである。

お母さんと話し合った結果、おじいちゃんが残したコレクションはすぐに業者に持ち込んで換金したりせず、本当におカネに困ったときのために残しておこう、そして店をたたむまでは、この店を始めたおじいちゃんを偲《しの》んでコレクションを展示しようということになったのだった。

悪くない眺めである。何しろ普通の貨幣ではなく、本物の金貨や銀貨なのだ。珍しいというだけではなく、金属自体に値打ちがある。貨幣の裏側を見せられないのがちょっと残念だが、今はスマホですぐに確認できる時代である。興味を持った人がいれば、「裏はこんな感じです」と画面を見せてあげればいい。


展示した貨幣の効果は、すぐさま意外な形で訪れた。

毎朝のようにモーニングサービス目当てでやって来る、生え際が後退した五十代ぐらいのサラリーマンが、定位置のカウンター席に座る前に額縁の存在に気づき、「おっ?」と近づいてしばらく眺めてから振り向いた。

「こんなの、昨日まではなかったよね」

普段はあいさつしか交わさない男性から話しかけられ、結衣は「ええ、今朝飾ったたんです」と応じた。

「何でまた明治時代の貨幣を」

「実はこの店を始めた祖父が持っていたものなんです。しまったままにしておくよりも、何か使い道を考えようということになって」

「へえ、そうなの」男性は再び額縁を凝視した。「金貨とか銀貨ってことはなかなかのお値打ち品なのかな」

「そうですね。一枚五万円とか十万円とか、そういう値段で取り引きされてるみたいですね」

するとと別のカウンター席でモーニングサービスのゆで卵の殻を剝《む》いていた初老の女性客が「うそっ」と椅子から下りて額縁を見に行った。

「へえ」女性客は感心したように続けた。「あのマスターが、こんなものを持ってたとはねー」

それからは三人でしばらくの間、コレクションの話題で妙に場が盛り上がった。初老の女性客は今でもパワーストーンを集めているが幸運な出来事なんて起きていない、安物のパワーストーンじゃ駄目なのかもしれないと言い、五十代の男性客は子どもの頃にギザギザがついている旧十円玉や旧字体の五円玉を集めていたことがあったが、見た目が同じなので数が増えてもあまり楽しくなくてやめてしまったという話をした。

その後も、常連さんらが額縁貨幣に食いついて何かしら尋ねてきたので結衣はそのたびに同じ返答をした。そしてそれをきっかけに、記念硬貨や記念切手の話や、穴の位置がずれていたり両面が同じ模様に刻印されたエラーコインというのがまれにあってものすごい値段がつくことがあるという話などを聞くこととなった。

モーニングサービスの時間が終わって店内が静かになり、洗い物をしていたときに結衣は、無意識に鼻歌を歌っていることに気づいた。

今日は何だかちょっと違う。いつもは「いらっしゃいませ。モーニングですね」「うん」「お会計」「ありがとうございました」といった短い会話しか店内で交わされていなかったのに、今日はそれ以外の言葉のやり取りがうんと増えた。しかも、顔を知っているだけでどんな人なのか興味を覚えたことがなかったお客さんたちの、知られざる一面を垣間見ることができた。話し下手な自分にとっては奇跡的な出来事ではないか。

何だか、ちょっといい感じだったな、今朝は。

おじいちゃんが残してくれた貨幣に、こんな力があったなんて。

ほっと一息ついたと思ったらカウベルが鳴り、おそらく初めての来店だろうと思われる色白の太った中年男性が入って来た。店内を見回してすぐに額縁の貨幣に気づき、近づいて「へえ」と漏らしてから出入り口に近いカウンター席に着いた。

「いらっしゃいませ」結衣は声をかけた。「すみません、モーニングサービスの時間、終わったんですが、よろしかったでしょうか」

「ああ、大丈夫です。コーヒーをください」

「はい、ありがとうございます」

男性は髪を七三に分け、茶色い縁のメガネをかけていた。店内で男性客と二人きりになると少し身構えてしまうことがあるのだが、この男性は柔和そうな顔つきをしており、特に緊張せずに済みそうだった。一見すると年齢不詳だが、四十代半ばぐらいだろうと見当をつけた。

コーヒーポットをコンロにかけている間に、男性は額縁を見に行き、「これ、本物ですか」と聞いてきた。

「ええ、そうだと思います」

「レプリカとかじゃなくて？」

「ええ、多分。実はこの店を始めた祖父が生前収集してたものなんです。レプリカじゃないのかって言われると、私にはちょっとよく判らないんですが」

「あ、ごめんなさい」男性はすまなそうに両手を合わせた。「決してケチをつけようとしたわけじゃないんです。おじい様がずっと前に収集されてた物なら、間違いなく本物だと思います。レプリカだったら見た目がもっときれいだろうし」

男性はそう言ってカウンター席に戻りかけたが「あれ？」と振り返って、再び額縁に顔を近づけメガネをずり上げて凝視した。「この文字、印刷じゃなくて、手書きですか」

へえ、気づく人がいるんだ。結衣は「はい」と答えた。

「もしかしてお姉さんが書いたんですか」

「ええ」

「へえ」男性は感心したような声を出し、今度は貨幣ではなくその下に書き込まれた文字を眺め始めたようだった。「上手ですね。私、文字のフォントについて詳しいわけじゃないんですが、書道をやっていたことがあるので、文字を見るとつい観察しちゃうクセがね」

「手書きだということに気づかれたの、お客さんが初めてですよ」

「あ、そうなんですか」男性は細い目をさらに細くして「へへへ」とまんざらでもなさそうに笑った。

三角ドリッパーに湯を注ぎ入れ、お湯を入れて温めておいたカップに注ぎ、「どうぞ」と出すまでの間、妙に視線を感じた。そのせいで、もしかすると最初の印象と違って、ちょっとヤバめの人なのではないかという疑念が膨らんだ。

「おお、いい香り」メガネが曇り、男性はハンカチを取り出してメガネを外し、レンズを拭いた。かけ直してから「ではいただきます」とブラックで口に運び、「うん。いい感じのブレンドだ」と言った。

「どうもありがとうございます」

男性はワイシャツの上にベージュとオレンジを組み合わせたジャンパーを羽織っていた。何となく見覚えがあるなと思った直後、胸元の「グッジョブ」という刺繍《ししゅう》で、ああ、と合点がいった。市内にあるホームセンターだ。あそこの従業員らしい。

さきほど洗った食器を拭き始めてしばらく経った頃、男性が「一昨日の今ぐらいの時間に、真崎先生がこちらにいらしたでしょう」と声をかけてきた。

マザキ先生？　一瞬何のことかと思ったが、頭の中でマザキが真崎に変換され、あの独特の風貌と笑顔がよみがえった。

「ええと……ひかりさんのことですか」

「はい、真崎ひかり先生です」男性は妙にうれしそうにうなずいた。「私、あの方の書道の弟子でして、昨日その真崎先生から、丁寧にコーヒーを淹れてくれる、ほっと一息つける喫茶店があるって教えていただいたものですから、ちょっと仕事で外出したついでに寄らせていただいたわけでして」

「そうでしたか。それはわざわざ、ありがとうございます」

「真崎先生から教えてもらったら、来ないわけにはいきません。次にお会いしたときにCバードの話を私がしなかったら、まだ行ってないんだと思われて、がっかりさせてしまいますからね」

結衣は「はあ……」とあいまいにうなずいた。目の前の中年男性のひかりさんに対する思いに、ちょっと引くぐらいの熱を感じて困惑した。

その一方、さきほど感じた視線の理由が判り、少し安堵した。ひかりさんから聞いて、コーヒーを淹れているときの様子を観察していたのだろう。

「あ、申し遅れましたが」男性はジャンパーの内ポケットから取り出した名刺入れの中から一枚を抜いた。「私、グッジョブというホームセンターで働いております、東尾《ひがしお》と申します」

そこには〔ホームセンター　グッジョブ　店長　東尾正浩《まさひろ》〕とあった。

ただの従業員ではなく店長だと判り、いろいろと失礼な想像をしたことを少し申し訳なく思った。

「すみません、私は名刺を作っておりませんで」

「いえいえ、大丈夫ですよ」男性は目を細くして笑った。「私の方から怪しい者ではないとお伝えしたかっただけですので」

少し間が空いた後、結衣は「祖父の貨幣を飾ることにしたの、実はひかりさんがきっかけだったんです」と切り出し、一昨日の出来事をざっと話した。

東尾さんは「へえ、そうだったんですか」といかにも興味ありげな様子で聞いていたが、「あの、できれば他の貨幣も、ちょっと見せていただけませんか」と言った。

「ええ、別に構いませんが」

結衣はカウンター裏の小棚に突っ込んでおいた木箱を出して、「よかったらここに広げてご覧ください」とプラスチック製のトレーと共に渡すと、東尾さんは「おお、それはどうも」と受け取った。

木箱の中身をプラスチックトレーに出して広げるときの、貨幣同士がぶつかる金属音が、ちょっと耳に心地いい。

「なるほど」と東尾さんは指先でつつきながら貨幣を眺めた。「戦前の一銭硬貨、穴の空いた十銭硬貨に……終戦直後発行の五十銭、穴が空いていない頃の五円、おお、五十円玉って、こんなにサイズが大きい時期があったのか」東尾さんは顔を上げて、人さし指でメガネの中央を押し上げた。「鳥海さん、この硬貨たちも店内に展示してはいかがですか」

「えっ？」

「取引価格なんてどうでもいいじゃないですか。ほとんどのお客さんたちは珍しがって見てくれると思うんですよ。せっかくおじい様が収集されたものですから、多くの人に見てもらいましょうよ」

「でも、展示すると言っても……」

「そこはご心配なく。うちの倉庫に、使われなくなって放ったらかしになってるショーケースがいくつかありますから、そこの窓と窓の間の壁際に設置できそうな大きさのものを見繕《みつくろ》って持って来ますよ。廃棄処分にするコストを考えたら、ただでもらっていただければこっちも助かるんで。きっとおじい様も喜ばれるんじゃないでしょうか」

結衣が「はあ……」とあいまいな態度でいるうちに、東尾さんはジャンパーのポケットからメジャーを取り出して、額縁がかかっている壁の寸法を測り始めた。

その日の閉店時間間際に、東尾さんは本当にそのショーケースを持って来た。若い男性従業員を伴って二人がかりで軽トラックの荷台からそれを下ろし、結衣が額縁を外した壁に接着させて「固定していいですか？」と結衣の了解を得て、倒れないように金具を何か所か取り付けてドライバーで固定。作業はものの十数分だった。

予想していたよりも高級感のある棚だった。高さは下の台座部分を合わせると結衣の身長ぐらいあり、ちょうど窓と窓の間の壁に収まる幅だった。スライド式のガラス戸には鍵がかかるようになっている。棚は全部で八段もあり、外枠は漆黒。木目が見えるので触れてみると、そういう表面加工をしたプラスチックでできているようだった。

驚いたのは、奥が鏡張りになっていることだった。

東尾さんがガラス戸のキーを渡しながら説明してくれた。

「一時期、うちのホームセンターでフィギュア販売コーナーを設置しましてね。そのときに使用したショーケースなんですけど、上の方針変更で早々に売り場を撤去しちゃって、こいつも倉庫行きになってたんです。でもこうして再び日の目を見ることができてよかったですよ」

だから奥が鏡張りなのか。これだとフィギュアの後ろ姿も見ることができる。

「こんなにいいショーケース、本当にいただいていいんですか？」

「どうぞご遠慮なく。真崎先生のお知り合いの方のお役に立てて、私もうれしいので」

東尾さんはそう言ってから「じゃあ、行こうか」と若い男性従業員に声をかけた。男性従業員は「はい」と答えるやいなや、さっさと外に出て行った。

「あの、せめてコーヒーでも」

「すみません、今日はまだ戻って仕事があるもので。それにお店の前、駐禁みたいですから」東尾さんは片手で拝む仕草をしてから笑顔になり、「近いうちに、おじい様の他のコレクションがここに陳列されたのをまた拝見しに参ります」と言った。

東尾さんが「では」とドアに手をかけたので結衣はあわてて「あ、ちょっといいですか」と再び声をかけた。

気になって仕方がないことがあった。

東尾さんは「はい？」と振り返った。

「ひかりさんは東尾さんの書道の先生だと伺いましたけど、それだけのご関係でここまでされるっていうのが、ちょっと不思議に思えるんですが……」

普段の結衣だったら、今日初めて来店したばかりのお客さんにこんな質問はしないが、あのひかりさんという人物への興味と、東尾さんの人当たりのよさに助けられる形で、尋ねていた。

「ああ……まあ、そうですよね」東尾さんは微妙に苦笑した。「真崎先生はその昔、自宅で書道教室をなさってて、当時高校生だった私は、書道部の部活終わりに真崎先生のお宅にお邪魔して、特別レッスンをしていただいたんです」

「書道部でも練習して、またひかりさんにも教わっていたんですか」

「ええ。部員の頭数が足りないということで、同じクラスの女子に頼まれて、興味がなかったのに入っちゃったんですよ」

「はあ」

「実は、その声をかけてきてくれた女子の方に興味があったもので」東尾さんはちょっと照れくさそうに人さし指で鼻の下をこすった。「同じ部活に入れば、仲良くなれるんじゃないかと」

「ああ……」そういうことか。

「で、部の練習に顔を出してたんですけど、他の部員は全員女子で、しかもみんな子どもの頃から書道をやってて、コンクールでも入選したりするようなコばかり。私とはレベルが違いすぎて居心地の悪さが半端なかったんです。これでは好きなコの気を引くどころか逆に嫌われるんじゃないかって焦るんですけど、顧問の先生は名ばかりで指導には来てくれないし、他の女子部員たちも各自の練習に集中してるから教えてくれって頼める雰囲気じゃないし。私が部室に入ると、その直前まで漏れ聞こえてた笑い声がぴたっと止んだりしてたんで、どう思われてるのか察しがつきました。もう辞めてしまおうって一度は決めたんですけど、そういえば自宅の近所に書道教室の張り紙をしている家があったなあと思い出して、訪ねてみたんです」

「そこが、ひかりさんの？」

「そうなんですよ。小学校のときは通学路の途中に真崎先生のお宅があったので、家の前をほうきで掃いておられる真崎先生から、おはようって声をかけていただいてたんで、優しそうな人だという印象があったことにも背中を押されました」

「それで弟子入りをされたわけですか」

「はい。助言するぐらいはお安いご用だとおっしゃってくださって、それに甘える形で、それからは毎日のように帰りに寄らせてもらって、部活で書いたものを見てもらったんです。真崎先生は駄目なところを駄目だとは言わないで、こうすればもっとよくなるんじゃないかしらっていう言い方をしてくださるんで、気が弱い方だった私も心が折れることなく続けることができました。目の前でお手本を書いてくださって、それが私にはすごく勉強になりました。筆遣いそのものよりも、居ずまいや所作、心の持ちようが大切なんだということを、言葉ではなくお手本で教えていただいたんです。簡単に言うと、丁寧にやればおのずと結果は出る、ということでしょうか。部活が遅くなって暗くなってから訪ねたときも嫌な顔一つ見せないどころか、おにぎりやお惣菜まで用意してくださって。真崎先生が作ったおにぎりとか、イワシのぬかみそ炊きとか、無茶苦茶美味しいんですよ。お茶も美味しいし、ショウガの味噌漬けも絶品でした。あー、あの味を言葉でしか伝えられないのがもどかしい」

東尾さんは妙に饒舌《じょうぜつ》になっていた。さっきは、仕事があるから店に戻ると言っていたのに。ひかりさんの話になると、熱量がちょっと違う感じだ。

「だから私はせめてものお礼にと思って、書道教室の子どもたちが墨で汚した座卓を拭いてきれいにしたり、窓磨きをさせてもらったりしたんですけど」と東尾さんはさらに続ける。「真崎先生は、助かるわあってすごく喜んでくださるんです。だからついつい先生が喜ぶ顔を見たくて、さらに雑用を探すようになって。今思えば、やってもやらなくても同じようなことしかしてなかったし、本当は先生、演技をなさってたんでしょうけど、あの頃はそれに気づかなくて。でもそうするうちに書道の腕前も上がってきて、県のコンクールで入選したりもして、書道部にも居場所ができました」

「へえ、それはすごい」

「それだけじゃなくて、真崎先生のお陰で人生の伴侶を得ることができたんです」

唐突な話の切り替わり方に結衣は「はあ？」と口にしてしまった。

「今の私の奥さんが、書道部に入るきっかけとなったその、同じクラスの女子なんです。高校卒業後、本格的につき合うようになりまして」

「えっ」

「三年生のときに私が部長、彼女が副部長になって、それをきっかけに話をする機会がぐっと増えて、親しくなれたんです。真崎先生がいらっしゃったからこそ、真崎先生が私の厚かましいお願いを嫌な顔一つせずに受け入れてくださったからこそ、今の私があるんです。私はあまり器用な方じゃありませんが、何ごとも丁寧にやれば必ずそれなりの結果がついてくるということを真崎先生から教わったことは、仕事でも大いに役立っていますよ。店長に昇進することが決まったとき、上の人から、人が見ていないところでも丁寧に仕事をしているようだね、と声をかけてもらいました。だからこの年になっても真崎先生は私の先生であり、人生の師なんです。真崎先生の書道教室出身者には私の他にも何人か、今も慕っている人がいるようですが、私はその中でも特別なんです。先生に一番お世話になった弟子ですから」

東尾さんは自慢げに腕組みをしたが、「あっ」とその腕をほどいて両手をパンと合わせた。「部下を待たせてたっ。では失礼します」と、あわてて出て行った。

そういう事情があったから、東尾さんはひかりさんに対して、ああいう態度なのか。しかも、先生には頭が上がらないと言いながら、そのことを実に誇らしげにしている。

その一方、中学のときに不登校になり、高校は通信制だった結衣にとっては、うらやましさを感じはしたが、どこか遠い世界の出来事のようでもあった。

その日の暇な時間を利用して、おじいちゃんの貨幣コレクションをすべてショーケースに陳列した。百円ショップで買った赤いフェルト布の上に並べて、最初額縁に入れてあったものについては〔明治三十三年新十圓金貨〕などの表示書き部分を切り抜いて前に並べた。

なかなかの見栄えだった。奥が鏡になっているせいで、ぱっと見、二倍の分量に感じる。赤いフェルト布を敷いたのも正解だったようで、存在感と高級感が増している。

かつて日本で実際に流通し、さまざまな人の手から手へと渡った小さな旅人たち。結衣は心の中で、長い間暗い場所に閉じ込めてしまっていてごめんね、と謝った。

だけどちょっとした問題があった。

おじいちゃんの貨幣コレクションはショーケースの上の三段分しか埋まらず、残る五段分が、がら空きのままだった。これはかなり変だ。

東尾さん、丁寧に仕事をする人らしいけれど、ちょっと想像力が足りないところがあるらしい。

翌朝、モーニングサービス目当てのお客さんたちは予想どおり、立派なショーケースに飾られたおじいちゃんの全コレクションを入れ替わり立ち替わり眺めて、昨日以上に店内での会話が弾んだ。今まではあいさつさえ交わすことがなかった客同士が、「そういえば昔の五円玉は穴が空いてなかったんだよな」「古い五十円玉はこんなに大きかったのかー」などと陳列を眺めながら話し合っている。初老の女性客の「何か、飽きないで見てられるわねえ。歴史の生き証人だからかしら、ただの平べったい金属なのに存在感があるわよね」という言葉に、他のお客さんたちもうなずいていた。

モーニングサービスが終わって客がいなくなった時間に、ひかりさんが一人の男性を伴って入って来た。その男性の容貌のせいで結衣はたちまち緊張してしまい、「いらっしゃいましぃ」と言ってしまった。

ひかりさんは最初に会ったときと同じく、姉さんかぶりの手ぬぐい、作務衣に白い割烹着、地下足袋という格好だったが、この日は手押し車がなかった。ひかりさんは「こんにちは。コーヒーをいただきに参りました」と結衣に笑顔を向けてからショーケースの方を見て、「あら、豪華な感じになりましたねー」とそちらに近づき、男性もそれに倣《なら》って「ほう、いいですね」と結衣に背を向ける形になった。

男性は、身長はそれほど高くないが坊主頭で首がやたらと太かった。首だけでなく全身がごつくて分厚く、白いジャージの上下がはち切れそうだった。年齢は……四十ぐらいの印象だが、実際はもっと上かもしれない。さきほどちらっと見た顔は柔和そうだったが、それは秘めたる凶暴性を隠すために作っているのではないか。

もしかしてヤクザ？

今は背を向けているその男性が「へえ、明治時代の十圓とか五圓って、金貨だったんですか」と言った。

「そうね。私も昭和の生まれだから、詳しくは知らないんだけど、そうだったみたいね」

「あ、先生は昭和のお生まれなんですよね。失礼しました、押忍」

男性はひかりさんの親族ではなく、弟子のような立場らしい。しかしその体格や「押忍」という言葉が書道に結びつかず、余計に混乱する。

「先生、下の段が空いてるんで、是非ここを使っていただきましょうよ」

「そうね。でも親切の押し売りにならないようにね」

「押忍、もちろんです。でも喜んでいただけると思いますよ」

ひかりさんと男性が並んでカウンター席に座った。男性はひかりさんにかなり気を遣っているようで、ひかりさんが座るのを見届けてから椅子に腰かけた。

「シラカベさん、注文はコーヒーでいい？」とひかりさんに尋ねられた男性が「押忍、コーヒーをいただきます」とうなずく。ひかりさんが「結衣さん、コーヒー二つ、お願いしていいかしら」と笑顔を向けた。

「あ、はい、ありがとうございます」

「結衣さん、こちらは私の知り合いでシラカベさんていう方なの」

「始めまして、シラカベと申します」

男性は頭を下げてからジャージのポケットから名刺入れを出した。

受け取った名刺には〔白壁会館　館長　白壁成剛《せいごう》〕とあった。

白壁会館、白壁会館……。

ひかりさんから「空手の先生をなさってる方なの」と言われて、そういえば親知らずを抜くために一時期通っていた歯科医院の近くにそんな建物があったことを思い出した。三階建てぐらいの建物で、その上に〔練習生募集〕と書かれた看板があった。

空手の先生と聞いて、少し緊張から解放された気分になった。

でも何で空手の先生がひかりさんにこんなに気を遣ってるんだろうか。

結衣がコーヒーを淹れる準備をしている最中に、ひかりさんが「結衣さん、昨日の夕方、お母様から家にお礼の電話をいただきました。ご丁寧にどうもありがとうございます」と言った。

「あー、いえいえ」

そういえば、お母さんに後で焼香と香典の礼を言わせようと思い、ひかりさんから電話番号を聞いて、伝えてあったのだ。ひかりさんは携帯電話などは持っていないとのことで、自宅の固定電話の番号を教えてもらっている。

「お仕事で手を動かしておられる最中に申し訳ありませんが、どうか少し話をお聞きください」今度は白壁さんが言った。「実は私、海外で空手の指導や試合の大会役員をしたり、各国の日本大使館からの依頼で演武をするなど、これまでに様々な国を巡って参りました」

「はあ」話の先が読めないので手が止まってしまう。

「もともとコレクションをするつもりはなかったのですが、訪ねた国々のコインが勝手に貯まってしまいまして、実のところ持てあましております。東ドイツやチェコスロバキアなど、今では消滅してしまった国のコインもありますので、よろしければそこのショーケースでの展示用に差し上げたいと考えております。いかがでしょう」

「えっ」

「ほら」とひかりさんが笑って口をはさんだ。「ショーケース、まだ空いてる棚があるでしょう。それを埋めるのにいかがですか。棚がちょっと大きいからスペースが余りそうだって東尾さんから聞いたので」

「でも、消滅した国のコインって、貴重なものなんじゃ……」

「ネットで調べてみましたが、私が持ってるものはどれもこれもたいした金銭的価値はないようです。今後は値が上がってゆくかもしれませんが」かすかに苦笑して見せた白壁さんの顔をよく見ると、目尻や口の周辺に傷跡がたくさんあった。「私が持っていても宝の持ち腐れですし、このお店でお客さんたちに見てもらって、私が巡った国々に興味を持っていただければ、それに越したことはないと思うんです」

「いやでも、お借りするならまだしも、いきなりくださると言われると、ちょっと私も困るっていうか……このお店、もうすぐたたむ予定ですし」

「そうですか。判りました」白壁さんはきびきびした動きで上体を傾けた。「では、期間は決めずにお預けしますので、私のコインをショーケースに展示していただく、ということでいかがでしょう。後であらためて持参致しますので、よろしくお願いします」

ひかりさんから「よかったわね、白壁さん」と言われ、白壁さんは「押忍」とうなずいた。

はっきりと承諾の意思を示したわけではなかったのだけれど……まあ、いいか。ひかりさんの人脈のお陰でショーケースの空いている棚が埋まるのは悪いことではない。

コーヒーを飲むとき、白壁さんの指関節のあちこちが白く盛り上がっていることに気づいた。空手の訓練で固い物を叩いたりするせいだろう。

途中でひかりさんが「ね、美味しいでしょ」と同意を求め、白壁さんは「押忍。久しぶりに旨いコーヒーを飲んだ気がします。押忍」と応じていた。この身体の分厚い男性が小柄な老婆に頭が上がらない様子がだんだんおかしく思えてきて、結衣は後ろを向いて笑いをかみ殺した。

コインを提供してもらえるというのでコーヒー代は不要だと伝えたが、ひかりさんが「駄目ですよ。今度はちゃんとお支払いします」と財布を出した。すると「先生、ここは私が」と白壁さんが言い出して、少し押し問答のような形になったが、最終的には白壁さんが「先生、私にいいお店を紹介してくださったんですから、どうかここは私に」と押し切った。

夕方前の客がいない時間に、白壁さんがコインを持って再訪した。「これなんですがね」とセカンドバッグから取り出してカウンターに置いてゆく。コインは、それぞれが小さなポリ袋に分けられていて、〔旧東ドイツ　1987年　5マルク〕などとプリントされた小さなカードが一緒に入っていた。これなら赤いフェルト布の上にカードと共に置いてゆくだけでいい。

それらがカウンターの上に山積みになった。白壁さんは「ちゃんと数えてないんですが、七十枚ぐらいですかね」と言った。白銀系のものが多いが、金色や銅色のものもある。中には中央部分がゴールドで周囲がシルバーという変わったものがあり、手に取ってみると、タイの10バーツ硬貨だった。白壁さんが「それ多分、日本円に換算して五十円もしないと思いますよ」と教えてくれた。それにしては見た目がきれいだ。

「では今からさっそく並べましょうか」と白壁さんが言ったが、下に敷く赤いフェルト布をまだ用意していないことを伝えると、「では自分が買って来ます。どこに売ってますか」と尋ねられ、気圧されるまま「百円ショップです」と答えた。すると白壁さんは「ここの商店街に一軒ありましたよね。ではそこで買って来ます」と言うやいなや、店から出て行った。ごつい身体が歩き去る様子がレースのカーテン越しに映った。

決断力と行動力にあふれた人物。結衣とは別世界の人という感じだった。

並べる作業は、フェルト布を買って戻って来た白壁さんに任せることにした。十数分後に「これでよし」という声を聞いて見に行ってみると、白壁さんはスマホでショーケースを撮影していた。

四段目から六段目までを使って、きれいに並べられていた。四段目にはヨーロッパと北米のコイン、五段目はアジア、六段目はその他の地域に分けられている。一番上をヨーロッパにしたのは、東ドイツ、チェコスロバキア、ユーゴスラビアなどの消滅してしまった国のコインが少なからず含まれていてレア度が高いことが理由らしい。

価格に換算してもたいした額ではないとのことだったが、おじいちゃんの近代貨幣たちと共に並べられたさまざまな外国コインたちの見た目はなかなか壮観で、結衣は「すごい、すごい」とつい拍手をした。「何だか博物館に来てるみたい」

「自分もこうやって全部を並べて見るのは初めてっすよ。こうやって見てもらえるようにした方が、こいつらにとっても幸せなんだって、あらためて思います」

白壁さんはそう言いながら二度三度とうなずいていた。

お礼にミックスサンドとコーヒーでもいかがですかと申し出たが、「この後練習があるのでコーヒーだけいただいて失礼します」と言われた。その直後、「あ、でも近いうちにいただきに参ります、ミックスサンド」と言い添えた。気分を害するような返答になったかもしれないと思ったらしい。見かけによらず繊細なところがある。

コーヒーを飲みながら、白壁さんは間を持たせようとしたのか、海外支部の練習生のことや、演武でビール瓶割りをしたら何か仕掛けがあるんだろうと外国の政府首脳から疑われたエピソードなどを話してくれた。でも結衣が聞きたいことは別にあった。

「あの、白壁さん。ちょっと立ち入ったことを伺いますが、ひかりさんとはどういうお知り合いなんでしょうか」

「は?」白壁さんはカップを皿に置いて「弟子です」と答えた。そんなの当たり前ではないかという感じだった。

「書道のお弟子さんなんですか」

「もちろんです。といっても書道は子どもの頃に習っただけなんですがね。書道を習わなくなってからも真崎先生は何というか、人生の師なんです。自分にとっては恩人と言った方がいいでしょうか」

「恩人、ですか」

「私、小さい頃はおとなしい方だったんですが、十歳ぐらいから、だんだんとケンカっ早い性格になってしまって、中学生になった頃は上級生にもケンカを売ってのしたりするようになりました。その頃はまだ空手をやってなくて、真崎先生の書道教室に通ってました。あ、でも弱い者いじめはしませんでしたよ。強そうな奴しか相手にしなかったんで」

「じゃあ、書道教室ではトラブルメーカー的な」

「いえ、先生の教室にいる子たちは大切な仲間ですから、それはありませんでしたよ」

白壁さんはちょっと心外だという感じの表情を一瞬見せた。「書道教室で小さい子同士のケンカを仲裁したことがあったんですが、真崎先生からは、あなたのお陰であの子たちが仲直りできてよかったって、すごくほめてもらいましてね。それがうれしくて、先生の前では悪さなんてできなくなりました。その後は先生から頼まれて、年下の子たちに駆けっこが速くなる方法を教えたり、逆上《さかあ》がりの練習につき合ってやったりして、またほめていただいて。先生には内緒で、教室の仲間をいじめるクラスメートをこらしめに行ったこともあります。だから書道教室の、特に年下の子たちからは慕われて、私のような者にも居場所ができたんです」

「へえ」

「真崎先生はほめるのが上手いんですよ。あの子が運動会で三等に入れたのは白壁さんが走り方を教えてくれたお陰ね、ありがとうって、他の子がいないところでこっそり言ってくれるのが妙にうれしくてね。だからケンカは常に書道教室の外です」

「空手を始めたのは、高校からですか」

「中二からです。それに合わせて書道教室はお暇をいただくことになりました。さすがに両方は通えないので。ちなみに空手などの格闘技を始めたばかりの人間って、ケンカ騒ぎを起こす確率が高いんですよ、何年もやってる人はめったにそういうことはしないんですが」

「そうなんですか」

「はい。二年、三年と修行を積んでゆくと自分のレベルを把握できるようにもなるし素人《しろうと》を相手に使ってはいけない、道場の先生にも迷惑がかかるっていうことが理解できるようになりますが、初心者ってのはたちが悪い。覚えたての技を使ってみたいという誘惑にもかられますし、自分が強くなったと思い込んで鼻息が荒くなるんです。当時の私がまさにそれで、ガラの悪さで知られる高校の周辺をうろついて、向こうからケンカを売ってくるのを待ってました」

「中学生のときに高校生とケンカですか」

「ええ。年下をのしても自慢になりませんからね。でもあるとき、相手に結構な怪我をさせてしまって、警察に補導されちゃって。実は私、小学校三年ぐらいのときに両親が離婚して母子家庭になって、五年生のときにはその母親も家を出て行ってしまって、それからは祖母と二人暮らしだったんです。その祖母は身体が悪くてあまり外に出られなくて。それで警察の人には、保護者として真崎先生の名前や住所を口にしちゃったんです」

「あらまあ」

「普通だったら、何でそんなことをって怒られて終わりだと思うんですけど、真崎先生、私の親族になりすまして警察署まで迎えに来てくれたんです。警察署を出たときに先生がおっしゃった言葉、今でも忘れられません」白壁さんはコーヒーを一口含んだ。「白壁さん、私を頼りにしてくれてありがとうねって」

「えーっ」

「そのときは何で怒らないんだろう、もしかしてものすごい嫌味を言われたんだろうかと思いましたが、その後私もそれなりに人生経験を積むようになって、ようやくその真意が理解できるようになりました」

――すみません、その真意、ちょっと判らないんですけど。

白壁さんは結衣の心情が判ってるような感じで、咳払いをしてから続けた。

「人間の本当の幸せっていうのは、自分が誰かの役に立っていると感じることなんです。私は現役の選手のときよりも、指導者になってから、それを実感しています」

「ああ……」

そういえばひかりさんは、コーヒーが美味しい、丁寧な淹れ方で心がこもっているとほめてくれて、喜んでくれた。あのとき確かに、ちょっとこそばゆい感覚と共に、えも言われぬ幸福感に包まれた。あのときはただでコーヒーを提供したのに、おカネを払ってくれるお客さんを見送るときよりもはるかに心がじんわりとした。それは、自分が人の役に立てたという自覚を得られたからだったのだろうか。

「真崎先生は、私が怪我をさせた相手の親御さんのところにも謝りに行ってくれたんです」白壁さんはしんみりした口調で続ける。「それだけじゃありません。その後私が空手の試合に出場するようになると、必ず会場まで応援に来てくれて。しかも抜群に旨いお弁当の差し入れ付きで。あれはうれしかったなあ。以来私は、真崎先生の顔に泥を塗るようなことだけは絶対にしないと肝に銘じて、ケンカからは足を洗い、練習に打ち込むようになりました」

「お弁当の中身は、おにぎりとか、イワシのぬかみそ炊きとかですか」

「あれ、何でご存じなんですか」白壁さんが目を丸くした。

「ホームセンターの東尾店長さんから伺いました」

「あー、そうでしたか。いや本当に美味しくてね。他にもエビのかき揚げとか、小アジの南蛮漬けとか、どれもこれも本当に旨くて。あ、いや、今でももちろん旨いんですがね」

「今でも？」

「今は先生の手料理が食べられる店があるんですよ。繁華街の雑居ビルに入ってるオグラっていう小料理屋です。あ、もっとも今は先生が直接作ってるわけじゃなくて、先生の息子さん夫婦が先生から教わった味を忠実に再現した惣菜を、その店に納めてるということなんですがね」

「じゃあ、白壁さんはそのお店の常連さんなんですね」

「もちろん。うちの指導員とか、練習生の親御さんたちとしょっちゅう出かけてます」

「何十年も経ったのに、書道教室に通ってた生徒さんたちからそんなに慕われるって、ひかりさん、すごい人なんですね」

「真崎先生がすごい方だというのは間違いありませんが、まあ私だけは特別な関係なんですよ。何しろ肉親でもないのに警察に引き取りに来てくれて、怪我をさせた相手の親御さんに謝りに行って、試合には弁当持参で駆けつけてくれたんですから。馬鹿な子ほどかわいいと言いますが、私がそうだったんでしょう。私が空手の指導者としてそれなりにやれるようになったことを本当に喜んでくださってて、それがまたうれしいんです。書道教室の元生徒で真崎先生と今でもつき合いがある者は他にも何人かいますが、私はその中でも特別に目をかけてもらいました」

「ひかりさんの弟子の中で一番かわいがられたのは白壁さんなんですね」

「もちろんです。それは間違いない」

あれまあ。東尾さんも似たことを言ってたんですけど。

結衣はくしゃみを我慢するふりをして片手で口もとを隠して笑いをごまかした。

白壁さんが帰った後、スマホで白壁さんについて検索してみた。

空手の世界では有名人で、ウィキペディアによると、白壁会館は国内だけでなく世界各国に支部があり、若い頃にはキックボクシングの選手としても活躍していたという。動画もたくさんあった。コンクリートブロックを二段重ねにしたものを拳で粉砕したり、木製バットをすねで折ったり。

自分のような元引きこもりで潰れそうな小さな喫茶店をやっているだけの人間が、こんな人物と知り合いになったということが何とも不思議だった。

結衣はその日の夜までに、白壁さんが提供してくれた外国コインの陳列部分の隅に〔所有者　世界空手道連盟白壁会館館長　白壁成剛〕というカードを作って置いた。

翌日、ショーケースの六段分が埋まったお陰で、モーニングサービス利用のお客さんたちとの会話もさらに弾んだ。それだけでなく、お客さんの数が増えていた。「へえ、これが話に聞いてたやつか」と口にした初めてのお客さんもいれば、ずっと一人で来店していた常連客が知り合いを連れて来るケースもあった。スマホで撮影させて欲しいと頼まれて了解すると他のお客さんたちもそれに倣い、にわか撮影会となった。外国コインの所有者が空手の白壁さんだと気づいて、どういう知り合いなのかと聞かれたり、海外出張でチェコスロバキアに行ったことがあるという年配男性が当時の様子を語り始めたり、店内は会話に満ちていた。

普段はぱらぱらとしか客がいない昼時も、ジャージやパーカー姿の見るからに体育会系男女グループ八人がやって来てテーブル席を埋め、ミックスサンドとコーヒーを注文してくれた。ミックスサンドは卵サンドとハムチーズレタスのサンドを二つずつ皿に載せただけのシンプルなものだが、いっぺんに八人分も作るのは初めてで、珍しく忙しい時間を過ごすことになった。

彼らが白壁会館の練習生だということはすぐに判った。会話の中に「押忍」という言葉が何度も出てくるし、普通の若者たちとは体格や姿勢が違っていて、誰が先輩で誰が後輩なのかがはっきりしている。さらには注文を待っている間にショーケースを眺めて

「へえ、先生こんなの持ってたんだ」「今はもう消滅した国にも行ってたんすね」「当時の東ドイツって、日本人はなかなか行けなかったらしいけど、大使館から頼まれて向こうの首相だか大統領だかの前で組み手や演武をしたって聞いたことがあるよ」という会話を交わしていた。

会計は先輩格の男性が払い、他のコたちが「押忍、ごちそうさまです」と頭を下げた。その先輩格の男性に釣り銭を渡そうとすると、「白壁先生があのコインを持って来たのは昨日なんですよね」と言ってきたので「はい。もしかして先生から、この店に行くようにって言われたんですか」と聞いてみた。だとしたらちょっと申し訳ない。

「いえ、全く強要はされてませんから。先生はそういう人じゃないんで」男性は笑って片手を振った。「白壁会館のブログにこの店のことが紹介されてたので、ちょっと行ってみようって話になったんですよ。こういうレトロなお店、今では珍しくなって、かえって存在感があっていいですよね」

「いえいえ、昔のまま進歩せずにだらだらとやってきただけですから」

「いいえ。ファミレスとかチェーン店のコーヒーショップと違って、ちゃんと人が運営してるっていう感じがあって素敵だと思います。また利用させていただきます」男性はそう言ってからいつものクセで「押忍」と胸の前でクロスさせた両拳を払い落とす仕草をした。

彼らがいなくなったところでスマホを取り出した。そういえば昨日、白壁さんは帰り際にショーケースを撮影した画像を白壁会館のブログに載せていいかと聞いてきたので、了解したのである。

近代貨幣や外国コインの画像だけでなく、それがCバードという喫茶店に飾ってあることや、アクセス方法までご丁寧に紹介されていた。今では滅多にお目にかかれないレトロ系純喫茶だということや、上品な若い女性店長さんが丁寧にコーヒーを淹れてくれるといったお世辞まで書き込まれていた。

ハードルが上がって、期待してやって来たお客さんをがっかりさせることにならないか心配になってきた。

——ま、いいか。

閉店時間は午後七時だが、六時半頃になるとたいがい客は来なくなる。しかしこの日は、六時四十分頃に、小さなボストンバッグを提《さ》げた初老の男性がやって来た。やせ型で頭髪は薄いが、顔つきにはどこか精悍さがあり、その辺にいるハゲたおじさんとは違う風格のようなものがあった。結衣が「いらっしゃいませ」と声をかけると彼は笑顔になってから店内を見回し、「まだ注文できる？」と聞いた。

「ええ、どうぞ」

「じゃあ、コーヒーをお願いします。それと、あれ、見せてもらいますね」

彼はショーケースを指さしてそちらに足を向けた。この人も誰かから聞いて見物しにやって来たらしい。

彼の革靴は丁寧に磨き込まれていて、つややかに光っていた。ボストンバッグもダークグレーのスーツも高級感があった。ショーケースに向かう後ろ姿にも、凛としたものを感じた。

丁度コーヒーを淹れ終えたときに、彼はカウンター席に戻って来た。

「すみません、いきなりで恐縮ですが、私はソノベテツと申します」

彼はコーヒーに手を伸ばすよりも先に内ポケットから名刺入れを出し、一枚を抜いた。

〔株式会社ケヤキ食品　専務取締役　園部哲〕とあった。

ケヤキ食品といえば、県内を代表する企業、ケヤキ製菓の子会社のはずだ。子会社といっても、大きな工場を持っている。

戸惑っていると、彼は「真崎ひかり先生から伺って参りました」と説明した。「私もかつて書道教室で世話になった一人でして」

「ああ……」

またひかりさんの弟子がやって来た。ひかりさんて、いったい何者なんだろうか。

「ショーケース、下の二段がまだ空いてますよね。よければこれを並べていただけないかと思いまして持参したのですが、ちょっとご覧いただけますか」

そう言うと園部さんは隣の椅子に置いたボストンバッグを開けて、中から平たい木箱を次々と出してカウンターの上に積み上げた。全部で四つ。そして一番上の木箱のふたを取った。

中身はジッポのライターだった。縦に三つ、横に四つ、一箱に十二個。それぞれ銀色のボディの上に金色、白銀色、銅色などを使った立体装飾が施されていた。

その箱にあったのは、干支《えと》の動物たちだった。たてがみを乱しながら後ろ足で立ち上がる馬、角を突き出して突進する牛など、いずれも躍動感がある。

「若い頃に集めてたんですが、管理職になったのを機に喫煙もジッポ集めも止めちゃいましてね。その後は長い間、しまい込んだままだったんです。でも、白壁さんの外国コインのように、お客さんに眺めてもらうという使い道があるのだと気づかされまして。よければもらっていただけませんか」

ひかりさんの弟子同士ということで、白壁さんのこともよく知っているらしい。

「でもこれ、かなり高級なものじゃないんですか」

「いやいや、ジッポはジッポですから。まあ、限定商品ばかりを集めてきたので、ネットなんかで高値がついているものもあるかもしれませんが、そんなところでバラ売りするよりは、みんな一緒に余生を送らせてやった方がいいと思うんです。いきなりやって来た初対面のおっさんが急にこんな申し出をしてきて、何だとお思いでしょうが、真崎先生がきっかけであのショーケースが置かれたと聞いております。ならば是非私もお仲間に加えていただきたいんです。ジッポのライターも金属製ですから、コインたちの下に並べても、そんなにおかしくはないと思いますし」

「ええ……こちらとしては大変ありがたいことですが……ただ、この店は経営が厳しい状態が続いてるもので、近いうちにたたむことも考えておりまして……ですので、しばらくの間お借りして、展示させていただく、ということでよろしいでしょうか」

「白壁さんのコレクションも、借りているということなんですね」

「ええ。くださると言っていただいたのですが、申し訳なくて……」

「判りました」園部さんはうなずいてコーヒーに口をつけた。「では私も同じ扱いで、よろしくお願い致します」

「他の箱も拝見していいでしょうか」

「ええ、もちろん」

二つ目の箱には、麒麟《きりん》、鳳凰《ほうおう》、玄武《げんぶ》、朱雀《すざく》といった東洋の伝説上の生き物たちが並んでいた。三つ目は内外の自動車メーカーのエンブレムシリーズ、そして四つ目はペガサスやミノタウロスなどギリシャ神話関係らしかった。いずれも立体的な金属の装飾は凝っていて、ライターとして使うよりも鑑賞の対象にふさわしいものばかりだった。ライターというより、金属装飾の工芸品だった。

園部さんはコーヒーを飲みながら、昨年までは親会社のケヤキ製菓にいてそろそろ退職するつもりでいたが、社長からケヤキ食品でもう一働きしてくれと言われて老体にむち打っているということや、空手の白壁館長とは同じ時期に書道教室に通っていたことがあるが、まさかあのおとなしそうな男の子が空手家として大成するとは思ってもみなかったという話をしてくれた。ということは、白壁さんは見た目よりも実際にはかなり年を取っているということらしい。

グッジョブの東尾店長とも知り合いなんですかと聞いてみると、書道教室では出会ったことがなかったが真崎先生の弟子だと知ってからはグッジョブで買い物をするついでに少し立ち話をしたり、行きつけの小料理屋で顔を合わせたときには一緒に飲むこともある、とのことだった。

結衣は好奇心を抑えられず質問をするタイミングを伺っていたが、コーヒーが半分ぐらいになったところで園部さんの方からそれを語り出してくれた。

「私が真崎先生の書道教室に通い始めたのは小学校三年生のときでしたが、その一年後に両親が離婚して母子家庭になったので、経済的に苦しくて書道教室の月謝を払う余裕がなくなって、教室を辞めることにしたんです。すると先生は、詳しいことを聞かなくても事情を察してくださったようで、月謝代として書道教室の手伝いをしてもらえないかって提案してくださったんです。小さい子たちに硬筆の基本を教えたり勉強を見てあげたりするところまでなかなか手が回らなくて困ってたところなのよ、園部さん、そっちの担当をお願いできないかしらって。そのときは単純に喜んで引き受けたわけですけど、後になって、私が書道を好きで本当は通い続けたいのだということをちゃんと先生はお見通しだったんです。でも私の心に負担をかけないよう、先生の方からお願いできないかしらっていう言い方をしてくださったんです」

「あの、すみません。小さい子たちの勉強を見るというのは？」

「先生の書道教室はそれぞれ週に二回通うのが基本だったのですが、それ以外の曜日でも宿題や読書をするのに利用していいことになってたんです。先生は人がいいから、手が空いたときには算数の宿題なんかも子どもたちに教えてました。それを私が担当させてもらったというわけでして」

「ああ、そういうことですか」

「実際にはたいしてお役に立ってなかったと思うのですが、先生は毎度毎度、園部さんのお陰で裁縫仕事がはかどって助かったわ、ありがとうねって、あの笑顔でお礼を言ってくださるんですよ。それがうれしくてね、だから勝手に居残って庭の草むしりなんかもやりましたよ、先生を喜ばせたくて。他の生徒がみんないなくなったら先生、美味しいおにぎりやおかずも食べさせてくださったんです。ただの卵焼きが何でこんなにっていうぐらいに旨いんですよ」

「イワシのぬかみそ炊きなんかも」

「あれ、何でご存じなんです」園部さんは口に持って行きかけたカップを止めた。

「東尾さんや白壁さんから伺って、機会があれば一度食べてみたいなと思ってたもので」

「あー、なるほど。彼らも先生の手料理を食べたことがあったんでしょうね。あるいは先生の息子さん夫婦がやってる真崎商店の惣菜を食べて知ったのかなあ」

園部さんは、少年期にひかりさんの手料理を食べたのは基本的に自分だけだと思っているようだったが、そうではないという指摘はしない方がよさそうだった。

「真崎商店というお店があるのですか」

「いえ、店ではありません。市内にあるレンタルキッチンを使って先生の得意料理を忠実に再現した惣菜を作って、小料理屋に卸したり、真空パックにしたものをデパ地下で販売したりしてるんですよ。会社組織ですらないただの個人商店ですけど、味が評判を呼んで繁盛してるみたいです。まあ、真崎先生の手料理を再現したものなんだから、人気が出るのは当然ですが」

「デパ地下というのは、三根屋《みねや》ですか」

「そうです、三根屋です。売れ行きがいいので三根屋さんからはしきりに通販での販売をと持ちかけられるそうですが、真崎商店は断ってるんですよ。なぜだか判りますか？」

「さあ……何か初期投資のようなものが必要だからでしょうか」

「いいえ。マニュアルを作って人を雇えばある程度は規模を拡大できるかもしれないけれど、それをやると徐々に目が届かないところが出てきて品質に責任が持てなくなる、本来手料理というものを大量生産するのはおかしいという考え方なんですよ。忙しいという字は心を亡くすと書きます。適度に忙しいのは結構なことだけれど、忙し過ぎると心を失ってしまうことになる。実はこれ、真崎先生がおっしゃってた言葉です。先生は今は真崎商店のことにはあえて口も手も出さないでおられるようですが、先生の理念のようなものは息子さん夫婦にちゃんと受け継がれてるんだと思います」

目先のカネ儲けよりも、お客さんが喜んでくれる商売を長く続けることが大切。喫茶店経営にも通じる考え方かもしれない。

そのときカウベルが鳴ったので目を向けると、結衣は自分の身体が一瞬にして強張るのを感じた。

茶色の鳥打ち帽をかぶった白髪の男。この男が来店するのは二度目だった。以前見たときと同じく、ゴルフ用と思われるジャケットにパンツ。やや長身で、射るような目つき。年齢は……七十前後だろうか。

結衣の「いらっしゃいませ」の途中で男は「何か食いたいんだがね。飲み物はコーヒーでいい」と言った。

もうラストオーダーの時間を過ぎていたが、それを伝える勇気がなかった。また怖い顔で毒づかれ、説教されることになる。

「ミックスサンドならできますが」

「ああ?」男は険しい表情を見せたが「じゃあそれでいい」と言い、窓側のテーブル席にどかっと腰を下ろした。

コップの水を運んだとき、男は席を立ってショーケースを眺めていた。尻ポケットからゴルフ用らしき手袋が見えている。

こんなもんを並べて何がしたいんだ、みたいな悪口を言われるのではないかと身構えたが、幸い何ごともなくカウンターの中に戻ることができた。

湯を沸かし、サンドイッチを作った。

この男が初めて来店したのは三か月ほど前。今日よりは少し早い時間にやって来て、「エスプレッソ」と言われたので「すみません、うちではエスプレッソはやってないんです」と答えると、「ああ? エスプレッソも出せない喫茶店って何なんだよ」と大きな声で毒づいてから「じゃあコーヒーでいい」と思いっきり顔をしかめていた。そのコーヒーを飲んだ後は「何か食べ物はあるか」と聞いてきたので「ミックスサンドならできますが」と答えると、「そんなものしかないのか。だったらいい。よそでちゃんとしたものを食う」と言われた。ささくれた気分を味わいながら「すみません」と頭を下げたが、精算するときにも「エスプレッソも出せない、客もいない、しかも薄暗い。最低の店だな。国道沿いにあるコーヒーチェーン店は多くの客で賑わってるぞ。そういう店からいろいろ学ぶべきことがあるだろうに」などとさんざんな言葉を浴びせられた。

　商店街の少し先に、ゴルフの練習場がある。そこを利用した帰りか、途中で休憩を兼ねて立ち寄ったかなのだろうが、ここが気に入らないのならもう来なければいいのに。結衣は頭の小さな血管がプチプチと切れる音がしているのを感じていた。

　この日はおとなしくサンドイッチとコーヒーを食べ始めてくれたので、ほっとしたのもつかの間、男はスマホをいじりながら「そこにある明治時代の金貨、本物なのかね」と不必要に大きな声で聞いてきた。

「ええ、祖父が残してくれたものなんです」

「誰が残したかなんて聞いてない。本物かどうかと聞いてるんだ」

「本物だと思いますが」

「ふーん」男は立ち上がって再びショーケースの前に移動し、スマホの画面とその金貨とを見較べながら「所有者はあんたかね」と聞いた。

「ええ、まあ」

「十圓金貨と五圓金貨、それぞれ七万円で売ってくれんかね」

「は？」

「ちゃんと聞こえただろう。あんたも店が繁盛してないところに現金が入る、いい話だと思うがね」

「いえ、申し訳ないのですが、お売りするつもりで展示してるわけではないので」

「だったら八万円でどうかね」

「いえ、そういうことではなくて」

「よしなさいよ」と園部さんが座ったまま身体をねじって男に言った。「売り物じゃないと彼女は言ってるだろう」

「何だ、あんたは」男が険しい顔を園部さんに向ける。「俺はここの店主と話をしてるんだ。あんたは関係ないだろう」

「彼女の友人として口をはさませてもらってる。そもそもおたく、コインのコレクターじゃないんだろ」

男は意表を突かれたような顔になったが「そんなことはどうでもいいだろう」とさらに大きな声を出した。

「スマホで検索したところ、八万円で買い取って専門業者に売れば何万円かの儲けになることが判った。そういうことだろ。せこい真似しなさんな。情熱を持ってコイン収集をしてる人であれば、おたくのような態度で交渉してきたりはしない。おとなしくサンドイッチを食べてコーヒーを飲んで、とっとと帰りなさい」

「何だとぉ……」男は席を立って園部さんに詰め寄ろうとしたが、途中で「ん？」と漏らして立ち止まった。「あんた、どこかで会ったかね」

「さあ、私は記憶にありませんがね。そんなことより、大きな声で若い女性を恫喝《どうかつ》するような態度は慎《つつし》みなさい。恥ずかしいとは思わないのかね」

男の顔が赤くなっていた。数秒間、園部さんを睨みつけてから「ちっ」と露骨な舌打ちをして代金をテーブルに置き、「釣りはいらん。こんな店、二度と来るか」と捨《す》て台詞《ぜりふ》を残して出て行った。ドアを乱暴に閉めたかったようだが、油圧式でゆっくりと戻るようになっているので、カウベルがちょっと大きめに鳴っただけに終わった。

サンドイッチが半分残っていた。

二度と会いたくないのはこちらの方なので、気分の悪さよりも安堵感の方が大きかった。

「園部さん、ありがとうございました」

結衣がお礼を言うと、園部さんは「さっきの男、加賀《かが》物産の前社長ですよ」と言った。

「下の名前は覚えてませんが、東郷《とうごう》っていう苗字だったはずです。名刺交換はしてませんが以前、商工会の集まりや催しのときに何度か見かけました」

加賀物産といえば隣県に拠点を置く有名な商社である。

「そうだったんですか」

「彼は個人的に株式投資もやっていたけれど、優良な会社の株式を長く保有するという考えがなくて、目先の利益を優先して頻繁に売り買いするスタイルだったと聞いてます。だから目の前にあったコインも数万円の利益になると踏めば、すぐさまああいうことを言ってくる。まあ、会社経営も私生活もそういうやり方で結果を出してきたから、本人は何が悪いんだと思ってるでしょうね。でも最後はそういうところが嫌われて会社から追い出されることになった」

「追い出されたんですか」

「ええ、臨時取締役会で解任されたと聞いてます。ネットニュースによると、腹心だった人物が動議を出して、相討ちのような形で共に会社を去ることになったそうです。その腹心だった人物による覚悟のクーデターだったということでしょう」

まるで戦国武将の下克上や謀反《むほん》の世界である。結衣は、そういう世界と無縁なまま生きてきたことに感謝したくなった。

お礼にもう一杯コーヒーかサンドイッチでもいかがですか、と言ってみると、園部さんは「ではコーヒーだけ。食べ物を入れて帰ると夕食を用意してる女房の機嫌が悪くなるので」と笑った。

お代わりを飲んでもらっているときに園部さんは「私も真崎先生との出会いがなければ、東郷みたいになってたかもしれません。会社の中で出世するには、目先の結果を出さないとなかなか評価されませんからね」と、しみじみした口調で言った。「ケヤキ製菓の中にも、あの手この手で売り上げ目標を達成しようとするタイプの幹部がいました。人気商品の販売を増やすために銀行の融資を受けて新工場を作り、そのことを自分の手柄だと言って回ったりね。ところが思ったほどの売り上げ増にはならず、工場建設の投資分が回収できない。それを景気のせいにしたり営業部の努力が足りないからだと言い出す」

「園部さんはその幹部さんとは対立されたわけですか」

「はい。私は直属の部下だったので対立した結果、配置換えを食らいました。でもその後は社内の体制が変わり、私にとっては尊敬できる人が新社長になったので助かりました。巡り合わせに感謝ですよ」

「新しい社長さんは、違う方針を掲げた方だったんですか」

「ええ、簡単に言えば、売り上げを無理に拡大するのではなく、人気商品の味や食感をさらによくすることに日々努力する、目先のブームや傾向に惑わされず永く愛される商品を作るということです。定番のスナック菓子も、焼き目をもっときれいにできないか、裏側も表側と同じ食感にできないかなどの改良を何度も重ねて今に至ってるんです。だからロングセラー商品ではあるけれど実は常に新商品でもあるわけです。あと、社員から愛される会社、地域の人々から愛される会社でなければならないという社訓を作って、それを実践しています。今も社長を続けている人ですが、工場や販売の現場に出向いても社員たちを叱ったりはせず、何か困ったことはないか、ちゃんと休暇を取ってるかと声をかけて、必ずいつもよく働いてくれてありがとうと頭を下げてくれる人なんです。地域の清掃などに参加した社員には手当も支給しています。お陰で社員の離職率がものすごく下がりました。何よりも社員の表情が変わりましたね。みんなが生き生きと働いてくれている」

「その社長さん、ちょっとひかりさんに似てるところがありますね」

「そのとおり。私は幸せ者です。少年期には真崎先生と出会って大切なことを教わり、企業人になってからは冷や飯を食らうことになった時期もあったけれど、最後には立派な経営者の下で働くことができた。でもやはり真崎先生との出会いがなければ、大人になって何が正しいことなのかという判断を誤り、間違った選択をしてしまったかもしれない。同僚の中には前社長派の側について、後悔したまま会社を去った者たちもいます。私がそうならずに済んだのは、真崎先生から正しい道というものを教わったからだと思っています」

この人も、ひかりさんのことを語り出すと熱くなっている。もし、ひかりさんから最も目をかけられた弟子は誰ですかと聞いたら、この人もやっぱり、それは間違いなく自分だと当然のように答えるのだろう。

結果が判りきっていたので、結衣はいちいち尋ねないでおくことにした。

帰り際に園部さんは、また近いうちに来ます、と告げてから「私の知り合いの中には弁護士も県警の幹部もいます。何か困ったことがあったら、遠慮なく連絡を。真崎先生のお知り合いのためならいつでも一肌脱ぐつもりですので」とつけ加え、ちょっと不敵な笑みを見せた。

その後、Cバードに来店するお客さんの数は確実に増えていった。そのお客さんたちの多くが、ひかりさんを起点とした人脈だった。ショーケースの方からは「へえ、館長こんなに集めてたのか」「デザインのチョイスが園部専務らしいかな」「店長が自慢げに言うから、倉庫で埃《ほこり》かぶってたショーケースを運んだだけじゃないのって思ってたけど、こうやって眺めてみるといいアイデアだったみたいね」といった言葉がどんどん聞こえてくるのだ。中には「園部さんから聞いて伺いました」と名刺を出して取引先の者ですと自己紹介し、「ずっと眺めていたくなるいい展示ですね」とお世辞を言ってくれるスーツ姿の男性もいた。その他、補聴器をつけていたり杖をついていてちょっと危なっかしい足取りの年配客たちもやって来て、大きめの声で言葉を交わしていた。地元の公民館で一緒に弁当を食べる仲間同士らしく、彼らが話す断片的な情報を合わせると、ひかりさんはどうやら、独居老人に声をかけて公民館に来てもらい、みんなで食事会をする催しなどにかかわっているようだ。

結衣は近代貨幣や外国コイン、ジッポライターなどについてお客さんからの質問に答えられるよう、にわか勉強をした。そのお陰で一見客とも会話が弾み、いつの間にか音楽や映画、テレビ番組についてまで語り合うようになった。以前の自分にはちょっと考えられないことである。

お母さんは保険の外交員の仕事で忙しく、ショーケースは見たものの、店内の雰囲気がどれほど変わったかまでは気づいていない。近いうちに仕事中に立ち寄ってもらい、びっくりするさまを見るのが楽しみだ。


ゴールデンウィークが近づいてきたある日、モーニングサービスの時間が終了して客がいなくなったときに、ひかりさんが一人でやって来た。これが三度目の訪問である。この日は手押し車を持参していたので、買い物の用事でもあったのだろう。

結衣が「いらっしゃいませ」と声をかけると、ひかりさんは「またコーヒーをいただけるかしら」と言ってからショーケースの前に移動し、しばらく眺めてからカウンター席に着いて「たくさん並んで見応えたっぷりね。達雄さんが収集なさってたおカネたちも、お仲間が増えて楽しそう」と目を細めた。

「ひかりさんのお弟子さんたちやそのお知り合いの方々が店に来てくれるようになって、ずいぶん賑やかになりました。それだけじゃなくて、あのショーケースをきっかけにお客さんたちといろいろお話しする機会が増えて、口べただった自分が何だか変わってきてることにもびっくりしています。それもこれもひかりさんがお弟子さんたちに声をかけてくださったお陰です。ありがとうございます」

結衣は丁寧に頭を下げたが、ひかりさんは「何をおっしゃってるの、結衣さん。お礼を言うのは私の方ですよ」と言った。

「いえ、でも本当に」

「私は幼なじみの達雄さんにお線香を上げに来ただけですよ。そのときにたまたま達雄さんが残した古銭のことを知って、それをグッジョブの東尾さんに話したらショーケースを置くことになって、さらに白壁さんが外国コインを提供してくれて、園部さんがライターのコレクションをお持ちになって、その結果お店が賑やかになったんでしょう。私はほとんど何もしてませんから。結衣さんが喜んでくださったのだとしたら、私の方こそお礼を言わなきゃ。だって誰かのお役に立てること以上に幸せを感じることなんてないもの。ありがとうございます、いい気分にさせていただいて」

——駄目だ、泣きそう。

結衣は「じゃあ、お互いにありがとうということで」と笑って見せてから後ろを向いて、こっそり鼻をすすった。

東尾さんたちもきっと、人の役に立ててよかった、真崎先生に協力できてよかったと思っているのだろう。小さな喫茶店を助けてやった、面倒を見てやったなどとはみじんも考えておらず、ちょっとした活躍の場を与えてもらったことを感謝してくれているのだ。

ひかりさん、恐るべし。

結衣が出したコーヒーを一口飲んで「あー、やっぱり美味しい」と微笑んでからひかりさんは「実は一つ、お願いがあって来たんですよ」と言った。

結衣は「はい、何でも喜んで」と即答した。もしかすると恩返しのチャンスかもしれない。

ひかりさんはいったんカウンター席から下りて、手押し車から数本の筆ペンと一枚の色紙を取り出した。筆ペンは太さや色の濃さが違うものをそろえているようで、葬儀用の淡い色のものもあった。

「お母様からお電話をもらって、香典のお礼を言っていただいたときに、結衣さんが一時期はマンガ家を目指すぐらい絵がお上手だったと伺ったんです」

「えっ」

——お母さん、また余計なことをしゃべって。

「何度か絵のコンクールでも入選なさったことがあるのよね」

「入選といっても、ローカルなコンテストで、たいしたことではないんです」

結衣はあわてて片手を振った。

「でもお得意なんでしょ、絵を描くことが」

「まあ、絵やマンガを描くことが好きだったのは確かですが……何を描けばいいんでしょうか」

「私の似顔絵をお願いできないかしら」

「似顔絵ですか」

「公民館で高齢者が集まる催しのときに、孫が自分の似顔絵を描いてくれたって自慢げに見せた方がいらっしゃったのよね、男性の方なんだけど」

「はい」

「そのお孫さんはまだ小学校の低学年で、お世辞にも上手とは言えなかったし似てもいなかったのよ。でも自分の似顔絵を持ってるということがちょっとうらやましくもあって。私の孫はもう、下が高校一年生だから、今さら頼んでも似顔絵を描いてくれたりはしないし、どうせなら結衣さんに頼んでみようって思い立ったんですよ」

筆ペンで？

何で筆ペン？

あ、ひかりさんは書道の先生だった。だから筆記用具といえば筆なのか。

筆ペンで絵なんて描いたことないが、ひかりさんの頼みなら断るわけにはいかない。

「判りました。気に入っていただけるかどうか判りませんが、描かせていただきます」

と結衣はうなずいた。

カウンターの内側にある狭い調理台に色紙を置いて、太さや濃さの違う筆ペンを駆使して描き始めた。筆ペンという画材に最初は戸惑ったが、要は水墨画のような感覚で描けばいいのだと思い直し、途中からはあまりためらいなく筆を動かせるようになった。

途中、ひかりさんは「マンガって、どういう種類のものを描いてらっしゃったの？」「それはどんなお話？」などと尋ねてきたので、ホラーものをよく描いていたことやストーリーの内容、何度かコンテストに応募したけれど佳作止まりだったこと、選評では絵はいいがストーリーが陳腐だと言われてしまったことなどを話した。

数分後に完成した似顔絵は、まあまあかな、という仕上がりだった。ひかりさんはほんの少し頭を傾けて、静かな笑顔でこちらを見返している。

色紙を受け取ったひかりさんは「まあ、素敵」と、椅子の上で子どものように小躍りした。「本物よりも美人に描いてくださったみたいね」

「いえいえ、本物のひかりさんの方がずっと素敵ですよ」

「やっぱり結衣さんにお願いしてよかったわ。これは宝物にさせていただくわね。本当にすばらしい似顔絵……うれしいわ」

ひかりさんはため息をついて、色紙を見つめていた。

絵やマンガで入選したことはあるが、そういえば絵で誰かを喜ばせたことって、初めてかもしれない。

ひかりさんはコーヒー代だけでなく似顔絵の代金まで払おうとしたので、結衣は「似顔絵はひかりさんへのお礼として描いたものですから、おカネをいただくなんてとんでもない。それに私はプロの絵描きではありませんから」と固辞した。絵のプロになるには、それなりの覚悟や責任が必要だろう。

するとひかりさんは「そう？　いいのかしら」と言いながらも折れてくれたが、なぜかその代わりにと、さきほど使った数本の筆ペンを結衣に持たせた。

戸惑っていると、ひかりさんは「よかったら何かを描くのにまた使ってくださいな」と、ちょっといたずらっ子のような笑い方をした。

ひかりさんを店の外まで見送った後、スマホでお母さんに電話をかけた。

「何よ、今仕事中なんだけど」とお母さんのそっけない声が聞こえた。

「お母さん、私がマンガ家目指してたって、ひかりさんに教えたそうじゃないの。何で会ったこともない人にそんなことまでべらべらしゃべったのよ」

文句を言うというよりも、その理由が知りたかった。

「あー、そのことね。だってあんた、ひかりさんに対してネガティブなことばかり話したそうじゃないの。不登校だったとか、人づきあいが苦手だとか、Cバードはもうすぐたたむことになりそうだとか、転職先も人づきあいをしなくて済むところしか無理だとか。ひかりさん、あなたのこと心配なさってたわよ。丁寧に美味しいコーヒーを淹れられる方なんだから、きっとそれを活かせる道はあると思いますよって」

そういえばあの日は、ひかりさんと初めて会ったのに、気がつくと催眠術にでもかかったみたいに身の上話をしてしまったのだ。

「だから」とお母さんは続けた。「結衣の特技が絵とマンガだったことを思い出して、そのことを話したの。要領はよくないかもしれないけれど丁寧に仕事をするところはマンガなどで鍛えられたのかもしれませんって。で、それがどうかしたの？」

「ううん、どうもしない。さっきひかりさんがコーヒー飲みに来てくれて、絵がお上手なのねって言われたから、何で知ってるんだろうと思ったら、お母さんが情報源だったって判っただけのこと」

「何よ、そんな話なら帰ってからすればいいでしょうに」

結衣は「はいはーい」と応じて電話を切ってから、心の中で、お母さん、ナイスパスと告げた。

その日の夕方、グッジョブ店長の東尾さんが「真崎先生から話を伺って、よかったら何かに使っていただこうと思い、お届けに参りました」と紙袋を結衣に渡した。

中にあったのは、無地のポストカードの束だった。

何ですか、これ？　と尋ねようとすると、東尾さんは「包装セロハンが破れたり汚れたりして、販売できなくなったポストカードなんですよ。従業員もみんな別に要らないって言うし、会社として使ってるハガキは専用の様式のものがあるんで、使い道がなくて」と説明した。

だからといって、何でここに持って来るんだろうか。

すると東尾さんが咳払いをして、少し言いにくそうな感じで切り出した。

「真崎先生から話を聞いた弟子や知り合いの誰かがそのうち、この店を利用するついでに、自分にも似顔絵を描いてもらえないかって頼んでくると思うんです。真崎先生のやることを真似したがる人、多いので」

「はあ……」

「そういうときに、このポストカードにささっと描いてやっていただけないでしょうか。もちろん他のお客さんに迷惑がかかってはいけないので、お手すきのときだけで結構ですし、厚かましいお願いをしていることは判ってますので、何なら一枚いくらという料金設定をされてもよいかと」

あー、そういうことか。

悪くないアイデアだと思った。ひかりさんの知り合いの人たちに喜んでもらえるのなら、間接的にひかりさんに恩返しができることにもなるから、こちらとしても歓迎すべきことだろう。

「判りました。私が描く人物画は基本的にシンプルな線でささっと仕上げるタイプなので、相手の方の特徴さえつかめば、描く時間自体は一分ぐらいでだいたいできると思います。たいした手間ではないので、喜んでやらせていただきます」

「ありがとうございます」東尾さんはいかにもほっとした表情で頭を下げた。「実は、私も近いうちにお願いしたいと思ってまして。奥さんの写真を持って来ますから、それを見て似顔絵を描いていただけると助かります」と言ってから、「誕生日が近いんで、花と一緒に渡そうかなって」とにやつきながら後頭部をかいた。

では仕事の途中なので、と東尾さんが辞去した後、結衣はいくつかのことに気づいた。

ひかりさんはもしかしたら、似顔絵を描くという特技が、ここに来るお客さんたちをもてなすのに役立つんじゃないかと、遠回しに提案してくれたのではないか。お客さんが喜んでくれるとしたら、確かにやりがいがあるし、実際もう、その気になりつつある。何よりも、使い道なんてもうないと思っていた自分の力を発揮できることが妙にうれしい。

ポストカードだと色紙よりも小さい分、描く時間を短縮できるし、色紙と違って気楽に筆を下ろせる。もしかしたら東尾さんは、そういうことまで考えて、色紙ではなくポストカードをくれたのではないか。何しろ、あのひかりさんの弟子だ。

ポストカードの表面を触ってみたところ、筆ペンとの相性も悪くなさそうだった。


五月中旬の土曜日の午後は初夏を思わせるような暑さとなり、結衣はＣバード店内のエアコンを作動させた。

最近はランチタイムでも常に何人かのお客さんが利用してくれるようになった。ひかりさんのお弟子さんたちが知り合いに伝え、来店したその人たちがまた別の知り合いに伝えて、という感じでお客さんの輪がじわじわと広がってきているようだった。

もちろん、いくらかお客さんが増えたという程度では儲けなどたかが知れている。この調子で続けてゆけたら、何とか店をたたまずに済むかもしれないというだけで、この先どれだけ時間が経っても裕福にはなれそうもない。

でも結衣は今では、Ｃバードはたたまないぞ、頑張って続けていくぞと決めていた。

お客さんたちはショーケースを眺めて「へえ」「珍しいものがあるね」などと口にし、それをきっかけに会話が始まる。ときには話が脱線していろんな話題に飛んだり、他のお客さんが加わったりもする。そうやって互いに顔なじみとなり、また来てくれる。喫茶店経営者と利用客というよりも、友人や親戚のような感じの距離感になり、陰気くさかった店内がいつの間にか、ほっとできる居心地のいい場所に変わっている。そういう場所を提供できる仕事には、おカネに代えられないやりがいがある。他人と話すのがあんなに苦手だったのに、気がついたらそれが克服できそうなところにきている。

これを奇跡と呼ばずして何と言おう。

これまでに二十人ぐらい、ポストカードに似顔絵を描いた。半分ぐらいは、ひかりさんの弟子や知り合いから頼まれてだったが、残り半分ぐらいは、以前から利用してくれていた常連客さんたちにプレゼントした。みんなとても喜んでくれたが、その笑顔を眺める自分の方がもっと幸福感に満たされていることに結衣は気づいていた。

最近、ひかりさんは魔法使いなのではないかと結衣は半ば本気で思い始めていた。手を触れずに物を動かしたり、虫や動物に化けたり、空を飛んだりはできないけれど、ひかりさんは魔法が使える人なのだ。閑古鳥が鳴いていたCバードを数週間のうちにカウベルが一日に何度も鳴る店に変身させ、店内にたくさんの会話の花を咲かせ、暗い雰囲気だった女性店主に表情を与えてくれた。

グッジョブの東尾さんや、空手の白壁さん、ケヤキ食品の園部さんたちは、魔法使いになるべく修行中の弟子たちなのだ。ひかりさんがきっかけをつくり、弟子たちが仕上げの作業に入る。そう考えれば、いろんなことに説明がつく。

ゴールデンウィークが明けた後、ランチメニューとして、コーヒー付きのミックスサンドを始めた。ランチタイムにそれを注文すると単品でそれぞれ注文するよりも値段がお得になるというだけで、新たにメニューを増やしたわけではないのだが、平日のお昼どきはちょっと一人で回すのは大変なぐらいに忙しくなった。

さきほどそのランチメニューを注文した、バックパッカーらしき若い白人のカップルが、ショーケースの前に並んで立って、英語で何やら話を始めていた。特に興味があるのは日本の近代貨幣のようで、スマホで情報を得ながら鑑賞している。何日か前にやはり外国人バックパッカーの男性がふらりとやって来て、熱心にショーケースを眺めていたのだが、それを境にぽつぽつと、似た感じの外国人旅行客たちが来店するようになった。おそらく最初の外国人男性客がネット上でCバードのことを紹介してくれたせいだろう。

数日前には十代後半と思われる東南アジア系の女性が一人でやって来たのだが、予想に反して日本語がぺらぺらで驚いた。聞いてみるとタイ人だという彼女は、子どもの頃から日本のマンガやアニメが大好きで独学で日本語を勉強したのだという。来年には東京にあるアニメの専門学校に入学するそうで、その女性とはマンガやアニメの話で盛り上がり、気がつくと二時間もおしゃべりをしてしまっていた。

今いるお客さんは……合わせて五人。これぐらいの人数だと楽な気分でいられる。あまり多いと特定のお客さんだけと話し込むわけにはいかず、注文や精算をきっかけに何度も話を中断しなければならなかったりするのだが、五人だったら大丈夫。

そのお客さんたちが帰って店内が静かになった直後、またカウベルが鳴った。ブレザー姿にブリーフケースを提げ、どちらかというとやせ型の中年男性。一見さんのはずだ。結衣が「いらっしゃいませ」と声をかけると、彼はにこっと笑って会釈をし、カウンター席に着くなり笑顔のまま「コーヒーをお願いします」と言った。

髪は七三にきれいに分けられ、ブレザーにはちり一つついていない。人と接する機会が多い人物なのだろう。スーツではなくブレザーなのだから普通の営業マンではない。ホテル関係、あるいはスポーツ団体？

以前はお客さんの職業や立場など全く関心がなく、相手の顔をしっかり見ることもなかったのだが、最近は心の中でこの人はどんな人なのかというクイズを出題し、会話の中で相手の情報を引き出すことができたらこっそり答え合わせをするという一人遊びをするようになった。自分にそんな好奇心があったのかと、ちょっと驚いている。

コーヒーを淹れる作業中にその男性が小声で「あの、こちらでは似顔絵をお願いできると聞いたんですが」と尋ねてきた。店内にそういう表示はしていないので、人づてに聞きはしたが、本当かどうか確信が持てないようだった。

「ええ、できますよ。今は忙しくないので大丈夫です。真崎ひかりさんのお知り合いですか?」

　結衣も小声で返した。

「はい、真崎ひかりさんにはいろいろとお世話になっている者です」男性は、ほっとした表情でうなずいた。「筆ペンを使われるとか」

「はい。でも、ご用意いただければ、水彩絵の具やペンでも構いませんよ」

「いえ、筆ペンでお願いします。ただ、ポストカードではなくて、これにお願いできるとありがたいのですが」

　男性はブリーフケースの中から色紙を出した。ポストカードよりも時間がかかるが、ひかりさんの知り合いの頼みとあらば喜んでやらせてもらおう。

「はい、判りました」結衣は色紙を受け取った。「では、コーヒーをお出ししたら、さっそく描かせていただきますね」

「あ、いえ」男性はあわててブリーフケースからさらに写真を三枚出してカウンターに置いた。「厚かましいお願いで大変恐縮なのですが、これを組み合わせて一枚の似顔絵を仕上げていただけないでしょうか」

　一枚は、和食用の調理服を着た小柄な年配男性の上半身が映っていた。厨房らしき場所で座っているところらしい。目を細くして笑っている。

もう一枚は、同様の調理服を着た年配女性が笑いながら撮影者を叩くような仕草をしている姿が映っていた。急にカメラを向けられて、やめてよと言っている感じだった。

最後の一枚はこぢんまりした飲食店の外観だった。看板には〔さか寿司〕とある。

「市内で両親が細々とやってる寿司屋なんですがね、二人とも高齢なもんで、いつまで続けられるかっていう状況なんですよ。特に母親の方は体調が悪くて」と男性は説明した。「それで先日、店の前で二人並んでる写真を撮ろうって提案したんですけど、二人とも照れ屋なところがあって、そんなもん撮らなくていいって応じてくれないんです。父親なんか最後はしつこいぞって怒り出す始末で」

「なるほど。それで代わりにお店をバックにしたご両親の似顔絵をと」

「そういうことです。もちろんお礼はさせていただきますので」

「いえ、絵でおカネはいただかないことにしてますので、お気になさらず」

「それはいけません」男性は少し険しい表情になった。「結構な手間のかかる頼み事をしておりますので。それに、特別な仕事ができるスキルをお持ちの方には、それにふさわしい対価が支払われて当然だと思います」

「いいえ」結衣は笑って頭を横に振った。「そういうお考えもごもっともだと思いますが、私はプロの絵描きになるほどの覚悟はないんです。その代わり、お客さんに喜んでいただけるサービスとしてならいいかなという考えでやってます。お客さんにちょっとした手品を見せたり、占いをしてあげたり、小咄《こばなし》を披露したりっていうお店、たまにあるじゃないですか。それと同じ類いの、ただのお節介サービスですから」

「はあ……」

「それにさきほど、お客さんにはちょっといいお話を聞かせてもらえましたので」

「そうですか……じゃあ、申し訳ありませんがお願いします」

男性は丁寧に頭を下げた。

「ご両親はバストアップでいいですか。全身を描くこともできますけど、そうなるとお顔が小さくなってしまいますし」

「ええ、バストアップでお願いします。店の入れ方なんかはお任せします」男性はそう言ってから「あー、よかった。金婚式なんかやらないって言ってるんですが、身内でパーティーみたいなことならってことになってるんですよ。頑固者の父親も、孫たちが祝ってくれるのなら断らないんで」

「そのときにサプライズでお渡しするわけですか」

「ええ。温泉旅行券を贈ることにしてるんですけど、そのときに一緒に。あ、もしかしてプレッシャーかけてしまってますか」

「そうですね、ちょっとだけ」結衣はくすっと笑った。

男性にコーヒーを出してから、カウンター裏の調理台の上に色紙を置いて描き始めた。

「あ、そうそう、申し遅れました。私、百貨店の三根屋で地下売り場を担当しております、坂口《さかぐち》と申します」と彼は自己紹介した。「真崎商店さんにはイワシのぬかみそ炊きや小アジの南蛮漬けなどを真空パックにしたものを納めていただいてまして、大変お世話になっております」

「あー、そうなんですか」

「あー、コーヒー、美味しい」

「恐れ入ります」

坂口さん自身は、ひかりさんの直接の弟子ではないらしい。ホテルマンという推理は当たりではないけれど、ちょっとかすったというところだろうか。さか寿司という名前は、坂口の坂を取ったものだろう。

坂口さんは不意に店内を見回してショーケースに気づき、「おっ、あれが噂の」とつぶやいてから、椅子から下りて見に行った。

「今はもう消滅した国のコインもあるんですね」坂口さんはそう言いながら席に戻って来た。

「提供してくださった方が、いろんな国を訪問する機会があって、気がついたらたくさん貯まってたんだそうです」

「空手の白壁先生のコレクションですよね」

「ご存じなんですか」

「ええ、中学生の息子と娘が白壁会館で空手を教わってまして、試合の応援に行くときなどにあいさつをさせてもらって以来、今ではときどき声をかけていただいて一緒に飲む仲ですよ」

坂口さんは言いながら、おちょこをくいっとあける仕草を見せた。

「ご両親のお店はどの辺にあるんですか」

「市立体育館や公民館、警察署なんかが集まってる辺りですが、店自体は裏通りにあるのでちょっと判りづらいかもしれません。以前は町工場や長屋のような建物が多かった場所ですが、今では閑散とした通りになってしまって」

「ここの商店街と同じですね」

「いやいや、さか寿司の立地は、もっと寂しい通りですよ。あ、すみません。この言い方だと、ここの商店街も寂しい通りだって認めてる感じになっちゃいますね」

「気にしないでください。ここもがらんとしてることは確かですから」

「あ、それと気を遣ってさか寿司に食べに行こうなんて考える必要ありませんよ。もう何年も前から鮮魚を扱わなくなってしまって、握りはシメサバ、穴子、湯通ししたタコや玉子ぐらいしかなくて、あとは稲荷に巻き寿司ですから。常連客も高齢化しちゃって、最近は飲食代を払ってもらうよりも香典を包む方が増えたって父親が嘆いてました」

「厳しい世界ですよね、お寿司屋さんも」

「ちゃんとした寿司屋ですら、回転寿司の進出によって次々と潰れてますからね。しかもその回転寿司店も、ライバル店との競争で次々と潰れてる。さか寿司はそういう土俵にさえ上げてもらえないわけですが、ある意味、年金もらいながら売り上げなんか気にせずご近所さんたちと世間話をしながらのんびりやってるっていうのは、老後の過ごし方としては悪くないのかもしれません」坂口さんはそう言ってコーヒーを口に含んでから「ま、身体を壊さないでいてくれたらの話ですね」とつけ加えた。

結衣は、自分には似顔絵という自己表現方法があったのだとしみじみ思った。

マンガ家を目指したけれど、結局は挫折した。マンガは絵が上手いだけでは駄目で、ストーリーを作れないと成立しない。だからストーリー作りができなかった自分はマンガ家にはなれないと悟って随分落ち込んだ。

でも全否定することなんてなかったのだ。ストーリーが作れなくても、似顔絵なら描ける。描いて欲しいという人たちがいて、仕上がりを見て喜んでくれるのなら、やる意味はある。

誰かのお役に立てること以上に幸せを感じることなんてないもの。

ひかりさんからもらった言葉。確かにそうだ。似顔絵を描けるという、ちょっとした特技によって、誰かが喜んでくれる。自分がやってきたことは決して無駄ではない。それどころか幸せを生み出すツールを持っているのだから、誇っていいのではないか。

似顔絵を描くときは、お客さんとの会話がよりいっそう弾む。描いてもらう側は自然と、自身の内面も見せようという気持ちになるからだろうか。その内面部分が、似顔絵のどこかに表れる。だから似顔絵は、さまざまな人生ドラマを垣間見る楽しみも与えてくれる。今回はさか寿司を営む老夫婦の物語に触れることができた。

一時はやめようと決めた絵を描くという作業は、こんなに素敵なことだったのだ。

似顔絵も、きっかけはひかりさんだった。彼女に頼まれて困惑しながら描いたら、おおげさに喜んでくれただけでなく、お弟子さんや知り合いに広めてくれて、喫茶店経営の仕事がより充実したものになりつつある。お客さんたちと、親戚や友人のような関係が作れるようになってきた。

今は確信している。ひかりさんは本当は自分の似顔絵なんて欲しいと思ってなかったのだ。知り合いが孫に似顔絵を描いてもらって自慢していたとかいう、あのエピソードはきっと作り話。陰気臭かった女性店主に、似顔絵というツールがあるじゃないのと気づかせるための、優しいうそ。

そう、ひかりさんはうそを操る魔法使いなのだ。

似顔絵が仕上がった。

「こんな感じですが」

結衣はそう言ってまず、色紙の裏面を向けて掲げた。

くるりと回転させる。

それを見る人の表情が一瞬だけ止まる。目を見開いて、口が開く。

そして顔が緩み、目が細くなる。

結衣は、自分もちょっとだけ魔法が使えるようになってきたかもと心の中で、うふふと笑った。

「おいおい、それはひどいじゃないか」東郷丈志《とうごうたけし》はため息をついた。「見ろよ、こっちはハネ満をテンパってたんだぞ」

牌《パイ》を倒して見せると、七対子《チートイツ》をダマで上がって連続半荘《ハンチャン》トップを確定させた堤《つつみ》は「いひひひ、それはお気の毒」と笑った。

残る二人も「あーあ、今日は駄目だ」「哭《な》き麻雀《マージャン》が好きな堤さんが珍しく黙ってたんでおかしいと思ったよ」などとぼやいている。

「じゃあ、今回の半荘でドベだった東郷さん、練習場の利用回数券一枚ね」

堤から言われ、丈志は「ああ、次に練習場で会ったときに渡すよ」と応じた。

警察から警告を受けたとかで、この雀荘《ジャンソウ》では店内で現金や金品の受け渡しをすることは禁止されている。だから賭け麻雀をしている連中は店外で清算しているらしいのだが、丈志が加わっている麻雀仲間では市内にあるゴルフ練習場の利用回数券を賭けるだけにしている。点数にかかわらず半荘ごとにドベがトップに利用回数券を一枚献上するという単純なルールで、利用回数券一枚がランチ二回分程度なので、見逃してもらえるレベルだろう。丈志自身は実のところもっと高いレートでやりたいのだが、貸しビルの収入だけで食っている男や病院を息子に引き継がせて今は悠々自適の元医者の残り二人はともかく、零細農家だという堤からは「それ以上のレートだったらやらない」と言われている。麻雀の実力はこの堤が一番あるのだが、彼が言うには、レートが上がると欲に目がくらんで判断力が鈍《にぶ》るだけでなく、麻雀自体を楽しむことができなくなるのだという。

丈志は「あと半荘やろうじゃないか」と持ちかけたが、堤から「東郷さん、確か来年は古希《こき》なんだろ。座りっぱなしの時間が長くなると腰痛とかエコノミークラス症候群とか、身体によくないよ。それに俺はこれから農機具の手入れをせんといかんのよ。お三方と違って俺は労働者だからね」と嫌味っぽい言い方をされた。残る二人も今日はもういいと口々に言い、解散となった。

次やるときもまたメールで、と確認して店の前で互いに手を振ってから、丈志は駐車場に停めてあるレクサスに乗り込んだ。日陰を選んで停めたものの、夏の陽射しは強い。車内は完全に蒸し風呂状態になっており、運転席に座っただけでたちまち額に汗がにじんできた。

エンジンをかけてから、まずはすべての窓を開けて風を通し、エアコンを強めにした。車内の温度が下がるのを待ってから運転した方がよさそうだ。

軽トラックに乗り込んだ堤が目の前を通るとき、もう一度手を振り合った。

去年の春に、堤がゴルフ練習場で声をかけてきてくれなかったら、自分は今頃どうしていただろうか。妻に先立たれて五年、加賀物産の社長を退任して一年半。子どももおらず、友人もほとんどいない。取締役連中のクーデターによって社長を解任されたことで、かつての仕事仲間や取引先の関係者とも交流は途絶えてしまった。だからちょいちょい声をかけてくれる堤には感謝しなければならないと思う一方で、あまり親密になると面倒ごとが増えるのではないかという警戒心もある。カネを貸してくれだの、連帯保証人になってくれだのといった話は御免である。だから堤から飲みに行こうと誘われても、自分は下戸《げこ》だからとうそをついて断っている。

車を出そうとした時に、助手席に置いたスマホが振動した。

表示された番号は記憶になかったが、この電話番号を知っているからには何か用があるということだろう。出てみることにした。

「恐れ入ります。私、マネーラボというウェブマガジンでライターをしておりますアシハラアヤコと申しますが、加賀物産前社長の東郷丈志様でしょうか」

若い女性らしかったが、口調の雰囲気からちょっと強引そうな印象があった。

マネーラボというウェブマガジンの名称は聞いたことがある。

「ええ、東郷丈志ですが、何かご用ですか」

「現在取材中のある会社について、できればコメントをいただきたいと思いまして、ほんの数分で構わないのでお時間をいただけるとありがたいのですが」

「本当に数分なら構いませんが」

「ありがとうございます。主に寒天《かんてん》を主原料にした食品を製造販売している菜香《さいこう》食品という会社をご存じでしょうか」

「ええ、独自の人気商品を作ってる会社ですよね」

「もしかして株式をお持ちだとか」

「いえ、株式投資からはもう足を洗いました。今は全くやっておりません」

以前は株式を頻繁に売り買いして利ざやを稼いでいたのだが、動悸が激しくなることがあったため診断を受けたところ不整脈を指摘された。老い先短い身だと感じ、さほど遠くない将来、高級リゾート型老人ホームに入居する計画を立ててすべての株式を売り払った。しかしそういう事情をここで語る必要はないだろう。

「その菜香食品ですが、人気商品を大幅に増産するために新工場を作りましょうと大手銀行からかなりの好条件で融資を持ちかけられたのですが、即座に断ったそうなんです。お聞きになっていますでしょうか」

「いいえ。一線を退いて以来、経済界のことに聞き耳を立てることもなくなったので」

「そうですか。加賀物産の前社長として、菜香食品の経営方針についてどのようにお感じになられるか、コメントをいただきたいのですが」

「あの、なぜ私にお尋ねになるんですかね」

「菜香食品はもともと堅実に少しずつ利益を上げてゆければよい、無理な拡張は必ずほころびを生む、という経営方針があるのでもともと新工場建設に興味は示していませんでした。それに加えて、新工場の建設を勧められた場所が、野生のフクロウやキツネが生息する原生林に隣接していることも断った大きな理由なのだそうです。工場が近くにできることで、希少な野生動物に悪影響を与えてしまったら取り返しのつかないことになる、と社長さんがコメントしています。加賀物産社長だった東郷さんは、インドネシアからの養殖エビ輸入拡大を目指して、現地法人にさらなる出資を指示されたことがあったと聞いております。しかしこれ以上現地のマングローブ林を伐採して養殖場を拡張することは深刻な自然破壊につながる、むしろインドネシアでのエビ養殖事業は縮小してゆくべきだと主張する他の取締役の方々と対立し、結果として取締役会で解任され――」

「申し訳ないが」丈志は途中で遮った。「さきほど申し上げたように、今はもう経済界のことについてコメントできる立場にはありませんし、ご質問の内容に興味もありません。どうかご容赦いただきたい」

「東郷さんはエビ養殖事業の拡張をすべきだったと今でもお考えでしょうか」

丈志は「ではごきげんよう」と電話を切り、即座に着信拒否の設定をした。

ふざけやがって。菜香食品の経営姿勢を讃える記事を書く中で、反面教師として東郷社長時代の加賀物産を引き合いに出そうという魂胆なのだ。

あの頃、輸入冷凍エビの価格は高騰していたのだから、養殖事業への出資を増やすというのは経営者として当然の判断だったはずである。すぐに環境破壊、環境破壊と騒ぎ立てる連中に限って、その結果として自分たちが快適な生活を享受できていることを忘れているのだ。本当に環境破壊に反対する気があるなら、ウミガメの産卵場所を埋め立てて造られた空港を使って海外旅行に出かけてんじゃねえよという話である。だが、そういう本音を口にするとたちまちバッシングの標的となるご時世だということは自覚している。真の言論の自由など今の日本にはない。

東郷さん、私たちはもうあなたの下で働く気はないんです。

臨時取締役会の場で、当時専務だった今泉俊一《いまいずみしゅんいち》が冷めた目を向けながらそう言い放った場面がよみがえった。仕事を教えてやり、取り立ててやった男がクーデターの首謀者だった。飼い犬に手を咬《か》まれるとはまさにこのことだろう。

結局、あの男もあらかじめ用意しておいた辞表を出し、会社を去った。東郷社長を支えてきた参謀として責任を取るという名目である。その後は互いに連絡を取り合うことなどないので、どこでどうしているのか知らないが、おそらく自慢気に語っていることだろう。俺は自分の身と引き換えにあの東郷丈志を権力の座から引きずりおろしてやったのだと。

まっすぐ帰宅した。丈志の住まいは地元テレビ局が近くにある住宅街の一角、十五階建てマンションの最上階である。周辺には江戸時代から残っているお堀や遊歩道があり、ベランダからその景色が一望できる。

地下駐車場の定位置にレクサスを停め、階段で一階エントランスに上がって集合郵便受けを覗くが、健康食品などのダイレクトメールのみだった。最近は知人から手紙を受け取ることもなくなった。加賀物産の社長だったときは年賀状が千通以上届いたものだが、今では大学時代の同窓生や親戚など、十数枚だけになってしまった。

集合郵便受けの反対側にある管理人室の窓から「東郷さん、東郷さん」と声がかかったので振り返ると、頭髪の薄い小柄な老人が作り笑顔で片手を上げていた。名前は忘れたが、マンションを購入したときから管理人をやっており、宅配便や百貨店に注文した食品などを預かってくれる男性である。

セキュリティシステムが売り物のマンションで、管理人室は窓が開かないようになっている。代わりに小さな穴がいくつか開いているアクリル板がはめ込まれている。宅配便などを受け取るときはしゃがまないと通れない小さなスチールドアのロックを解除して対応するという。

「どうかしましたか？」丈志はアクリル板に近づいた。ここに立つとテレビドラマや映画で見かける留置場や拘置所の接見室を連想してしまう。

「東郷さんちでお仕事をされていた家政婦の大町《おおまち》さん、今朝骨折されて入院しちゃったそうなんですよ。本人から電話がかかってきて、ご迷惑をおかけして申し訳ありませんとおっしゃってました」

平日の午後一時から四時まで、家政婦さんに掃除や洗濯をしてもらっている。それが大町という名前だったと思い出したが、会ったことがあるのは最初にあいさつをしたときのみなので記憶はあいまいだった。仕事中に家に居られると気まずいだろうと、丈志はその時間帯はゴルフの練習や麻雀、プールやサウナなどの予定を入れて外出するようにしていた。なのでその大町さんが骨折したと聞かされても、ああそう、という感情しか湧かなかった。

だが一応「重傷なんですか」と聞いてみた。

「右腕の前腕、だったかな？　荷物を運ぼうとしたときに段差につまずいて転倒したとか。で、家政婦協会からも電話がかかってきて、今は運悪く人手不足で、すぐに新しい人を派遣することができない、一週間ほど待って欲しいとのことでした」

「えーっ」

丈志は家事が苦手で、掃除機の使い方ぐらいは判るが洗濯機の操作ボタンなどは触ったこともない。干す作業も嫌いなので、妻が亡くなった後、家政婦に頼むまでは、洗濯ものが溜まったら車でコインランドリーに行って乾燥まで済ませていた。風呂やトイレの掃除もやりたくない。二、三日なら掃除も洗濯もしないままで何とかなるが、一週間となるとそうはいかない。掃除をするのは嫌いだが、生活空間が汚れたり散らかるのはもっと嫌いだ。

「でも、大丈夫だそうです」と管理人は愛想笑いのまま続けた。「その間、代わりに来てくれる大町さんの知り合いがいるので、個人的に頼んでみますって」

「あ、そうなの?」

「何でも大町さん、独居老人にお弁当を届ける活動をしているNPO法人でもときどきアルバイトをしてるそうなんですけど、そこをボランティアで手伝ってくれている女性が大町さんの怪我のことを聞きつけて、他に当てがないなら私がって申し出てくれたそうなんです。ただし、家政婦協会を通してない話なので、体裁としては大町さんのピンチヒッターじゃなくて、東郷さんが個人的に家事代行をお願いしたということにして欲しい、みたいなことを言ってましたよ」

体裁などどうだっていい。掃除や洗濯をしなくて済むのならそれでいい。

「ではその方向でよろしくお願いします」と丈志は言った。「その方とわざわざお会いしてどうこうする必要はないと思いますので、管理人さんの方で万事よろしくお願い致します」

「判りました。大町さんからその人の名前などを聞いておいて、毎度毎度確認した上でドアを開けるようにします」

住人は一階でセンサーに掌紋をかざしてスモークガラスのドアを通過するようになっているが、来訪者は住人がインターホンとモニターで確認して解錠ボタンを押せばドアが開く。それ以外の、住人が不在時に訪問する家政婦などは、管理人が顔を確認してそのたびに合い鍵を渡した上でドアを開けるシステムである。

丈志はほっと一息ついて、センサーパネルに手のひらをかざした。


書斎の隅にしつらえてあるパターゴルフの練習スペースで三十分ほど時間を潰したが、この日は調子が悪く、カップに蹴られてばかりだった。

名前は忘れたが、あの無礼な女ライターのせいだ。あいつのせいでささくれた気分が続いている。てめえらだって外食に出かけたらエビフライ定食やエビ天丼を食ってるだろうが。あのエビはたいがい日本の商社が買い付けた外国産の養殖エビなんだよ。

再びレクサスに乗って、会員制のスポーツクラブに出かけてプールでひと泳ぎし、施設内にあるサウナで汗を流した。ついでにリラクゼーションルームでマッサージも頼んだ。マッサージだけは別料金だが、ゴールド会員の丈志は、月に四回までなら無料で利用ができる。

お陰で多少は気分も回復した。いったん帰宅して、徒歩五分の場所にあるチェーン店の居酒屋へ。定位置にしている手前側隅のカウンター席が使われていたので、一番奥のカウンター席に着き、エビフライ定食とビールを注文。普段は刺身定食を選ぶことが多いが、今日はあの女ライターへの当てつけでエビフライを食ってやる。

料理を全く作れない丈志は朝食でナッツやドライフルーツが入ったシリアルを食べる以外はほぼ外食に頼っている。スポーツクラブを利用した日はこの居酒屋で飲み食いするというのがお決まりとなっている。食事中はスマホで麻雀ゲームをすることが多い。麻雀ゲームではまたもやハネ満狙いの手が作れたのに、ただのリーチの相手に振り込んでしまった。

家政婦のピンチヒッターは、大町さんが骨折した三日後に来てくれることになった。その後は家政婦協会が正式な人を寄越してくれるまで、一日おきに掃除と洗濯をしに来てくれるという。大町さんから電話で聞いたという管理人さんによると、マザキという苗字の女性で、やや高齢らしいが普段から独居老人に配達する弁当作りや近所の老人ホームの手伝いなどをするほど元気な人だから心配はない、とのことだった。

そのマザキさんが来たという初日の夕方、ゴルフの練習場から帰宅した丈志は、ダイニングのテーブルに置いてあったものを見て困惑した。

半透明の密閉容器に惣菜らしきものが入っていた。アルミホイルで包んであるので開けてみないと中身は判らないが、三つに分けられているようだった。密閉容器はもう一つあり、そちらにはラップでくるまれた三角おにぎりが二つ。海苔などは巻かれておらず、シンプルな塩むすびのようだった。ただし、真っ白なおにぎりではなく、ところどころ茶色い。ふたを開けてみて「おっ」と声を漏らした。

茶色い部分の正体は、おこげだった。おこげのあるご飯なんて、もう何十年も食べた記憶がない。子供の頃はごはんは釜で炊くのが普通だったのでおこげ部分があるのは当たり前だったが、気がつくとそれが電気釜になり、炊飯器へと変わっていき、おこげご飯というものを口にすることがなくなった。最近は、わざとおこげご飯にする機能がある炊飯器が売り出されてると、報道番組か何かでやっていたので、それかもしれない。おにぎりが入った方の密閉容器の隅には、アルミホイルの小さな包み。漬物でも入っているのか。

それにしても何でだ、と首をかしげた。

家政婦さんには掃除と洗濯だけをやってもらうことになっており、料理は頼んでいない。知らないおばさんが作った料理などそもそも食べる気がしないし、もし食中毒になったりしたら事だ。それがきっかけで家政婦さんが来なくなってしまうのが一番困る。だから家政婦協会とは最初から、掃除と洗濯だけという取り決めをしてあったのに……。

そうか、マザキとかいう人は、そういう事情を知らなかったわけか、食事の用意は不要だということを。

丈志はため息をついて、おこげつきおにぎりが入った容器のふたを閉めなおした。

そのとき、惣菜の方の密閉容器の下に、たたまれた白い紙がはさんであることに気づいた。

それを広げてみて、今度は「えっ」と漏らした。

何と筆を使って書かれた手紙だった。文字の一つ一つが実に丁寧で、書道の心得がある人物らしいことが窺えた。

東郷丈志様

大町さんの代わりに本日より何度か家事のお手伝いをさせていただくことになりました真崎ひかりと申します。至らないところが多々あるかと存じますが、しばらくの間、よろしくお願いいたします。ご要望などがありましたら管理人さんにお伝えいただければと存じます。田舎料理でお恥ずかしいのですが、自宅で作ったものをお持ちしました。もし気が向いたらお夜食か明日の朝食にどうぞ。お口に合わない場合はそのまま冷蔵庫に入れておいていただければ持ち帰りますのでご遠慮なく。

真崎ひかり

大町さんのときも、風呂用の洗剤が残り少ないようですとか、トイレットペーパーがあと二個だけになってます、といった伝言メモをときどき残してもらっていたが、メモ紙にボールペンでちゃちゃっと書いただけのものばかりだった。

筆書きとは恐れ入る。まさか硯《すずり》などの書道用具も持参したとか。いや、さすがにそれはないだろう。今は筆ペンというものがある。

丈志は二つの密閉容器を冷蔵庫に入れ、二日後に真崎さんが来るまでそのまま放置することにした。せっかくの厚意だが、もともと料理なんて頼んでいない。もしかしたら傷つけてしまうことになるかもしれないが、要らないものは要らないという意思表示はしておいた方がお互いのためだ。

入浴後、丈志はちょっとそれでは悪いかな、という気持ちになり、書斎でメモをしたためた。それを風などで飛ばないよう重し代わりにダブルクリップで留めて、ダイニングのテーブルに置いた。

真崎ひかり様

しばらくの間、よろしくお願いいたします。申し訳ありませんが料理は不要です。また夜食を摂る習慣がなく、朝食もコーヒーとシリアルに決めておりますので、せっかくのご厚意ですが遠慮させていただきます。

東郷丈志

まあこれならさほど相手を傷つけずに済むだろう。丈志は、ふう、と一息ついて冷蔵庫からスコッチハイボールの缶を出した。ソファに身を沈めて、録画しておいた全英オープンを観戦するとしよう。

目覚めたのは午前五時過ぎだった。年を取ると身体が疲れていても早く目覚めてしまう。そのせいで必然的に、日中に眠くなる。丈志はそうならないため、マグカップ一杯のぬるま湯を飲んでから二度寝をするようにしている。ぬるま湯を飲むのは、水分量を多めに取っておくと血液をサラサラ状態に保つ効果があり、脳梗塞や心筋梗塞、認知症などのリスクも軽減すると健康番組でやっていたからである。

しかしこの日は目が冴えてしまって、ベッドで目を閉じていても眠気がやってこなかった。丈志はダイニングキッチンでウイスキーのお湯割りを作って飲み、頭が少しぼーっとなるのを感じながら再びベッドに入った。強制的に二度寝をする最終手段である。空きっ腹に飲むと効く。ただし、年が年なので、こういうことをすると後で起きたときに吐き気を覚えることもある。

案の定、一時間半後に再び目覚めたとき、空っぽのはずの胃から消化液がせり上がってくるのを感じて、何度か「おえっ」と漏らした。

ベッド脇のスイッチを押して、リクライニング状態にした。愛用のベッドは電動で自由に傾斜がつけられるようになっており、上半身を少し起こすと、胃液の逆流を防ぐことができる。しばらくじっとしていれば、やがて収まるはずである。

十数分間、そのままぼーっとしているうちに嘔吐感がなくなったので、ベッドから這い出た。冷蔵庫からペットボトルの微糖コーヒーを出してマグカップに注ぎ、電子レンジで温めた。室内温度を一定に保つ機能があるエアコンがスリープ状態から切り替わって、かすかな音を立て始めた。

リビングのカーテンを開けると、早くもまぶしい太陽光が降り注いでいた。今日も暑い一日になりそうである。丈志はカーテンの半分を閉め直して、光量を調節した。

ソファでコーヒーを飲みながら大型画面で朝の報道番組を見る。以前は寝起きに体操や腹筋などをするようにしていたのだが、朝は突然死のリスクが高いので運動は夕方に、と健康番組で言っていたのでやめた。もっともこの手の健康にまつわる情報は、ころころと変わる。以前は紫外線が皮膚ガンのリスクを招くとされて外出時は対策を、などと言っておきながら、最近では一日に十五分ぐらいは紫外線を浴びないとむしろ健康に悪いなどと学者さんたちが言っている。長寿の秘訣は肉をしっかり食べること、みたいな番組をやっている一方で、別番組では日本人は肉食の割合が増えたことで大腸ガンや血管の病気も増えてきていると警告している。一貫性のない情報の洪水の中で、視聴者が右往左往している。

テレビでは、一部の輸入ナッツから発がん性物質が検出され、店頭から回収されることになったと報じていた。そのミックスナッツの缶が映し出される。おおかた、安売り店で販売されてきた代物だろう。丈志が食べているシリアルは高級品なので、その中に入っているナッツは問題ないはずである。

何度かチャンネルを変えたが興味を引く番組が見つからず、丈志はテレビを消してダイニングキッチンに移動した。

食料庫からシリアルの箱を出し、冷蔵庫からヨーグルトのパックを出してテーブルに置いたが、食欲が湧かず、ため息をついた。

シリアルは健康にいいとされるさまざまな穀物が使われており、数種類のナッツやドライフルーツも入っている。ヨーグルトも腸に特別いいとされている乳酸菌を使ったものので、どちらも味はいい。

なのにこういう気分にかられるのは、さっきの発がん性物質のニュースのせいだろうか。このシリアルに限ってそんな心配はないはずだが、物事に絶対はない。

朝食がシリアルとヨーグルトになったのは、やはり健康番組で学者が勧めていたからだ。その医者自身がその朝食を数年前から実践したところ、余計な体脂肪が落ちて、便通もよくなり、血圧も血糖値も下がったというので、これなら自分にもできると思って、二年ほど前から続けている。もともと太ってはいないので体型は変わらないが、確かに血圧と血糖値が下がってきたので食べ続けているのだが……健康のために食べなければならない、という義務感が食欲を減退させている面は否めない。

もしかすると今の食生活に潜在的な抵抗感があるのかもしれない。漆塗りの大きな椀にシリアルを入れ、その上にヨーグルトをかけて、百貨店の店員から「金属製と違って持ったときの感触がいいんですよ」と勧められて買った木製のスプーンですくって口に運ぶ。上等の食材なのに、何だかエサを食べているような気分になってくる。ちょっと前に観た近未来を舞台にしたSF映画では、閉ざされた施設の中で生活するクローン人間たちが、こんな感じの食事をしていた。味も栄養価もいいという設定だったはずだが、ひたすらスプーンですくって同じものを食べ続ける光景は全く楽しそうには見えなかった。そのクローン人間たちは、いつか原本の人間に臓器提供をするために生かされていることにまだ気づいていない、という話だった。

盛大なため息をついて席を立った。今日はちょっと食べる気にならない。もう一杯コーヒーを飲むだけで済ませるとしよう。そもそも、さほど腹は減っていないのである。健康番組でやっていたが、人間には空腹の時間が必要だという。空腹に耐えることのない生活を送っていると長寿細胞なるものが減ってゆき、かえって寿命が短くなるというのである。ならば食べたくないときは食べない方がいい。

ヨーグルトを冷蔵庫に戻し、代わりにコーヒーのペットボトルをつかもうとしたときに、見慣れない密閉容器に目が止まった。

ああ、そうだった。何とかというピンチヒッターの家政婦が、勝手に用意したおにぎりと惣菜らしきもの。

昨夜見たおこげつきのおにぎりを思い出し、なぜか口の中に少しつばが湧いた。

子どもの頃は、おこげが混じったご飯に野菜や豆腐のみそ汁、めざしやアジの干物などの朝食が普通だった。

今の妙な気分は、幼少期の刷り込み作用というやつだろうか。

二つの密閉容器を出してテーブルに置き、おにぎりの方のふたを開けた。

「まあ、一つだけ食ってみるか」と声に出し、丈志はラップを巻いた状態で皿に載せ、レンジで温めた。

待つ間に、隅にあった小さなアルミホイルの包みを開いてみた。

漬け物のようだった。たくわんや浅漬けとは違って、何かの味噌漬けらしい。

鼻を近づけると、ショウガの匂いがした。スライスしたショウガの味噌漬けか。食べたことはないが、その匂いに刺激されてさらにつばが湧いた。

温めたおにぎりのラップを半分外すと、湯気と共に、光沢のあるご飯が姿を見せた。おこげの香りに、ごくんとつばを飲み込んだ。

丈志は特に食通というわけではなかったが、この米が結構な高級米らしいことは判る。ご飯粒の一つ一つがしっかりした感じで、色つやがいい。

一口含んでから、「うーん」とうなった。ご飯の甘みとおこげの風味、もちもちした食感とほどよい塩加減。これこそおにぎり。

おにぎりを半分ほど食べてから、ショウガの味噌漬けを一切れ口に入れた。ショウガの辛みと味噌の旨味がちょうどいい具合で、おにぎりに実によく合う。

このピンチヒッターの人、もしかして和食のプロなのか？

お茶を飲みたくなり、冷蔵庫から緑茶のペットボトルを出した。それをマグカップに注ごうとしたが手を止め、普段めったに使うことがない有田焼の湯飲みを食器棚の奥から引っ張り出して、注ぎ直した。レンジで温めて緑茶をすすり、「うむ」とうなずく。ペットボトルの緑茶でも、ちゃんとおにぎりやショウガの味噌漬けの引き立て役はできている。

あっという間に一つ目のおにぎりがなくなったが、なぜか腹がぐうと鳴った。ついさっきまでは腹なんて減ってないと感じていたのに、何なのだろうか、この生理作用は。ショウガの成分が眠っていた食欲を刺激したのだろうか。

もう一つの密閉容器もふたを取り、アルミホイルの中身を確かめた。

一つは小魚の煮物が二切れ。頭を落としてある。見た目はあまり食欲をそそるものではなかった。火山灰混じりの泥を塗りたくったのではないかという外観だった。

もう一つは小魚の開きを南蛮漬けにしたらしいものが二つ。混ぜ込んである細切りのタマネギはしんなりしていて、いかにも味を吸っているという感じだ。細く輪切りにした鷹の爪の赤色が映え、酸っぱさと甘みを含んだ香りが鼻に届いた。

残る一つの小さな包みは、インゲンのごま和えだった。鮮やかな緑色に白ごまのたれがからめてあり、それぞれの香りがしっかりと鼻に届いた。

小皿に南蛮漬けとインゲンのごま和えを盛りつけて、箸で口に運んだ。

南蛮漬けはどうやら小アジらしかった。酢の酸味と、輪切りの唐辛子による辛みのバランスが実にいい。小アジは新鮮なものを使ったようで魚臭さが全くなく、嚙むと旨味がじわっと染み出て箸が止まらない。

インゲンは湯通しの時間がドンピシャという感じの歯ごたえだった。嚙むたびにインゲンの青々とした香りとごまのまろやかな香りが鼻から抜ける。これは収穫したてのものを調理したからだろう。

気がつくと、小アジの南蛮漬けもインゲンのごま和えもすべて平らげてしまっていた。しかしまだ満腹感はやってこない。丈志はもう一つのおにぎりも温めた。

さて、こいつはどうするか。見た目はよくない魚の惣菜だが、味はどんな感じなのだろうか。丈志は、残る惣菜を小皿に盛りつけて、まずは匂いをかいでみた。

「おっ」

これは……ぬかみそと山椒《さんしょう》の匂いだろうか。少年期の記憶がよみがえる。同居していたばあちゃんはぬか床の壺を持っていて、毎日右手を突っ込んでかき混ぜていた。ぬかみそは生きているからかき混ぜて空気を入れてやらないと元気を失い、悪い菌が増えてしまうという説明を聞かされた覚えがある。だからばあちゃんの右手は一年中ぬか床の匂いがした。そしてばあちゃんが漬けたキュウリや大根は絶品だった。

この魚は姿形からするとイワシだろう。ぬかみそと山椒を使って煮たものだと判り、最初の悪い印象は霧散した。それどころか今は見ただけでつばが湧いてくる。

箸で裂いて一口。

「うーむ、これはすごい」となった。

山椒の辛みが利いていて、舌にぴりっと心地いい刺激がくる。ぬかみその成分によるのだろうか、イワシの身が口の中でほろりと崩れ、骨まで柔らかい。イワシ自体もおそらく新鮮なものを使っているのだろうが、ぬかみその風味によって魚臭さが全くない。

小アジの南蛮漬けも旨いが、むしろメインはこっちだった。これとショウガの味噌漬けがあれば、どんなに食欲がないときでも丼飯一杯ぐらいは入りそうな気がする。

結局、密閉容器にあったもの全てが腹の中に収まった。最後に緑茶をすすって口の中をさっぱりさせた丈志は、誰もいない部屋で「ごちそうさまでした」と両手を合わせて「わははは」と笑い、リビングのソファに身を沈めて腹をさすった。

いやあ、食った、食った。飯を食うというのはこういうことなのだ。腹にずしんと、飯とおかずが落ちてきた。胃や腸も喜んで味わっているのが判る。

やっぱりあれだろうか。日本人は弥生時代以来、米と魚をメインに食べてきたせいで、身体にそういう遺伝子が組み込まれているのだろうか。シリアルが悪いわけではないと思うのだが、満足度が格段に違うことを実感した。ただしそれは、旨い飯、旨い魚であることが大前提となる。そしてさきほど食った飯と魚はまさにその条件を満たしてくれていた。

ピンチヒッターの家政婦さんの名前、何だっけか。

丈志はひじかけに片手をついて「よっこらせ」と立ち上がり、ダイニングテーブルを見回したが、筆で書かれたあの手紙が見当たらない。代わりにあったのは、〔申し訳ありませんが料理は不要です〕と昨夜自分が書いたメモ紙だった。

「あ、そうか」と両手を叩き、ゴミ箱の中をあさって、くしゃくしゃに丸められたそれを見つけ出した。

丈志はテーブルの上でその手紙を丁寧に伸ばして広げ、代わりに自分が書いたメモを破って丸め、ゴミ箱に捨てた。

そうそう、真崎ひかりという人だった。失礼なことをしてしまった。こんなに旨い手料理を作る人に対して、自分は何と馬鹿な返信を書いてしまったのか。

もし密閉容器のふたさえ開けることなく、口にしないままだったら……人生の大損をしていたところだ。ぎりぎりの判断ミス回避。ふう。

丈志は二つの密閉容器を流し台で洗った。目の前には大型の食洗機があるが、わざわざこの二つだけのために使うのはさすがに馬鹿げている。それに、旨い飯とおかずを作ってくれた相手に敬意を表する意味でも、手洗いすべきだと思った。

これまでの人生で、食器を洗うなんてことはほとんどなかったので、スポンジに洗剤を含ませすぎてしまい、泡が消えるまで、すすぎに時間がかかってしまった。


一時間ほど、ソファでスマホを片手に麻雀ゲームをした後、膨らんでいた腹も落ち着いてきたので、散歩がてら数百メートル先の児童公園まで歩いて、砂場でバンカーショットの練習をすることにした。会員制スポーツクラブのメンバー限定のゴルフコンペに先日参加したのだが、バンカーショットに失敗して悔しい思いをしており、ボールを正しく叩く感覚を身体に覚え込ませたかった。

一本のサンドウェッジを手に、鳥打ち帽をかぶり、ポロシャツにチノパン、スニーカーという格好で出かけた。両手には最近買ったゴルフ用グローブ。ゴルフっぽい身なりをせずにサンドウェッジを持ってうろついていると巡回中の警察官に職務質問されるかもしれないので、服装には気をつけなければならない。

街路樹やビルの木陰を選んで歩くようにしたが、児童公園にたどり着くよりも前に早くも後悔し始めた。

とにかく暑い。まだ午前中なのにアスファルトの照り返しによって熱気が全身にからみついてくる。最近鳴き始めたなと思っていたクマゼミやアブラゼミが今は大合唱しており、余計に暑さが増している。

児童公園に到着した頃には、ポロシャツが汗を吸って、身体に貼りついていた。

しかしせっかく到着したのだから、少し練習してから帰るとしよう。幸い、この暑さのせいで公園内には他に誰もいないから、子どもにボールが当たる心配をせずにバンカーショットの練習ができる。丈志は二畳分ほどの砂場に立ち、チノパンのポケットから出したボールを砂の上に置いた。指先が触れた砂には熱がこもっていた。

持参したボールは二個。打っては取りに行くというのを繰り返さなければならないので遠くに飛ばしてはならない。丈志はバンカーからすぐ近くのグリーンにボールを乗せるイメージでサンドウェッジを構えた。

十回も打たないうちにあごの先から汗がしたたり落ちて、砂に黒い斑点を作るようになった。駄目だ、これでは熱中症になってしまう。丈志は、あと一、二回打ったら終わりにしようと決めた。

サンドウェッジのスイング体勢に入ろうとしたとき、後方から「子どもが遊ぶところですよ」と声がかかったので動作を止めた。

振り返ると、ママチャリにまたがった中年女が険しい顔を向けていた。両目が小さくて、口もとにくっきりとほうれい線が見える。黒っぽいサンバイザーがいかにも似合う、その辺にいそうなおばちゃんだった。

いきなりとがめられて、カチンときた。

「判ってますよ。私だって常識はわきまえてる」と丈志は言い返した。「子どもが公園内で遊んでいたらもちろんやりません。でも今は誰もいないじゃないですか。だったらその間は大人が利用したって構わないでしょう。ここは公共の施設ですよ」

「そういう問題じゃないでしょ」中年女は片手を腰に当てた。「砂が外に飛び散ってるじゃないの。あなた、後でその砂を元にちゃんと戻すの？　戻さないんでしょ。子どもが遊ぶ砂場の砂が減っちゃうでしょ。それが迷惑なことだってことが判んないの？」

「砂が飛び散るったって、ほんの少しだろ。子どもだってここで遊んでて、砂を外に投げたりすることはあるだろうが。屁理屈を言いなさんな」

「何が屁理屈よっ」中年女は声のボリュームを上げた。「もし子どもが公園に遊びに来て、あなたがここでそんなことをやってるのが見えたら帰っちゃうでしょうが。そもそも子どもが遊ぶ砂場でゴルフの練習って何なのよ。専用の練習場に行きなさいよっ」

「判った、判ったって」丈志は顔をしかめながら片手を振り下ろす仕草をした。「言われなくても、もう止めるとこだったんだ。だからもうごちゃごちゃ言うな」

「何よその言い方。あなたが非常識なことをしてるから注意してんのに、まるで言いがかりをつけられた被害者みたいな態度を取るって、どういうつもりなの」

あー、もう、面倒臭い女だ。丈志は「はいはい、どうもすみませんでしたー」とわざとふて腐れた言い方をしてサンドウェッジを肩に担ぎ、公園出入り口に向かった。

背中に視線を感じていた。このサンドウェッジでぶん殴ってやろうか、ほうれい線女め。


帰宅してぬるま湯のシャワーを浴び、冷蔵庫からペットボトルのスポーツドリンクを出して多めに飲んだ。水分補給はこまめにしないと、脳梗塞などのリスクが高くなる。

ソファに寝転んで腕組みをし、「しっかし、むかつく女だ」と毒づいた。小中学校でもああいう手合いが必ずいて、男子のたわいないいたずらにも目くじらを立て、教師にチクったりホームルームのときにつるし上げようとしたりするのだ。正義の味方気取りのまま年を取り、地域住民のゴミ出しをチェックしてささいな違反を見つけたら鬼の首を取ったかのように糾弾するタイプの奴だ。

こっちは加賀物産の前社長だぞ。何であんな低所得層の中年女から説教されなきゃいかんのか。

そういえば先日も不愉快な出来事があった。ゴルフ練習場の近くにある、シャッター通りと化した商店街の喫茶店だ。店内に明治時代の金貨が展示されてたので購入したいと申し出たら、無関係な男の客が割り込んできて説教めいたもの言いをしてきやがった。女性店主と交渉しようとしただけなのに、まるでこっちが因縁をつけたならず者みたいな扱いをしやがって。

あの男、どこかで会ったことがあるような気がしないでもないのだが……いや、そんなことはどうでもいい。あんな奴のことをいちいち思い出そうとする必要などない。

加賀物産の前社長だと知っていたら、あの男の態度もきっと違っていたはずだ。あのとき言ってやればよかった。きっと水戸黄門の印籠を見た悪代官みたいに青ざめて頭を下げたはずだ。そしてこっちはこう尋ねてやるのだ。君はどこの会社にお勤めかねと。おずおずと答える相手の会社は、加賀物産が面倒を見てやっていた吹けば飛ぶような零細企業だったりするのだ。このたびのことはどうかなかったことに、などともみ手をしてくる相手にこう言ってやる。君のこのたびの非礼な態度を忘れるのは難しいだろうね。

想像があらぬ方向に向かいかけたときに、ダイニングの壁に設置してあるインターホンが鳴った。管理人とやり取りできる内線機能もついていて、その上には訪問者を確認するためのモニター画面がある。

モニター画面に何も映し出されていないということは、訪問者からの呼び出しではない。

受話器を取ると、「ああ、東郷さん」と管理人の声がした。「家政婦協会さんから電話がありまして、入院している大町さんの代わりの方が、明後日から来られるそうです。よかったですね」

えっ？

「あの、その人は真崎ひかりさんではない、別の人ですよね」

「ええ、もちろん」

ということは、あのおにぎりも惣菜も食べられなくなってしまうのか。

それは困る。もっと食いたい。

いや、手はある。家政婦として来てもらわなくても、個人的に頼めばいい。割増料金を提示すれば、真崎さんも喜んでまた作ってくれるはずだ。

「真崎ひかりさんの持ち物を預かってるんです。密閉容器なんですけど。それは取りに来られるんですよね」

「ああ、それですけど、私に預けておいていただけますか。新しい家政婦さんが決まったことは大町さんも真崎さんも既にご存じだそうで、その容器は真崎さん本人が二、三日中に取りに行きますからとのことでした」

だったら容器に手紙を添えて、真崎さんに渡してもらおう。とても美味しかったと前置きした上で相応の代金を提示し、今後も作ってもらえないかと頼めば、断ったりはしないはずだ。


翌々日の夕方、再び管理人から内線がかかってきて、「さきほど真崎さんから電話がありまして、東郷さんへの伝言を頼まれました。今いいでしょうか。メモを取っていただいた方がよさそうなので」と言われた。

何ごとだろうか。丈志はメモ用紙とボールペンを用意し、続きを聞いた。

「えーと、白川町《しらかわまち》にある〔おぐら〕という割烹というか小料理屋ですかね、ひらがな表記の店だそうです。召し上がっていただいた料理と同じものをそこで出しているので、食べたくなったらそこをご利用ください、とのことです。飲食店や飲み屋などが入っている五階建てビルの二階にあるそうです。あと、一日だけでしたが大変お世話になりました、とお伝えくださいとおっしゃってました」

「同じものを出してるっていうのは……真崎さんはそこの厨房で働いてるということですかね」

「さあ……私は真崎さんの伝言をそのままお伝えしているだけなので」

それはそうだ。管理人が詳細を知っているわけがない。

「真崎さん、今日取りに来たんですか、容器」

「はい、一時間ほど前ですかね。東郷さんから預かった紙袋のままお渡ししました。そうしたらさっき電話がかかってきたんです」

紙袋に入れておいた手紙を読んで、電話をかけてきたということだろう。

内線を切った後、丈志はソファに座ってスマホでさっそく〔おぐら〕について検索してみた。最近は飲食店の情報を紹介するサイトがネット上にあふれており、店舗が自ら作ったホームページやブログだけでなく、客のコメントや点数による評価、人気投票ランキングみたいなものも簡単に検索できる。

〔おぐら〕のホームページはなかったが、小料理屋を紹介するサイトの中で、〔おぐら〕が和食の惣菜をメインに提供している店であること、単身赴任者の利用率が高いこと、席数二十ほどの小さな店を女将一人で切り盛りしていることなどが判った。営業時間は午後六時から十一時、日曜日と祝日は定休日。客のコメントが不思議なほどに見つからないのは、利用者がそれだけ少ない、あるいは客層がそういう書き込みをしたがる若年層ではなく中高年層が中心だからだろうか。

今日は水曜日。その料理はもう終わりました、などと言われないよう、早めに行った方がいいかもしれない。

丈志はシャワーを浴びて髪を整えた。五十代のときに髪がどんどん白くなり、ハゲるよりはいいと思っていたのだが、最近はその白髪も薄くなってきた。髪の寄せ方で薄い部分をごまかし、スプレーで固めるようにしているのだが、汗をかくと崩れてくるので気をつけなければならない。

服装は水色のポロシャツにベージュのチノパンを選んだ。仕事をリタイアして以来、アイロンがけが必要な服は身につける機会が極端に減った。

マンションを出るときに、管理人に伝言の礼を口にしてから「真崎ひかりさんという人は、どんな感じの人でしたか」と聞いてみた。何となく、テレビによく出ている細身で上品そうな初老の女性料理評論家のイメージを重ねていたのだが、管理人の返答は全く違ったものだった。

「ああ、真崎さんですか。大町さんよりはだいぶ年上の人みたいでしたよ。多分八十を過ぎてるんじゃないですかね」

「えっ、そんな高齢の人だったんですか」

「でも背筋はしゃんとしてらっしゃいましたよ。小柄で、ずっとにこにこしている愛想のいい人でした。最初服装を見たときは、何だこの人って思いましたけど」

「というのは、どういうことです?」

「居酒屋の従業員なんかが着てる、禅宗か何かの修行僧の服があるじゃないですか。ほら紺色で、脇腹のところでひもを結ぶやつ」

「作務衣ですか」

「そうそう、作務衣。その上に白い割烹着を着て、手ぬぐいを姉さんかぶりしてましたよ。足もとは草履《ぞうり》だったかな。でもきっとそれは、〔おぐら〕っていう店の仕事着なんでしょうね。それで疑問が氷解しましたよ。東郷さんが召し上がったっていう料理、そんなに美味しかったんですか」

「ええ、ものすごく旨いんですよ。イワシをぬかみそで煮たやつが一切れあれば飯一杯は食えるぐらいです。その飯がまた旨くてね。きっとかなりいい米だったんだろうな」

「へえ。でも私は青魚って苦手だから、遠慮したいところですね。まあ、食べ物の好みは人それぞれですから」

いやいや、それは食べてないからそういうこと言うんだって。こいつ、判ってねえな。しかし丈志は「まあね」とうなずいておいた。

時刻表で調べておいて、最寄りのバス停から白川町に向かった。好きなだけタクシーに乗っても平気なぐらいの資産はあるが、元来ケチなところがあり、節約できるところは節約する主義である。その積み重ねによって一財産築くことができたという自負もあった。所得が低いくせにローンを組んで分不相応な家や車を買い、後でにっちもさっちもいかなくなる奴らはドツボに落ちるべくして落ちた馬鹿どもである。

事前にスマホの地図で場所を確認しておいたので、目的のビルはすぐに見つけることができた。繁華街のメインの通りから二本ずれた、飲み屋やスナックビルよりもビジネスホテルや賃貸マンションが目立つ通りである。そのせいで人通りは少なかった。午後六時を過ぎたところだったが、この季節、空はまだ明るい。

店は二階だったが、汗をかきたくないので階段ではなくエレベーターを使った。エレベーターを降りると、突き当たりまで廊下が続いていて、左手は壁、右手にいくつかの店が並んでいた。〔おぐら〕はその一番奥にあった。赤ちょうちん風の外観をした引き戸の手前に〔小料理　おぐら〕と染め抜かれた紺色の暖簾《のれん》がかかっている。エレベーターや階段から遠い分、テナント料が安いのかもしれない。

開店時間早々に来たのは正解だった。人気がある店のようで、カウンター席もテーブル席も半分以上が既に埋まっており、店内は早くも雑然とした賑わいを見せていた。中高年の男性客が多いが、OL風の女性グループもいる。

カウンターの奥には、ちょっと艶っぽさを感じさせる四十代後半と思われる女性が忙しそうに動いていた。薄茶色の作務衣姿に姉さんかぶりの手ぬぐい。管理人から聞いた真崎さんに近い格好である。

ということはこの女性は真崎さんの娘だろうか。

その女性から「いらっしゃいませ」と愛想よく声がかかった。丈志は「どうも」と軽く片手を上げて見回していると「お一人ですか、それとも後でお連れの方が？」と聞かれたので「一人ですが」と答えると、「ではよかったらこちらへどうぞ」と奥の方にあるカウンター席を示された。

受け取った冷たいおしぼりで手を拭きながら目の前に貼ってある、筆による品書きを眺めた。もしかしてこれも真崎さんが書いたものだろうか。

料理の品数は潔《いさぎよ》いほどに少なかった。ぬかみそ炊き、南蛮漬け、モツ煮、筑前煮、季節野菜の小鉢、めし（中または小）、おにぎり。

ぬかみそ炊きと南蛮漬けはそれぞれ、イワシ、アジ、サバの三種類があった。その品書きとは別に、川エビのかき揚げ、えだまめ、焼きナス、もろきゅうなど、夏限定のものと思われる品書きの貼り紙も見つけた。

刺身などの傷みやすい料理は扱わず、日持ちする惣菜を、しかも品数を限定することで、コストを削減すると共に女性一人で切り盛りできるようにしている、ということなのだろう。客を呼び込むために品数を増やした結果、利益率が下がって多くの店舗を閉めることになった居酒屋チェーン店の事例を経済番組で見たことがあるが、それとは逆の安全策なのだ。

飲み物はビール、日本酒、焼酎、ウーロン茶、緑茶、ソフトドリンク。こちらも品数や銘柄が少ない。日本酒や焼酎のびんを棚にずらりと並べると、それだけスペースを失うし仕事の手間も増えるからだろう。

女性が「センダさん」と呼びかけた。するとテーブル席にいた中年男性の一人が「はいはい」とカウンターに歩み寄り、かき揚げや小鉢が載ったトレーを受け取った。女性が「ありがとうね」と笑顔で言い、男性は「その笑顔に負けて働かされてんのよ」と応じた。

配膳を買って出る常連客が少なからずいるわけか。丈志は少し居心地の悪さを感じ始めていた。他の客たちから、この人誰？　という目で見られているのではないかという気がしてきた。

カウンターの中の女性から「お決まりですか」と尋ねられたので、「この品書きは真崎ひかりさんが書いたものですか」と聞いてみると、彼女は驚いた表情になって「あら、真崎先生のお知り合いなんですか。確かにこれ、真崎先生に書いていただいたものです」と言った。

真崎先生……。ということは、娘ではないらしい。書道か何かの弟子だろうか。

「私は最近、真崎さんにちょっとお世話になったというか、イワシのぬかみそ炊きや小アジの南蛮漬けを食べさせてもらう機会がありまして、その旨さに感激していたところ、このお店でもいただくことができると聞いて、やって来た次第でして」

「あら、そうなんですか。確かにぬかみそ炊きも南蛮漬けも、真崎商店さんから仕入れさせていただいてますので、お召し上がりになったものと同じだと思います。その点はご安心ください」

真崎商店？　さらに疑問点が発生したが、他のテーブルから注文の声が入ったので、丈志はとりあえずビールを頼み、一口飲んでから、イワシのぬかみそ炊き、川エビのかき揚げ、めしの小、季節野菜の小鉢を注文した。

他の客が彼女のことを「女将さん」と呼ぶので、彼女がここの店主だということは判った。真崎さんは店や厨房に立っているわけではなく、別の場所で作った料理をここに納めている、ということだろうか。

イワシのぬかみそ炊きは確かに二日前に食べたものと同じ味だったのでほっとした。一口食べると飯が欲しくなり、飯を食べるとまたイワシのぬかみそ炊きを口に運んでしまう。このまま無限のループに陥ってしまいそうになる。

飯がまた旨い。一粒一粒がしっかりしていて、つややかで甘い香りを放っている。少し混ざっているおこげも香ばしい。きっと、あのときのおにぎりと同じいい米を、おこげも作れる高級な炊飯器で炊いているのだろう。

うれしいことに、ご飯には小皿に載ったあのショウガの味噌漬けもついていた。食べてみて、こちらも同じ味だと確認。いい具合に漬かっている。

女将さんが近くに来たときに「料理は真崎さんのところから仕入れてると伺いましたが、真崎ひかりさんが一人で作ってらっしゃるんですか」と聞いてみた。

「いいえ、真崎先生は今は真崎商店にはタッチしておられません」と女将は頭を横に振った。「最初のうちは手伝っておられましたけど、今は息子さん夫婦お二人でやっておられます」

真崎ひかりさんから伝授された調理法で作った料理を息子夫婦がこの店に供給している、ということらしい。

「じゃあここの料理は真崎商店さんから仕入れておられるわけですか」

「全部ではありません。料理としてはイワシ、アジ、サバのぬかみそ炊きと南蛮漬け、あとショウガの味噌漬けを納めていただいてます。それ以外の料理はここで作ってます。とはいっても、ほとんどの野菜は真崎先生の知り合いの方から安く仕入れさせていただいてますし、川エビもその農家さんが獲ってきてくださったものを使わせてもらってるので、真崎商店さんと真崎先生のお世話になりっ放しなんですけど」

こちらが真崎さんの知り合いだと名乗ったせいか、あるいは女将さんがあっけらかんとした性格の持ち主だからなのか、彼女は迷惑そうな顔を見せることなく素直に教えてくれた。

さらに聞きたいことがあったが、他の客からの注文などで女将さんは忙しく、じっくり話をするのは難しそうだった。

　続いて出された川エビのかき揚げは、真ん中にテナガエビがあり、その周辺に小さなエビがちりばめられた状態で天ぷらになっていた。湯気と共にエビの香りが鼻に届いた。皿の隅に盛ってあった塩をふりかけ、さっそくかじりついた。サクッとくる食感、そしてエビの旨味。テナガエビとはこんなに美味だったのかと目を見張った。しかもビールに合うことこの上ない。

　女将さんが近くにいるタイミングで尋ねてみると、小さい方のエビはスジエビという種類で、テナガエビもスジエビも近辺の河川で獲ったものだ、とのことだった。

　丈志にとってエビとは、輸入物のロブスター、ブラックタイガー、バナナエビなどであり、高級店で食べるなら国産のクルマエビや伊勢エビだった。それがすべてだと思い込んでいたのだが、国産の、しかもその辺の淡水にいるエビにこれほどの旨味があったとは……丈志は、かつて加賀物産でエビの輸入にしゃかりきになっていた自分はどこかずれていたのだろうかと、少し疑念を覚え始めていた。

　季節野菜の小鉢は、湯通しして軽く炒めたらしいインゲン、オクラ、ししとうの上に白ごまとかつお節がかかっていて、しょうゆが少したらしてあった。

　いずれも収穫したてのものなのだろう。それぞれの野菜の味が濃くて、口の中に新鮮な緑の香りが広がる。採れたて野菜の栄養をそのまま胃や腸が吸収して、身体にいいものが染みこんでくる感覚が得られた。

振り返ると、いつの間にか店内はほぼ満員だった。刺身や高級和牛なんかなくても、この店はちゃんと成立している。

そりゃ繁盛するはずだ。一度来た客は必ずまた来るに決まってる。食えば判るのだから。

丈志はさらにタイミングを図って、米の品種や炊飯器の種類などについて女将さんに尋ねてみたが、米は標準的な価格の地元米で、土鍋を使ってガスで炊いているとのことだった。丈志が「えっ、本当に？」と聞き返すと、真崎先生のお弟子さんの中にホームセンターで店長をしている男性がいて、その人から教えてもらって伊賀《いが》焼の特製の土鍋を使っているのだという。女将さんの解説によると、その土鍋はご飯を美味しく炊くために開発されたもので、ガスは強めの中火を維持していればよく、研ぎ方や蒸らし、その後のまぜなどをちゃんとやりさえすれば、高級料亭で出されるものと遜色のないご飯が炊けるらしい。ちなみに真崎ひかりさんも以前は昔ながらの釜を使って、炭火でご飯を炊いていたが、最近になって釜がとうとう寿命を迎えてしまったため、今は同じ土鍋を使ってご飯を炊いているはずだ、とのことだった。

スマホで検索してみると、確かにそういう土鍋が販売されていることが判った。料理研究家や高級店の調理人を対象にアンケート調査をした結果、十万円以上する大手家電メーカーの高級炊飯器を押しのけて一万数千円のその土鍋で炊いたご飯が最も美味しいとの評価を獲得している。

ご飯の美味しさは米の品種よりも、何で炊くかということの方が重要なのか。今まで考えてもみなかったことだった。高級な米だから旨い、高級でないから旨くないと単純に思い込んでいたのだが……昔の人々が、地球の周りを太陽や星が回っていると愚かにも信じていたことを丈志は何となく連想した。

ビールをもう一本注文したときに、「真崎さんがこの店に来ることはあるんですか」と聞いてみたところ、女将さんは「いいえ。私が真崎先生のお宅に伺うことならときどきありますけど」と頭を横に振った。

「真崎さんは書道か何かの先生なんですか」

「ええ、書道の先生です。といっても、かなり以前にご自宅で近所の子どもたちを相手に書道教室を開いておられただけなんですけどね。でも当時の生徒たちの中に真崎先生を恩師として今も慕っている人たちが何人もいるんですよ」

「へえ。真崎さんって、そんなに人徳があるんですか」

「あると思います。私は直接の教え子じゃないんですけど、従姉がかなりお世話になったそうで、今でも先生、先生って本当に慕ってますから。その従姉のコネのお陰で私も真崎商店さんともおつき合いをさせていただけるようになって、やはり教え子の農家さんから新鮮な野菜を安く仕入れさせていただいてるので、私もかなり真崎先生のお世話になってることになります。ちなみにお客さんは真崎先生とどういうお知り合いなんですか」

「私の場合は家政婦さんが怪我で入院されて、その家政婦さんの知り合いだという真崎さんがピンチヒッターとして一日だけうちに来てくれたんです。そのときにイワシのぬかみそ炊きなどの美味しい手料理をいただいて感激したもので、また食べられないものかと思って真崎さんに連絡を取ったら、ここを教えていただいたわけで」

「へえ、そんなご縁もあるんですね」女将さんは微笑んでうなずき、「確かにすごい方ですよ。気がついたら私も真崎先生の弟子の一人だと自覚してますから。書道は習ったことがなくても、真崎先生は私にとって人生の師です」

丈志は「へえ」とうなずいておいたが、知れば知るほど新たに判らないことが出てきて戸惑っていた。

八十過ぎの、子ども相手の書道教室をやっていたという、料理が上手いというだけの老女が、なぜ今も教え子たちからそんなに慕われているのか。そして真崎ひかりさんの人脈のお陰で、外観は地味でどこにでもありそうな小料理屋が、常連客が集う賑やかな店として、こうして繁盛している。

真崎ひかり。いったい何者なんだろうか。

翌日の昼過ぎ、〔おぐら〕の女将さんから聞いた、市内にあるレンタルキッチンを訪ねるため、バスに乗った。真崎商店は会社組織ではなく、自前の事務所や調理場さえ持っておらず、レンタルキッチンなる場所で惣菜を作っているのだという。だからネットで〔真崎商店〕を検索しても住所も電話番号も判らない。〔おぐら〕の女将さんは、真崎ひかりさんの息子夫婦とスマホで連絡を取り合っていると言っていたが、さすがにその番号やメールアドレスまでは教えてもらえなかった。代わりに教えてもらったのが、レンタルキッチンの住所である。

　昨夜〔おぐら〕で会計をしたときに、今度は知り合いを連れて来たいので予約の電話を入れます、と言ったところ、女将さんから「すみませんが、予約の受け付けはしてないんです」と断られてしまった。ふらりとやって来てくれる常連客を大切にしたいから、とのことだったが、予約を入れておきながらドタキャンする手合いがときどきいて、無駄な空席ができてしまうことが本当の理由かもしれない。実際、昨夜の店の賑わいを見る限り、予約を受け付ける必要などない店なのだろう。

　ゴルフと麻雀仲間の堤らを〔おぐら〕に連れて行って、イワシのぬかみそ炊きや旨い飯を食わせ、驚いたり喜んだりする顔を見て悦に入《い》りたかったのだが、予約ができないとなると、全員が座れるとは限らないし、席が空くまで待たせることになると、かえって面子《メンツ》が潰れることになる。堤から「東郷さん、下戸だったんじゃなかったの?」と聞かれたら、健康上の理由で酒を控えていたが最近になって医者から許可が下りたという言い訳まで用意しており、気持ちはすっかり〈おぐら〉に連れて行くモードになっている。なので確実に席を確保するためには、開店時間早々に行くしかない。

それはそれとして、丈志はそのことよりもさらに実行したいことがあった。

バスに揺られること約二十分、自動車学校前で降車。今日も暑い。丈志は日陰がある場所を選んで、扇子で顔に風を送りながら歩いた。

レンタルキッチンは、印刷会社や釣具店、設計事務所などが集まる区域の一角にあった。プレハブに毛が生えた程度の簡素な造りの平屋建てが数棟並んでいる。自前の調理場を持たずにこういう施設を利用して弁当の移動販売をしたり出前専門の店屋物をやったり、出張パーティーの料理を作ったりなど、この手の施設は需要があるのだろう。

アルミ製と思われる出入り口ドアに〈真崎商店〉と〈中華デリバリー　満福〉のプレートがある建物は、手前から三番目だった。時間帯を分けて中華の業者とシェアしているらしい。

横には赤いファミリーカー。もしかしてこの車で惣菜を配送しているのだろうか。

ドアをノックしようとしたが、インターホンがあったのでボタンを押した。

しばらくして「はい」と女性が応答したので、丈志は〈おぐら〉で食べたイワシのぬかみそ炊きなどの料理がとても美味しかったと前置きして、最近まで商社の経営をしていたことも伝え、ちょっと折り入って相談したいことがあるので少しお時間をいただけないかと、とできるだけ低姿勢な口調を心がけた。

十数秒待たされて、白い調理服、頭に白い三角巾をかぶってマスクをあごにずらした中年女性がドアから出て来た。目が少し離れている印象で、唇に厚みがある。いぶかしげな表情で「どういうご用件でしょうか」と聞かれ、丈志はまず、「アポイントメントも取らず急に来て申し訳ありません」と頭を下げてから、「私は市内に住んでおります東郷丈志と申します。一年半前まで、加賀物産という商社を経営していた者です。決して怪しい者ではありません」とまずは自己紹介した。

女性は「はあ」と戸惑いを顔に浮かべていたが、「ここは暑いので、ちょっと中で伺いましょうか」とドアを開けてくれた。

通されたのは調理場ではなく、その手前にある狭い事務スペースだったが、エアコンが効いていたので助かった。女性は事務机の前に座り、丈志は近くに出されたパイプ椅子に腰を下ろした。町医者から問診を受けるような形だった。

「お忙しいところ、申し訳ありません」丈志はあらためて頭を下げた。そして、家政婦のピンチヒッターとして真崎ひかりさんに一度自宅の掃除や洗濯をしてもらったこと、そのときにイワシのぬかみそ炊きや小アジの南蛮漬けなどをいただいて美味しさに感激したこと、あの味が忘れられなくて〔おぐら〕にも食べに行ったことを伝えると、ようやく彼女の表情から警戒心が消えたようで、「そうですか。気に入っていただけたようで、ありがとうございます」と笑顔を見せてくれた。

「失礼ですが、真崎ひかりさんの息子さんの奥様でいらっしゃいますか」

「はい。私は真崎ナツミと申します」

「ご主人とお二人で真崎商店を運営されているそうで」

「運営といっても、細々と惣菜を作ってるだけなんです」真崎ナツミは照れくさそうに笑った。「やってることは内職みたいなものですから」

「いやいや、こんなに美味しいお惣菜は本当に久しぶりでした」

「それはどうも」

「つきましては、一つお願いと申しますか、ご相談がございまして」

「はい」

「こちらでお作りになっている、ぬかみそ炊き、南蛮漬け、ショウガの味噌漬けを、それなりの料金をお支払いしますので、定期的に自宅まで配送していただけると大変ありがたいのですが。真崎商店さんの新規ビジネス開拓にもつながるのではないかと思うのですが、いかがでしょう、ご検討いただけないでしょうか」

話に飛びつくに違いないと思っていたのに、真崎ナツミは即座に「申し訳ないのですが、今作ってるだけで手一杯なんです。そういうご提案はこれまでにも何度もいただいてるんですけど、夫婦二人でそれをやるのはとても無理な状況で。イワシや小アジなども今以上に入荷するのは難しくて」

「でもあれだけ美味しいお惣菜なら絶対に需要はあると思いますよ。人を雇ってでももっとたくさんお作りになって、より多くの方々に喜んでもらった方が——」

「そういうご意見はごもっともなんですが、今以上にたくさん作るとなると、他人に任せなければならない部分が増えて、私たちの目が行き届かないところが出てきます。やはり責任を負う立場の者が直接、丁寧に作るべきだと思うんです。そもそも食材の仕入れを今以上に増やすのは難しくて」

「どうしてです。イワシや小アジは手に入りやすい大衆魚だと思いますが」

「近海で獲れた鮮度のいいものを、信頼できる業者さんから回してもらってるんです。量を重視するとなると、魚の鮮度や品質がどうしても落ちてしまいます。そうなるとぬかみそ炊きも南蛮漬けも味が落ちてしまいます」

「そうでしょうか。私は商社を経営しておりましたのである程度の事情は推測できますが、鮮度のいい魚を調達する方法はちゃんとあると思いますよ。何でしたら私がお手伝いさせていただいても——」

「いえいえ、とんでもない」真崎ナツミは苦笑して片手を振った。「これ以上仕事が増えたらそのうちに身体を壊したり、精神的な余裕がなくなって楽しくなくなりますから。義母の真崎ひかりも常々申しておりますが、忙しいという字は心を亡くす、と書きます。そうなったら大切なことを見失ってしまいます。真崎商店には特に経営方針のようなものはないのですが、家族が生活できる分の稼ぎが得られればそれでいい、無理はしないでおこうと夫婦で決めてるんです」

「それはまた……確かに一理あるお考えだとは思いますが、もったいない……」

「仮に新鮮な魚をもっとたくさん仕入れることができる方法が見つかったとしても、私たちが買いつけた分、他の人の手に入らなくなってしまいます。魚の調理方法は他にもいろいろあります。塩焼きで食べたい人もいますし、刺身で食べたい人、フライや天ぷらで食べたい人もいます。私たちが独り占めしたら結果的に誰かに迷惑がかかります」

「しかし、それがビジネスというものでは——」

「そうですね。真崎商店はビジネスという物差しで測れば、落第かもしれませんね」真崎ナツミは笑ってうなずいた。「でもそれでいいと思ってますから。飲食店では「おぐら」さんに納めさせていただいてますけど、それは単に人間関係があってのことで、その上で互いに利益になるからおつき合いをさせてもらってるだけなんです。仮にもっといい条件を提示する飲食店が現れたからといって鞍替えすることなんてあり得ません。私たちにとって「おぐら」さんは、大切な友人ですから」

「…………」

「東郷さんがうちの惣菜を気に入ってくださったのは大変ありがたいことなのですが、食べたくなったら〔おぐら〕さんをご利用になるか、三根屋の地下で真空パック販売されているものをお買い求めいただけますか。何とぞお願い致します。申し訳ないのですが」

へ？　今何と。

「あの、三根屋の地下でも販売されてるんですか」

「はい。西島堂《にしじまどう》というカマボコ販売店を間借りして、イワシ、アジ、サバ三種のぬかみそ炊きと南蛮漬け、それとショウガの味噌漬けを真空パックで販売しております。あと、同じ地下売り場のイシイというお弁当販売店にうちの塩おにぎりを置かせていただいてます。その二つの納入先だけでうちはもう手一杯で」

真崎ナツミはそう言って小さくため息をついたが、それはビジネスを拡大できないもどかしさによるものではなく、いいものを作っているからそれだけしかできないのだという自負を示しているように思えた。

辞去する際に「真崎ひかりさんはお年に似合わず元気いっぱいの方のようですね」と言ってみると、真崎ナツミは「ええ、早朝に起きて家事や犬の散歩をして、その後は独居老人に弁当を届けるＮＰＯや老人ホームに出かけて手伝いをし、午後には家事をこなして、夕方には必ずリツゼンを三十分。八十代半ばを過ぎたというのに超人的な体力です。私にはとても真似ができません」と答えた。

何だ、リツゼンって？

バス停の時刻表を見ると待ち時間が十五分以上あったので、スマホでタクシーを呼んで三根屋に向かった。

エアコンの効いた車内で一息つき、これほど価値観の違うビジネスを実践している人間がいるのかと、軽いカルチャーショックを味わっていた。

自分が真崎商店を任されたとしたら、こんな宝の持ち腐れのようなことは絶対にしない。人気商品だと判っているのだから、もっとたくさん作ってもっと売るのが当然ではないか。銀行から資金調達して調理場を拡大し、人を雇って生産量を順次増やしてゆく。ちゃんとしたマニュアルを作れば他人を雇っても品質は維持できるはずだし、たくさん作った方がコストも下げられるから儲けも増える。そこで実績を出せば銀行の信頼を得ることができるからさらに大口の融資を引き出し、真空パック商品の通販事業に乗り出すこともできるはずだ。なのに、家族が生活できればそれでいいだの、誰かに迷惑がかかるかもしれないだのと屁理屈をこねて、さらなる高みを目指そうとしない。それは単に尻込みをして商機を逃しているだけのことではないのか。

小さく舌打ちした。まあいい。真崎商店がどういうビジネスをやろうが勝手だ。他人のアドバイスに耳を貸す気がないというのなら好きにすればいい。

三根屋で購入するという方法があるのなら、こちらは充分である。いつでも欲しくなったときに、真崎商店の惣菜や、あのおにぎりを食べることができるならそれでいい。

三根屋は店舗ビルの隣に利用客用の立体駐車場があり、地下も上階も通路でつながっている。丈志は立体駐車場の地下一階でタクシーを降りた。

地下売り場はちょうど平日午後の買い物客が少ない時間帯だったせいで、混んでいなかった。壁のパネルを見て西島堂とイシイのブースを確認。弁当販売のイシイは、石居という漢字だった。

西島堂は、主にさまざまな揚げカマボコを一個単位で販売する店舗だった。ガラスケース越しに見て注文するスタイルである。

ちょっとぽっちゃり体型の若い女性店員から「いらっしゃいませ」と笑顔で迎えられた。「真崎商店の惣菜があると聞いたのですが」と尋ねると、「はい、こちらでございます」と左隅のコーナーを示された。

確かにそれはあった。真空パックはいずれも〔真崎商店〕と印刷されていて、〔イワシのぬかみそ炊き〕〔ショウガの味噌漬け〕などの表示シールが貼ってある。見たところ、イワシのぬかみそ炊きは大きめのイワシが三尾入っている。他の商品も分量は同じぐらい入っているようだった。値段も、あの味でこの金額なら安いと思った。

ショーケースの中には、それぞれ二パックずつぐらいしか残っていなかった。

賞味期限について聞いたところ、未開封で冷蔵庫に入れておくなら一か月は大丈夫だとのことだった。ならまとめ買いできるなとほくそ笑んだのも束の間、ガラスケースの上で〔申し訳ありませんが、真崎商店の真空パック商品はより多くのお客様がご購入できますよう、ぬかみそ炊きと南蛮漬けはお一人様計四パックまで、ショウガの味噌漬けはお一人様一パックのみの販売とさせていただきます。〕と書かれたハガキ大のポップカードが揺れていた。

「えっ、一人四パックまで？」

「申し訳ございません」女性店員はあまり申し訳なさそうには見えない笑顔で軽く頭を下げた。「入荷できる数量が限られているため、真崎商店さんからそうお願いされてるんです」

「でも、四パック買った客が数分後にまたやって来て四パック買うと言ったら、売るしかないんじゃないかね」

「そこはお客様のモラルを信頼しておりますので」

そういう言い方をされると、さすがにその手はためらわれる。

「あのさ、この近くに住んでる人だったら毎日のように買いに来ることができるよね。

しかし遠くに住んでる人はそうはいかない。どの客も四パックまでというのは、公平なようでいて実は不公平じゃないのかな」

「真崎商店さんによると、そういう事情もあるので四パックまでお買い求めできるようにしたとのことです」

まあ、四パック分あれば、例えばぬかみそ炊きと南蛮漬けの中身を三分の一ずつ、日々の夕食に使えば、一人で食べるなら六日分にはなる。

仕方ないか。しかしそうなるとどれを選ぶかである。イワシのぬかみそ炊きは既に二度食べたが、旨かったので一パックは欲しい。

丈志は迷いに迷ったが、ぬかみそ炊き三種と南蛮漬けはサバ、それとショウガの味噌漬けを一パック選んだ。

精算して商品が入った紙袋を受け取るときに「人気があるんだね、この商品は」と言うと、女性店員は「新鮮な魚を秘伝の調理法で丁寧に作り上げてますから。よその惣菜とはものが違います」となぜか自慢げに答えた。最初はイワシのぬかみそ炊きと南蛮漬け、ショウガの味噌漬けの三点だけを販売していたけれどすぐに売り切れてしまい、客からクレームを受けることが多かったものの新鮮なイワシを確保するにはどうしても限界があるため、アジとサバも食材に加えることになったという話までしてくれた。

「じゃあ、君も食べたことあるわけだね」

「もちろんです。実はこの真空パックに使われている魚、うちの実家がやっている鮮魚仲卸《なかおろし》店が真崎商店さんに納めてるんです」

「へえ、そうなの」

「はい」

「じゃあ、真崎ひかりさんと知り合いなのかね」

「あれ、お客様、真崎先生をご存じなんですか」

「うん、まあ、ちょっとね。それで〔おぐら〕で食べるだけでは追いつかなくて、買いに来たというわけで」

実は直接の面識がないことは黙っておくことにした。真崎ひかりさんと親しいふりをした方が何かと有利に働きそうな気がした。

「うちの母が、真崎先生の信者なんですよ。小学生のときに真崎先生の書道教室に通ってたそうなんですけど、当時の母は落ち着きがなくて、かっとなると手が出てしまうような子どもだったそうです。だから学校の先生たちからは問題児扱いされてて。でも真崎先生は母を叱りつけたりせず、母が手を出したのは年下の子をからかった男子に注意したことが発端だったところをちゃんと判ってて、面倒見がいい、優しいと褒めてくれたそうなんです。あと意外と手先が器用だということにもいち早く気づいて、裁縫の手ほどきもしてくれたそうなんです」

「ほう」

「そうこうするうちに母は、書道教室に通う他の子たちのボタンをつけ直してあげたり、ズボンのほころびを縫い直してあげたり、墨汁をこぼした子の掃除を手伝ってあげたりといったことを自発的にする子どもになってたそうです。とにかく真崎先生に褒められたかったと言ってました。気がついたらケンカっ早いところも直ってて、またそのことを真崎先生に褒められて。真崎先生のことを語るときの母、本当にうれしそうな顔になるんです。あ、すみません、他人にはどうでもいい話ですよね」

そのとき、二人連れの中年女性客がやって来て揚げカマボコの注文を始めたので、話はそこまでとなった。丈志はそれを機に売り場を後にした。

真崎商店の塩むすびはコンビニのおにぎりと同様、セロハン包装されてあった。こちらも一人三つまでという購入制限があり、丈志はため息をつきつつ三つ購入した。

後で、ご飯が美味しく炊けるという伊賀焼の土鍋のことを調べてみるとしよう。これまで自炊なんてしたことはなかったが、あのご飯が食べられるならやってみてもいい。

その日の夕食は、アジとサバのぬかみそ炊きとおにぎり、同じフロアでついでに購入した温野菜サラダとビールという取り合わせになった。自宅で夕食を摂るなど久しぶりだったが、ぬかみそ炊きはアジもサバも旨くて、孤食のわびしさを感じずに済んだ。

シャワーを浴びた後、書斎でパターの練習を始めたが、ふと思い出してソファに腰を下ろし、スマホで〔リツゼン〕なるものについて検索してみた。真崎ナツミさんによると、真崎ひかりさんは毎日それを三十分やっているというから、運動の一種なのだろう。

リツゼンは立禅と漢字表記される、意拳《いけん》と呼ばれる中国拳法の鍛錬法らしかった。やり方や効能を説明するサイトはたくさんあり、意外と実践者は多いらしい。意拳の流れを汲む拳法や空手の関係者だけでなく、健康法として続けている人もいるようである。

いくつかのサイトにあった情報をまとめると、こんな感じだった。

やや内股姿勢で肩幅で立ち、股関節とひざを少し曲げて、かかとをわずかに浮かせる。両手は緩く曲げて肩の高さよりもやや下に保持し、手のひらは柳の枝のように開いて、大きな球体を抱くような姿勢を作る。呼吸はゆっくりと鼻で吸い、口から静かに細く長く吐く。この基本姿勢をキープすることが立禅なるものらしいが、その際にさまざまなイメージを持つべきだという。大きな手で頭を摑まれて上に引っ張られるような感覚を意識し、目は半眼で正面を漠然と見つめ、あごを引き、背骨は直線になることを意識する。前後左右からランダムに押されたり両脚ではさんだ大きなボールが膨らんだり、外側から両脚を押されたりして、静止状態のままそれに抵抗するイメージを持つ。少々判りにくいが、要は静止しているけれど身体の各部位の力の入れようは変化させ続ける、という感じらしい。なお立禅をしているときは無理して頭を無にする必要はなく、考え事などはしてもいいという。途中で両脚が震え始め、姿勢を維持するのが難しくなって、どうせ考え事などする余裕はなくなるからだとのことである。

立禅は下半身を鍛えるだけでなく、日々続けることで全身に気の力なるものを蓄える効果があり、やがて一瞬の動作で相手を倒す爆発力を得るに至るという。気功のようなものだろうか。師匠が大勢の弟子たちを並べて立たせ、手のひらでひょいと押すだけで全員がひっくり返るという、かなり怪しい映像をテレビなどで見て笑ったことはあるが、その一方で、東洋医学を医療に取り入れている病院では、気功を利用して自然治癒力を高めたり薬の量を減らしたりする研究をしていることが真っ当な報道番組で紹介されていたことも確かであり、実効性は認められているのだろう。

別に拳法に興味はないが、その気の力とやらが手に入って病気や怪我を防いだり、ゴルフでドライバーの飛距離が伸びるとしたら、悪い話ではない。現に真崎ひかりさんは八十代半ばを過ぎているというのに、日々アクティブに動き回っているという。立禅がそのことと大きく関係しているのかもしれない。

丈志はクローゼットの近くにある姿見の前に立ち、鏡の中に映る壁の時計でスタート時間を確認してから、ネットの画像や動画で何となく理解した立禅の姿勢を真似てみた。

しばらくして後ろに倒れそうになって両手が持ち上がってしまい、あわてて修正。少し前に寄りかかるような気持ちでいた方がよさそうである。

三分ほど経過したところで両脚がぶるぶると震え始めた。肩もだるくなって手を下ろしたい気分にかられる。それでも頑張ったが、四分ちょっとで「あー、もう駄目だ」と声に出してその場に座り込んだ。

覗いたサイトの一つでは、初心者は五分程度で限界に達することが多いが、日々続けていると徐々に時間を延ばすことができ、十五分以上できるようになれば、立禅をやっていますと名乗る資格がある、と書いてあった。爆発的な力を得るまでには何年もかかり、その境地に達するまでの時間は個人差が大きいが、続けているだけで身体の重心を感覚でつかむことができるようになり、転倒したりフォームが崩れたりしなくなるのでさまざまなスポーツに役立つ、ともあった。ゴルフのコースに出ると後半にいつも打ち損じが増えてしまい、練習場でも徐々に飛距離が落ちたり打球の方向が狂ってきたりするのだが、立禅を続けることで、もしそれが解消されるのならありがたい。

しかし、こんなきついことを毎日やるのはなあ。

真崎ひかりさんはこれを三十分もできるという。ちょっと信じられない。

その後も丈志は日中は雀荘で堤らと卓を囲むか、会員制スポーツクラブのプールで泳いだ後リラクゼーションルームでうとうとするか、ゴルフの練習場に行くか、という日々が続いた。夏は暑いのでゴルフのコースに出るなら早朝であり、麻雀仲間やスポーツクラブのゴルフ仲間から誘われることもあるのだが、丈志は寝覚めが悪いたちで朝はなかなかエンジンがかからないため、九月になるまでは見送ることにした。

朝食はシリアルにヨーグルトの日と、真崎商店の惣菜とおにぎりの日が半々ぐらいになった。毎日三根屋に出かけるのも面倒なので、レンジでチンするパックご飯を使うときもある。美味しいご飯が炊ける土鍋について調べてみたが、かなりの人気商品で需給バランスが崩れており、予約は半年待ち状態だった。一応注文はしたが、自宅で炊きたてのあのご飯を食べられるのは年を越してからになりそうだった。

立禅は、無理して頑張ると挫折しやすいらしいので、前日の時間を超えればよしというルールにした。始めて四、五日経つと何とか五分続けられるようになり、それからは毎日十秒か十五秒ずつ延ばしてゆくことを心がけた。そのやり方なら亀の歩みながらも確実に時間を延長してゆくことができそうである。

夜はしばしば〔おぐら〕に出かけるようになった。麻雀仲間やスポーツクラブのゴルフ仲間にもそのうち声をかけて連れて行くつもりでいるが、もともと彼らとはつき合いが親密になり過ぎると厚かましい頼み事をされるかもしれないと警戒して下戸のふりをしていたため、実は飲める口だということを切り出すタイミングがまだつかめていない。

〔おぐら〕ではさらなる真崎ひかりさんの情報を得ようと女将さんに話しかけてみたが、女将さん自身が真崎ひかりさんと知り合ったのはほんの一年ほど前だとのことで、真崎ひかりさんにまつわるエピソードを引き出すことはあまりできなかった。代わりに、三根屋の地下にある西島堂でバイトをしている女子から聞いた、鮮魚仲卸業をしているという彼女の母親がいかにして真崎ひかりさんの信者になったかという話をしてみると女将さんは「私もその話、従姉から何度も聞きましたよ。娘経由でも広まってるんですね」と破顔した。

何度か〔おぐら〕でそれとなく女将さんと話をするうちに、真崎ひかりさんが住んでいる場所も絞り込むことができた。彼女は午前中に柴犬の散歩をするのだが、森林公園がメインコースなのだという。丈志の自宅マンションからはそれほど遠くはない。

八月下旬に入り、日中は相変わらず夏の陽射しだったが、朝夕はときどき涼しい風を感じるようになった。

丈志は立禅をようやく九分できるようになった。七分ぐらい経過すると両脚が震え始めたり肩がだるくなったり顔に汗がにじんできたりするのだが、慣れとはたいしたもので、最初に始めた頃のような体力の限界にかかわるような苦痛ではなく、気を紛らわせれば何とかなりそうな感覚で我慢できるようになっていた。何よりも、最初は四分でギブアップしていたのが、今はその倍以上続けられるようになったという手応えは確かな自信につながる。当面は十分を超えることが目標だが、無理をせずに続けて、気がついたら超えていたという感じにしたいと思っていた。

立禅を続けてみようという気になったのは、ゴルフの練習場やスポーツクラブのプールで成果らしきものを確認できたからだった。ゴルフの練習場では、打数が増えてくるとフォームが崩れて打ち終わりによろけたりしてしまい、それを機にその日の練習は終わりとしていたのだが、いつの間にか姿勢の乱れがなくなって、最後まで飛距離も安定するようになってきた。立禅によって重心が低くなり、下半身の安定とバランス感覚が身についたのかもしれない。

練習場で丈志が打つ様子を目撃した麻雀仲間の堤からは「東郷さん、打ち終わりにぐらつくクセがなくなったじゃないの。構えてる後ろ姿も何か前よりしっかりして見えるんだけど、何かあったのかね。若返りに効くサプリメントでも飲み始めた？　そういうのがあるんなら教えてよ」と声をかけられたが、立禅が十五分以上できるようになるまでは他人に明かさないと決めていたので、「たまたま夏バテをせずに済んだからかなあ」とごまかしておいた。秋になってコースに出るのが楽しみである。

プールでは、以前はのんびりと平泳ぎを何往復かするだけだったが、立禅の成果で両手両脚がよく動くようになっている感覚があったため、最近ではインストラクターからフォームを教わってクロールにチャレンジするようになった。幸い五十肩などを患ってはいないので肩の痛みもなく、全身がしっかり連携して水の中をぐいぐい進む感覚が得られてなかなか楽しい。若い頃に水泳で国体に出たという同年代のベテランスイマーから声をかけられ、水泳は全くの素人だと話すと驚いた顔をされた。才能がありそうだからマスターズの試合を目指せばどうかと勧められ、どうせ社交辞令だろうと思っていたら、次にプールで会ったときにはマスターズ大会の資料を渡された。

台風が二度続けてこの地域をかすめ、あと数日で九月という頃に、丈志は何となく思いついた計画がなかなか魅力的に思えて、好奇心を抑えられなくなっていた。

立禅を三十分も続けられて、素朴な田舎料理が抜群に美味しく、大昔に書道教室をやっていただけなのに当時の生徒たちから慕われて独特の人脈を形成している、真崎ひかりさんが実際はどんな人物なのか、この目で確かめてみたかった。ただし、本人にはそれと気づかれないよう、こっそりと。

丈志は早朝に、真崎宅を見に行った。歩いて行ける距離だったので、十五分ほどかけて向かった。朝の散歩という感じを出すため、薄手のジャージに鳥打ち帽、スニーカーという格好である。真崎宅は、だいたいの場所を目安にネットの地図で調べて、正確な住所も既に判っている。

核家族化が進むより前によくあったタイプの、垣根に囲まれた二階建て一軒家だった。その垣根の隙間から、犬小屋らしきものが見え隠れしていたが、犬がその中にいるかどうかまでは確認できなかった。

周辺をぶらつきながら真崎宅を遠目に観察して十分ほどが経過したところで動きがあった。作務衣らしき服装の上に白い割烹着、白い手ぬぐいを姉さんかぶりにした小柄な老女が、犬を連れて現れた。片手で犬のリードを持ち、もう片方の手には、犬のうんちをキャッチするためと思われる、金魚すくいの網にポリ袋をかぶせたような形の道具。丈志はあわてて明後日の方を向き、スマホを耳に当てて素知らぬふりをしたが、運よく真崎ひかりさんと犬はこちらに背を向けて、通りに向かって歩き出した。

丈志は、急に立ち止まって振り返られたときにごまかせるよう、常にスマホを手に持ち、距離も二十メートルほど空けるようにした。

流れのない水路沿いの道に出て、森林公園の方へと向かう。水路沿いの道はアスファルト舗装されているが、端っこは土がむき出しの部分があり、そこにはあちこち雑草が茂っていた。柴犬と思われる中型犬はときおり立ち止まり、その雑草に向かって片足を上げ、マーキングしていた。

水路沿いの道を通り過ぎて住宅街に入った。犬はよくしつけられているようで、ぐいぐいと飼い主を引っ張ったりせず、真崎ひかりさんの横をおとなしく歩いている。

電柱に向かって片足を上げようとした犬に真崎ひかりさんが小声で何かを言った。すると犬は素直にマーキングをあきらめて再び歩き出した。おしっこをしていいのは土や雑草がある場所だけとしつけているらしい。

家の前で体操をしていた老人と互いにあいさつを交わし、老人がしゃがんで犬をなで、少し会話があった。その後も水まきをしていた初老の女性、小型犬を連れた老人など、遭遇する人すべてとあいさつや短い会話をしている。こういう些細なことでも彼女は日々、知り合いを増やしているということだろうか。丈志は自分が近所をぶらついていて、他人に声をかけたりした記憶など全くなかったため、その光景は妙に新鮮に映った。

やがて森林公園内に入り、犬は再び土のある場所で何度かマーキングをした後、同じ場所をなぜかぐるぐる回り始めた。それが止まったところで真崎ひかりさんはしゃがみ込み、さっと金魚すくいの網の形をしたものを犬の後ろに差し出した。

犬が何度かぐるぐる回るのは、うんちをしたいというサインらしい。

真崎ひかりさんは白い割烹着のポケットから折りたたんだトイレットペーパーらしきものを出して、キャッチしたうんちの上にかぶせ、再び歩き始めた。

真崎ひかりさんは八十代半ばぐらいだと聞いているが、後ろ姿はとてもそうは見えなかった。背中はしゃんとしており、歩き方も全く辛そうな様子が窺えない。立禅で下半身を鍛えた成果だろうか。

森林公園内を半周した後は、裏手の出入り口から河川敷の歩道へ。往路とは別のルートで帰るつもりらしい。

真崎ひかりさんは河川敷の途中で立ち止まり、犬のリードを歩道沿いの柵にくくりつけて、うんちをキャッチした道具も柵に立てかけて、河川敷の土手に広がる草むらに足を踏み入れた。

急に便意でも催したのかと一瞬思ったが、そうではなかった。真崎ひかりさんは何度か場所を移動してはしゃがんで、草を抜いていた。そして白い割烹着のポケットから出したポリ袋にそれを詰め込んだ。

何だ？　ただの草むしりではなさそうだった。真崎ひかりさんはさらに場所を移動しながら、草をポリ袋に詰めてゆく。そうするうちに袋から緑の葉が外にはみ出すぐらいになった。

理解に苦しむ行動をぼーっと見つめていたせいで油断し、気配が伝わってしまったらしい。真崎ひかりさんが急に振り返り、斜め後ろの歩道に突っ立っていた丈志に向かって「おはようございます。今日もこれから暑くなりそうですね」とくしゃくしゃの笑顔で声をかけてきた。

多少の動揺をごまかすつもりで丈志は「おはようございます」と作り笑顔で会釈を返し、「何かの花の苗でも生えてるんですか」と聞いてみた。

「いいえ、食べられる野草を摘ませていただいたんです。ここを管理している県の河川事務所に問い合わせたら、勝手に自生している草を抜いて持ち帰るのは別に構わないとお許しをいただいたもので」

　真崎ひかりさんは言いながら草むらの傾斜地を上がって近づいて来た。

「野草。こんな場所に食べられる野草があるんですか」

「ええ、意外とあるんですよ」間近に見る真崎ひかりさんは遠目で眺めていたよりもさらに小柄で、強い風が吹けば飛ばされてしまうのではないかと思うほどだった。

「ほら、これはオオバコ。柔らかい若葉は水で溶いた小麦粉にくぐらせてごま油でカリッと焼いたり、卵焼きやお味噌汁に入れたりすると美味しくいただけるんですよ」

　彼女が袋から取り出して見せた丸みのあるその葉は、その辺の道端や空き地に生えていそうな草だった。実際そうなのだろう、食べられるということがあまり知られていないだけで。

「へえ、オオバコというのですか」

「これは判りますよね」と真崎ひかりさんは袋から飛び出している、特徴のある大きな葉を見せた。丈志が「えーと、フキですか」と言ってみると、「そうそう。フキはこの時期、もう固くなってることが多いんですけど、この辺に生えてるのはまだ柔らかいものが混じってるんですよ。葉は刻んで佃煮に、茎のところは煮つけやおひたしに」

　小料理屋などでフキを薄味で煮た惣菜なら何度か食べたことがある。ほろ苦さと酸味とみずみずしさがあって、口の中がさっぱりする。

「じゃあ、これは判りますか？」

真崎ひかりさんがいたずらっ子のような笑顔で袋から取り出したそれは、しおれかけの細いネギのような外観で、根っこの部分は白くて丸みを帯びていた。

「ええと、ネギですよね」

「残念。近いんですけどね」真崎ひかりさんは笑いながら少し間を取った。「ノビルっていうんですけど、聞いたことありませんか？」

「ああ、これがノビルですか。飲み屋で根っこ付近の膨らんだところに味噌をつけたのを食べたことがあります。ピリッとした辛さがあって旨かったなあ。へえ、こんなところにそのノビルが生えてたんですか」

「ちゃんと探せばあるんですよ、こういう河川敷の土手のような場所には」

「へえ……」丈志は付近の雑草を見回してみて、それらしき細い葉が数本集まっているのを見つけた。「もしかして、そこにあるのもノビルですか」

丈志が指さす先に顔を向けた真崎ひかりさんは「そうそう、すごいじゃないですか、観察力があるんですね」と笑ってうなずいたが、それを抜きに行こうとはしない。

「採ったらいかがですか。私が見つけたけど、遠慮なさらなくていいですよ」

「いえいえ、そうじゃないんです」真崎ひかりさんは笑いながらさきほど見せたノビルをポリ袋にしまった。「今日うちの家族がいただく分はもうこれだけで充分なので」

「えっ。でも、多めに採っておけばいいんじゃないですか。ある程度は保存も利くでしょうし」

「あまりたくさん採ったら荷物が増えるでしょ。それが原因で転んで怪我をしたら、元も子もないし。それに、ここに生やしておくのが一番いい保存方法だから」

「そうですかねえ」丈志は首をかしげ、あごを片手でなでた。「でも、放置しておいたら、誰かがごっそり持って行っちゃうかもしれないじゃないですか」

「もしそうなったら、他の誰かさんたちが美味しく食べることができるわけですから、それでいいんですよ。ここは私の土地じゃないので、必要以上に採るのは厚かましいことですから」真崎ひかりさんは笑いながら言い、つないである犬の方に歩き出した。「それに、この土手以外でも野草が採れる場所、いろいろありますから大丈夫。お散歩をしながら新しい場所を探すのも楽しいし」

犬は丈志に対して吠える様子はなく、きょとんとした表情で見上げている。真崎ひかりさんは犬のリードを持ち直し、うんちをキャッチした道具も拾い上げた。

「謙虚というか、ご立派なお考えですね」

「そんな大げさなものじゃありませんよ。勝手に野草を摘ませてもらってるので、ごめんなさい、その代わり持ち帰った分は家族で美味しくいただきます、決して無駄にはしませんそういう気持ちでいただいてるだけですから」

「でも土地を所有している県の河川事務所は、自生している草を抜いて帰るのは別に構わないと言ったんでしょう。だったらごめんなさいと思う必要はないじゃないですか」

歩き出しかけた真崎ひかりさんが立ち止まって、また笑った。

「ごめんなさいというのは、河川事務所の方々に対してじゃなくて、ここに生えてる野草たちに向けての言葉です。だってみんな、別に人間に食べられたくて生えてるわけじゃないのに勝手に引っこ抜かれて仲間から引き離されてしまうわけでしょう」

「ああ……」

冷たい水をかぶったような感覚に囚われた。そういう考え方もあるのか……。

帰る方向が同じようだということを伝えると、真崎ひかりさんは「そうですか。だったら途中までご一緒しましょうか」と言ってから「もしお嫌じゃなかったらですけど」とまた笑った。

犬と並んで歩く真崎ひかりさんの後ろについた。犬はもう尿を出し尽くしたらしく、帰り道ではときどき匂いを嗅ぐだけで、マーキングはしなくなった。

真崎ひかりさんは道中、こちらが尋ねてもいないのに昨年までは長男と遠くで暮らしていたこと、その長男が事故死したのを機に今は次男夫婦の家族と同居していること、孫が男女一人ずついて、男の子の方は大学に進学して今は一人暮らしをしていること、女の子は高校生で今も同居していて夕方の犬の散歩を担当してくれていること、次男は去年まで電気設備関係の会社で働いていたけれど今は夫婦で惣菜を作って飲食店などに納める仕事をしていることなどを次々と語ってくれた。元来おしゃべりが好きな人らしい。

プライベートなことを聞かせてもらっていると不思議とこちら側もガードが緩くなるものらしい。気がつくと丈志の方も「私はこちらの出身ではなくて」などと切り出した後、自身のことをぽつぽつと語り出していた。真崎ひかりさんは交差点で立ち止まったときに振り返って「大勢の人たちを雇うお仕事というのは、さまざまなご苦労があったことでしょうね」いかにも感心した様子でうなずいた。

田畑が多い地区に入り、何本かのクスノキが茂っている神社の前を通り過ぎたとき、前方からやって来た軽トラックが軽くクラクションを鳴らし、真崎ひかりさんの手前で停まった。

運転席の窓を下げて顔を出した男が「真崎先生、おはようございます。ショウガ、そろそろ持って行こうと思ってるんですけど――」と言いかけて背後にいる丈志に気づき、目を丸くした。

それは丈志の方も同じだった。互いに「あっ」と指さして「何で?」と声を合わせた。

堤の家は、そこからほんの二十メートルほどの場所にあった。片田舎の農家によくある立派な瓦屋根の日本家屋で、隣の納屋にはトラクターやコンバインらしき農機具が見えた。

堤は真崎ひかりさんにしつこく「先生もうちで一緒にコーヒー飲みましょうよ」と誘ったが、真崎ひかりさんは「この後、他の方との約束があるのよ、ごめんなさいね」と笑ってかわし、先に帰って行った。真崎ひかりさんに対して、自分は実は一日だけ家政婦のピンチヒッターをやってもらった者だということは、結局言いそびれてしまった。

和室に招かれ、コーヒーを飲ませてもらった。正直なところ、あまり旨いコーヒーではなかったが、気遣いはありがたかった。

堤は座卓の向かいであぐらをかいて「東郷さん、あんたはそもそも真崎先生とどういう知り合いなんだよ」と単刀直入に聞いてきた。どこか新参者を品定めするかのような雰囲気があった。

ざっと経緯を話す途中、堤は「へえ」と驚きの声を漏らし、「その真崎商店で扱ってるショウガの味噌漬け、俺が育ててるショウガなんだよ」「何だよ、〔おぐら〕に行ってたのかよ。あそこの野菜や川エビも俺が納めてんだからな」などと自慢げに口をはさんできた。真崎ひかりさんとのつき合いはこっちの方が長くて深いんだぞ、という上から目線の態度だった。

「堤さんはあれなのかね。子どものときに真崎さんの書道教室に通ってたのか」

「ああ。だからもう五十年来の弟子だよ。他にも当時の生徒で、今でも真崎先生を慕ってる人はいるけど、中でも一番かわいがってもらったのが俺なんだ。だからこそ今も野菜などを届けさせてもらってるわけよ」

いったい書道教室で何があったのかを質問するよりも早く、堤の口からそれが自慢げに語られた。

堤は幼いときに父親を病気で亡くし、その後は母親と二人で安アパートに住んでいたが、小学校低学年のときに母親が農家をやっていた継父と再婚、この家に引っ越して来たという。しかしその継父が父親面して何かと叱りつけてくる人物だったため堤少年は反発して何度も衝突し、そのたびに真崎先生の子になりたい、あの家は嫌だと書道教室で泣いてだだをこねた。それに対して真崎ひかりさんは話を遮ることなく何度もうなずきながら聞いてくれ、他の生徒たちが帰った後でこっそり、おにぎりを食べさせてくれたという。

「真崎先生が握ったおにぎりには不思議な力があんだよ」と堤は記憶をかみしめるように腕組みをして何度もうなずいた。「家には帰らないって泣いてたのに、おにぎりを食べさせてもらったら不思議と気持ちが落ち着いてさ、今日はそろそろ帰ろうかっていう気持ちになって、結局は帰るんだ。そういうことを何度か繰り返すうちに、継父のいいところもいろいろ判ってきてさ、キャッチボールをしたりクワガタ捕りに連れてってもらったりして、いつの間にかちゃんとした関係を作れるようになったよ」

「真崎ひかりさんのおにぎりは俺も食ったよ」と丈志はうなずいた。「最初は高級な米を使ってるから旨いんだろうと思ってたんだけど、丁寧に研いで良い土鍋で正しく炊く、そして心を込めて握ることで、普通の米があんなに旨くなるんだな」

「いや、真崎先生のおにぎりはただ旨いだけじゃないんだよ」堤は腕組みを解いて両ひざに手をつき、少し身を乗り出した。「食べさせるタイミングもきっとよく考えてたんだ。子どもが腹を空かす頃合い、泣き疲れた頃合いを見計って、そこでさりげなく出す。当時はそれに気づかずに、真崎先生は魔法使いだ、だからおにぎりを食べただけで気持ちが落ち着くんだと本気で思ってたもんな。先生の魔法のおにぎりの世話になった奴は他にも結構いるみたいだけど、一番たくさん食べさせてもらったのは俺だよ。それは間違いない」

堤宅を辞去するとき、丈志は下戸のふりをしていたことを詫び、医者から飲酒を控えるようにと言われていたとうその言い訳をした上で、近いうちに〔おぐら〕で飲もうと約束した。

あまり親しくなるとカネを貸してくれ、保証人になってくれなどと頼まれるのではないかと警戒して壁を作っていた自分が恥ずかしかった。堤はきっと、ゴルフの練習場で孤独をしょい込んでいる男がいると気づいて声をかけてくれたのだ。真崎ひかりさんにしてもらったことを彼は真似て、他人にも親切のお裾分けをしようとしていただけなのに、自分ときたら……。

いったん帰宅して朝食を摂った後、レクサスを運転してホームセンターのグッジョブに行き、十キロ入りの目の細かい砂を三袋購入した。名札に店長の肩書きがついていた、ちょっと太り気味の中年男性が愛想よく対応してくれて、台車に乗せて後部トランクまで運んでくれた。〔おぐら〕の女将さんが言っていた、ホームセンター店長をやっている真崎ひかりさんの弟子というのがこの人物かもしれなかったが、この場で確かめるのはやめておいた。そのうちに〔おぐら〕で再会できそうな気がするので、そのときにあらためて声をかけるとしよう。

児童公園出入り口付近の路肩に車を停めて降りると、強い陽射しが降り注ぎ、たちまち汗が額ににじんできた。丈志は「よし、一汗かくか」と声に出し、砂の袋を一つずつ、かついで砂場へと運んだ。

公園内には誰もいなかったが、セミたちはまだ賑やかだった。

ポケットからカッターナイフを出して砂袋の端を切り、砂場に新しい砂を撒いた。もとからあった砂とは色が違っていたが、何日かすればなじむだろう。

二つ目、三つ目の砂袋も投入し終えたときには、シャツに汗がへばりついていた。

三袋分も足したのに、見た目はそれほど増えたようには見えなかった。しかしバンカーショットの練習で減らしてしまった分の何倍かは補充したはずである。

丈志は砂場に向かって頭を下げ、あのときはごめんなさい、と心の中で謝った。

帰宅して浴びたシャワーは普段よりも確実に気持ちのいいものだった。そしてその後で飲んだ缶ビールの味も格別だった。

気持ちのいい頃合い、美味しくなる頃合い。

そういうものに今まで気づかず、ずっと損をしていた。

あそこの公園周りの植え込み、そういえば空き缶などのゴミがあちこちに埋まってたな。

今度、掃除してみるか。誰かのためというより、旨いビールを飲むために。

その日の夕方、丈志は退職して以来ずっと連絡を絶っていた男にメールを送ってみた。加賀物産の元専務、今泉俊一。十年以上にわたり片腕と見込んで一緒にやってきた男である。しかし最後にはインドネシアでのエビ養殖事業の拡大にあの男は反対し、臨時取締役会で丈志に辞任要求を突きつけた。丈志の退任とセットで今泉も辞任して共に加賀物産を去ったが、その後どうしているのかは知らない。

最近までずっと、今泉のことを裏切り者だと決めつけ、自分は飼い犬に手を噛まれた被害者だと思い込んでいた。

だが、それは間違いだった。

ただのイエスマンよりも、意を決して忠告してくれる人間こそが真の友。この年になってようやくそのことに気づくことができた。

どうやら自分も、真崎ひかりという人物から大切なことを教わり、弟子の端くれになったらしい。

メールの文面を入力する際、いったんは謝罪の言葉を書き連ねてみたが、白々しい気がして消去し、最近どうしてるかという問いかけと、こちらの近況を簡単に書くだけにした。ついでに、旨い惣菜を出す小料理屋を見つけたことも書き加えた。

無視されるだろうと覚悟していたが、一時間もしないうちに返信がきた。時間を取れるなら今夜にでもその小料理屋で一杯やりませんか、という短い返信だったが、急にさまざまな思いが込み上げてきて、スマホの画面が涙で曇った。

あの男らしい。昔から上司の心中を察して、余計なことを言わない奴だった。部下の失敗や取引先のミスでトラブルが起きたときも、責任逃れの言い訳はせず、「申し訳ありません」と頭を下げるタイプだった。自分なんかよりも何倍も人格者であることを判っていたのに、そのことを認めないまま、袂《たもと》を分かつことになってしまった。

丈志が「おぐら」の場所を伝えると、仕事を早めに切り上げてそちらに向かうが午後九時ぐらいになってしまう、それでも構わないかと聞かれ、了承した。

約束の時間よりも少し早めに到着し、〔おぐら〕を覗いてみるとあいにく満席だった。もっと早い時間帯に席を確保しておくべきだったと後悔した。

建物の外に出て、どうしたものかと思案しているうちに目の前にタクシーが停まり、今泉がノーネクタイのスーツ姿で降りて来た。

白髪頭を短く刈り込んだ、大工の棟梁みたいな髪型、ベース型の顔、ちょっと眠たげに下がった目。丈志を見て「ああ、どうも」と照れくさそうに笑う表情がやけに懐かしい。

「呼び出しておいて申し訳ない」丈志はまず頭を下げた。「ここの二階にある店なんだが、さっき覗いたら満席だったんだ。店の前でしばらく待つか、他の店にするかしなきゃならなくなった」

丈志はそう言ってから、しばらく待つことを提案するつもりでいたのだが、今泉は「実はここの三階に、今の仕事で取引がある店があるんですよ。東郷さん行きつけの店が空くまで、まずはそこでやりませんか」と言った。

「へ？」

「この建物だと聞いたときはびっくりしましたよ」今泉はビルを見上げて苦笑した。

「ここ、月に何回か来てるんで、東郷さんと同じ時間に同じ建物の中で飲んでたかもしれない」

「へえ、そうだったの」

「まあ、東郷さんと私の腐れ縁てやつかもしれませんね」

今泉は短く笑った。

三階のその〔居酒屋　六文銭〕という店は、〔おぐら〕の真上にあった。世の中は狭い。

店内は賑わっていたが、幸いカウンター席に並んで座ることができた。まずはビールのジョッキで再会を祝う乾杯をし、半分ほどを一気飲みした。

今泉が「ちょっと食べてもらいたいものがあるんですよ」と言い、「何だよ」と尋ねたが、にやにやして「まあ、答えは後で」といなされた。

今泉がカウンターの向こうにいる大将らしき鉢巻き姿の男性に小声で何やら注文し、ほどなくして出て来たものは小皿に載った唐揚げと思われるものだった。

丈志が「いただきます」と両手を合わせて軽く頭を下げると、今泉が「えっ」と目を丸くし、「東郷さんが食事前に手を合わせるのって、初めて見ました」と言った。

「まあ俺も退職後に、いろいろと心境の変化ってのがあってね」

「何ですか、心境の変化って。何があったんです」

「まあ、それはいいじゃないの。じゃあ食わせてもらうよ」

手で持とうとしたが熱々だったので箸でつまみ、一口かじった。中に細い骨があった。

「これは鶏の唐揚げだよな。でもどの部分かな」と丈志は言った。「身が柔らかい。どこのブランド鶏かな」

「そう思うでしょう」今泉はにやにやしたままビールを飲んでいる。「でも実は鶏じゃないんです」

「じゃあ何だ。キジバトか？　カモか？」

「実はカエルなんです。ウシガエル」

「えっ」丈志は口から骨を吐きだした。「ウシガエルって、昔は食用ガエルだったっていう、あれか」

「今もちゃんと食用なんですよ。どうです、いけるでしょう」

「まあ、確かに旨いことは旨いが……へえ」

「最近はジビエブームだとかで、ウシガエル料理を出す店、増えてるんですよ。国内でもあちこちの地方で繁殖してて、食用だけでなく大学の研究室なんかでの実験用にも需要があるので、ウシガエルを専門に捕まえる業者もいるんです」

「今泉さん、あんたが今やってる仕事って、それなのか？」

「いえいえ、私が手がけてるのはウシガエルじゃありません」言いながら今泉は大将が新たにカウンターに置いた皿を丈志の前に動かした。「こっちの方です、私が扱ってるのは」

それはどう見てもエビをメインにした天ぷらの盛り合わせだった。エビ天が三つに、半切りピーマン、スライスしたニンジン、タマネギが一つずつ。

加賀物産を退職した後、再び別の会社でエビの取り引きに関わるようになった、ということだろうか。

大根おろし入りのつゆにつけて、エビにかじりついた。

「ん？」と丈志は思案した。「見た目はエビだよな、尻尾もついてるし、食感もエビだ。でも味は何ていうか……こういう料理に使われてる輸入物のエビよりも高級感がある。エビよりもカニに近い味がするな」

「でしょう」今泉は笑いながら、ウシガエルの唐揚げをつまんで口に入れた。「去年の暮れに小さな会社を立ち上げましてね。今はこいつを専門に扱ってるんです」

「新種のエビを専門に仕入れて販売してるってことか」

「まあ、そんなところです。事業規模は小さいけれど、そこそこ順調にやらせてもらってますよ」

今泉はセカンドバッグから名刺入れを取り出し、中から一枚引き抜いた。

今泉は、はさみ商店という株式会社の代表取締役だった。

「代表取締役といっても、他に役員なんていませんがね。カミさんや従兄弟に頼んで幽霊役員をやってもらってるだけで。実態は何人かアルバイトを雇ってるだけの個人商店ですよ」

「はさみ商店という名前は？」

「これ、実はエビじゃないんです。ウチダザリガニという種類のザリガニなんですよ」

「えっ」

今泉は丈志の表情を見て、にたっとなった。

「びっくりしたでしょう。東郷さんのその顔を見たくてここに連れて来たんですよ」

カウンターの向こうで手を動かしている大将も笑っている。

今泉のさらなる説明によると、ウチダザリガニは欧米が原産だが最近は北海道の湖沼や河川でかなり繁殖しており、在来種であるニホンザリガニを絶滅の危機に追いやっている危険外来種なのだという。しかし美味であるため欧米ではレストランなどで普通に提供されており、もともと北海道に移入されたのも食用としてだった。今泉はそこに目をつけて、北海道でウチダザリガニを捕獲し駆除している環境保護団体や大学の研究グループに会いに行き、冷凍にしたウチダザリガニをキロ単位で買い取ることを提案。駆除している人たちも焼却や埋設処分する手間が省ける上に収入が得られるということで喜んで受け入れてくれ、今は仕入れ先も販売先も拡大し続けているという。

「最近は飲食店だけでなく、冷凍食品などのメーカーさんも興味を示してくれてますんで、近いうちにもうちょっと手を広げようと考えてるんですよ」と今泉は続けた。「食品メーカーさんとの取り引きが始まれば、やがて需要が追いつかなくなります。なのでヨーロッパから冷凍のウチダザリガニを輸入する計画も進めてるんです」

丈志は、今泉が何を伝えようとしているのかを理解した。

加賀物産では、インドネシアでのエビ養殖事業を拡大しようとしたが、環境問題がネックになって今泉らに反対され、対立が激化して、ついに丈志は会社から追い出されることになった。

エビの需要があるからといって、何が何でも同種のエビをより多く仕入れることだけが策ではない。犠牲を伴う強引な手法はやがて大きなしっぺ返しを食らうことになる。エビの需要があって、供給が足りないのなら、エビに替わる食材、エビと同等の食材を見つければいいのだ。今泉は人生をかけて、自身の考え方が間違っていないことを証明しようとしているのではないか。

「今泉さん、あんたはすごいな。すごい男だ」

「東郷さん、あなたから教わったことですよ」今泉は片手を丈志の背に回して、ぽんぽんと軽く叩いた。「どこにビジネスチャンスがあるか判らない。利益が小さいと決めつけるな、こんなもの売れないと決めつけるな、よく考えもしないうちに結論を出すな」

確かにそんな言葉を社員たちに復唱させた時期があった。

いつの間にか、それを唱えさせる立場にあぐらをかいて、言葉が持つ真意をじっくり嚙みしめることを自分は忘れてしまっていたらしい。

二人ともビールをお代わりし、今泉はさらに「大将、ボイルしたやつを頼むよ」と注文した。しばらくして出てきたのは、皿に盛られた、ボイルされたらしいウチダザリガニが六匹。アメリカザリガニよりも二回りほど大きくて、立派なハサミをつけている。ザリガニと言うより、小型のロブスターと形容すべきだった。ハサミや甲羅をつけたままの姿で、鮮やかな朱色で湯気を上げており、食欲をそそる香りが鼻腔をくすぐる。

「塩ゆでしただけなんですが、これが一番旨いと私は思ってるんです。さ、食いましょう」

丈志は、今泉が甲羅を外す要領を真似て身を取り出し、かぶりついた。

タラバガニのような味わい。しかしエビの風味もある。

「うーん、旨い」と丈志は漏らした。「これはそのうち人気が出るよ。今泉さん、いいところに目をつけたね」

ハサミの身には、まさにカニの爪のような甘さがあり、さらに絶品だった。しかも価格はカニよりもかなり安い。庶民の味方になる食材だと丈志は確信した。

「ところで東郷さん、はさみ商店の事業について、ちょっと相談に乗っていただきたいんですよ」今泉がウチダザリガニをむきながら、何でもない雑談のような感じで切り出した。「ヨーロッパから冷凍のウチダザリガニを輸入するとなると、やはりそのノウハウを持った人材が必要になります。加工所も大きくしなきゃならないので、資金も必要になってきます。ところが銀行さんは今のところ、はさみ商店の事業に懐疑的で、なかなか融資話に乗ってきてくれません。東郷さん、どうですか。新たに株式を発行しますんで、その株主になる形で出資してもらえませんか。それに東郷さんの名前があれば、融資もかなうと思うんです。共同経営者として一緒にやってもらえませんか」

「…………」あまりの急な展開に、口と手が止まった。ようやく「いや、俺は……もうロートルだから」と応じた。

「いいえ、東郷さんはまだまだビジネスの世界でやってゆくべき人だと思います。さっきお会いしたとき、元気そうではあったものの、エネルギーの使い道に困ってるような、情熱を傾けるものが見つからないでちょっと苛立っているような、そんなふうに映りました。東郷さん、考えてみていただけませんか」

「……でも俺は、あんたとあんなことになって……」

「私、実はずっと、東郷さんに声をかけるタイミングを計ってたんです。今日メールをもらったとき、何も言わなくても仲直りできると確信しました。過去のことは過去のこと、水に流そうじゃないですか。長い間一緒にいろんなことをやってきたことの方がはるかに大きいとは思いませんか」

丈志は「うむ……すまん、ちょっとトイレ」と断り、席を立った。

洗面所で顔を洗い、自分の顔を見た。加賀物産の社長だった頃と較べると、かなり柔和になっている気がする。


今夜はとことん飲んでやるか。

共同経営の話が一段落したら、こっちの話もして、ちょっと驚かせてやるとしよう。

魔法使いの老女と出会った話を。

鏡の向こうにいるもう一人の自分が、いたずらっぽく笑ってうなずいていた。

秋

　外で車のエンジン音が止まって、ドアが開閉されたと思った直後、「あ痛たたた……」という声が聞こえてきた。出て行ってみると、夫の堅《けん》が工場前の駐車スペースで横向きに倒れていた。その近くに堅が使っているブリーフケースが落ちている。軽ワゴン車から降りたところで何かアクシデントがあったらしい。

「どうしたの、大丈夫？」

田野上香代《たのうえかよ》が駆け寄って助け起こすと、堅は「腰が……」と顔を歪めた。

「また腰をやっちゃったの？」

「ああ、やっちまった」堅はうめきながらうなずいて、片手で腰をさすった。「車から降りたところで、靴紐を結び直そうとかがんだ瞬間に、ぐきっと痛みが……このざまだよ」

「お医者さんのところに行く？」

「いや、いい」堅は頭を横に振った。「どうせ痛み止めや湿布薬を出すだけで、これでしばらく様子を見ましょうと言われるだけだ。ドラッグストアで買ったビタミンB錠の方がよっぽど効く」

堅が両手を後ろに回して腰をさすりながら、よろよろと工場の中へと入って行く。香代はブリーフケースを拾って、堅を追いかけた。夫婦の自宅はスレート葺《ぶ》きの建物、田野上工業の奥に隣接している。

堅は狭いリビングのリクライニングチェアに身体を預け、「参った……」と天を仰いでいた。腰痛持ちになってから購入した、堅専用の椅子である。

その横にあるテーブルにブリーフケースを置いた香代が「湿布薬、持って来ようか」と尋ねると、堅は「ああ、頼む」とうなずいた。

堅が「あー」とうめきながら身を起こし、作業服を脱いでシャツのすそをまくる。香代は慣れた要領で大きな湿布薬を腰の後ろに貼ってやる。堅は「やれやれ」とつぶやいて、再びリクライニングチェアに身体を委《ゆだ》ねた。

堅は四十代後半に入ってしばしば腰痛に見舞われるようになり、それがもう三年も続いているのだが、病院で診てもらっても背骨などに異常はないとのことで、ビタミンB系統の不足かストレスが原因ではないかと医者から言われている。原因がはっきりしない腰痛に悩まされている人が、世の中には結構いるらしい。

ストレスが原因だとしたら、田野上工業の受注が減ってじり貧状態が続いていることの現状が何とかならない限り、堅の腰痛は回復しないことになる。

「信用金庫、どうだった?」

香代が尋ねると、堅は「いいことがあったら、もう言ってるって」と面倒臭そうに答え、腕組みをして目を閉じた。追加融資の話は駄目だったらしい。

「長いつき合いだったのに、ひどいわね。メーカーさんからいろいろ注文があったときは、新しい機械を導入して受注に対応しましょうとか、あっちの方から持ちかけて、おカネを借りてくれ借りてくれって頼んできたくせに」

「ああ……悪いが、ちょっと休ませてくれんか」

堅は目を閉じたまま苛立った口調で言った。無精ひげ、ぼさぼさの頭、目の周りのくまとしわ。こうやってじっと顔を見ていると、このおじさんは誰なんだろう、本当にあの田野上堅なんだろうかと思ってしまう。

もっとも、顔や身体の劣化はお互い様である。香代にしても、いくら化粧品やフェイスマッサージを駆使しても、くっきりと刻まれたほうれい線は消えない。ファンデーションで消そうとしても、しばらくするとそこがひび割れてきて、かえって目立ってしまう。いつだったか堅に「私、ほうれい線目立つよね」と聞いてみたら、返事は「今さら何言ってんだよ」だった。

高級エステに通うおカネがあれば、何とかなるのだろうか。

香代はその場を離れ、リビングでインスタントコーヒーを淹《い》れた。

田野上工業は金属部品を作る有限会社で、工場は堅が父親から引き継いだものである。

結婚して最初の十年ぐらいは国内のさまざまなメーカーから小さな歯車やスプリング、小型の型枠などを受注することができ、丁寧な仕事が認められてひいきにしてくれる取引先もあった。その頃は従業員も五人いたし、香代もいろいろと手伝っていた。

ところが各メーカーがコストの安い中国の工場などに発注をシフトするようになり、田野上工業は仕事がどんどん減って、それに伴い信用金庫の態度も変化していった。

そんなとき、県外のある自動車修理業者さんから「ビンテージものの外車の修理を頼まれたが取り替える必要がある金属部品がもう手に入らない。設計図通りの部品を作ってくれないか」と頼まれて対応したところ、そこから口コミでその手の仕事がときどき入るようになり、今ではそちらが仕事の中心になっている。よそが面倒臭がって断るような仕事をやるということについて最初は堅もいくばくかの屈辱感を覚えたようだったが、要求どおりのものを作って渡すと注文主さんが予想以上に喜んで感謝してもらえるので、今ではやりがいを感じている様子である。最近では明治や大正時代に製造された蓄音機やオルゴールに使われていた歯車が破損したので同じものを作って欲しい、などという仕事も入るようになった。なぜわざわざ音が悪く機能性も乏しい昔の音響機器を愛《め》でる人間がいるのか、香代には理解しがたいことだったが、そのお陰で仕事がもらえるのだからありがたいことである。

だが問題は、その手の注文は不定期であり、仕事がないときは何日もすることがない状態が続いてしまうことだった。だから堅が事業計画書を携えて信用金庫を訪ねても、いろいろと意地悪な質問をされて、結局は融資に応じてもらえない。

実際、ビンテージものの部品を作る仕事が今後も続くかどうかは未知数だった。アナログレコードのプレーヤーなど古い音響機器は最近ちょっとしたブームらしいが、さらにブームが広がると元のメーカーが復刻版を限定生産したりして、部品の供給も始めるかもしれない。一方でブームが下火になってしまうと、田野上工業への注文自体が減ることになる。ちょうどいいぐらいの控えめなブームが長く続くことを祈るばかりだが、世の流行《はや》り廃《すた》りはめまぐるしく、見通しを立てることは難しい。

最近は、土地を売って欲しいと言ってきたり、ここを駐車場にしませんかと打診してくる業者がちょいちょいいる。堅も「今が売りどきかもしれん」と漏らしていたが、それは腰痛でいつか身体が動かなくなる不安を抱えていることも大きく関係しているようである。

確かに、駐車料金がコンスタントに入ってきたらありがたい。その上で堅が腰をかがめなくても済むような、身体に負担がかからない仕事を見つけ、香代もパート仕事を始めれば、生活は今よりも楽になるだろう。義父が始めた小さな町工場がこの世から消えることは寂しいが、夫婦には子どもがいないので、いずれはなくなる運命だ。要は、その時期がいつかということでしかない。

この日は結局、仕事の注文が入らなかった。香代は堅から頼まれてドラッグストアに行き、腰痛ベルトとビタミンB系統の錠剤を買った。腰痛ベルトは、テレビのコマーシャルで見て、前から使ってみようかと考えていたのだという。ビタミンB系統の錠剤は、腰痛、肩こり、眼精疲労などの回復にいいとされており、堅は二年ほど前から飲み続けている。腰痛は治らないままなので、もしかしたら効果がないのかもしれないが、飲んでいるお陰で悪化を防げている可能性もある。

青地に黒いラインが入った腰痛ベルトは、マジックテープを使って少し複雑な手順で装着しなければならず、香代もつけるのを手伝った。

堅は「おっ、ちょっと窮屈だけど、これを着けてたら日常生活は何とかなるかもしれん」と苦笑いした。少しせり出ていたおなかも引っ込んで見えるので「スリムになってるよ」と香代が言うと、「そうかぁ?」と一瞬だけにやけたが、「五十前のおっさんの腹が出ていようがいまいが、どうでもいいって」と急に不機嫌な顔になった。

翌朝、雨が急に降り始めた。十月中旬に入っても暑い日がしばらく続いていたが、この日は秋らしい冷え込みとなり、香代は家の階段を上がるときに少しひざの痛みを感じた。

どういうわけか、気温が下がるとひざが痛むときがある。年を取るとそういう人が多いらしく、それ用の薬やサポーターなどもドラッグストアに売っているのだが、たまに痛むだけのひざのために、そこまでの出費はためらわれる。

朝食後に田野上工業のシャッターを上げると、小柄な人物がリードを持って一匹の中型犬と共に背を向けて立っていたので、香代は「ひっ」と驚きの声を上げた。

「あら、ごめんください」

そう言って振り返ったのは、かなりの年だろうと思われる老女だった。

「散歩の帰りに雨に降られてしまって、ちょっとこの軒先をお借りしてたんです」と老女は続けた。「すぐに行きますので、すみません」

「あ、いえいえ。構いませんよ、雨宿りぐらい。どうぞご遠慮なく」

香代は老女の柔和な笑顔にほっとした一方、なかなか攻めた格好だなと思った。頭には姉さんかぶりの手ぬぐい、白い割烹着を着ていて、その下は……紺の作務衣だろうか。脚もとは何と、紺の地下足袋。この人は忍者の末裔だろうか。

犬は柴犬のようで、おとなしい性格らしく、吠える様子もなく、老女の隣にちょこんと座ったまま、首だけを回して香代を見上げている。

「ご近所の方ですか」と聞いてみると、老女は「ええ」とうなずいて、ここから三百メートルほど北にある町名を口にし、毎朝犬の散歩で森林公園まで往復しているが、ときどき気まぐれで道を変えていること、久しぶりにこの通りを歩いていたら急に降り出したので雨宿りをさせてもらっていたことを説明した。

「ワンちゃん、おとなしいんですね」

「ええ、知り合いからいただいたコなんですけど、そのときからこういう感じで」

「柴犬ですか」

「多分、雑種だと思いますけど、柴犬の血が濃いみたいですね」

香代がかがみ込んで手を伸ばしても犬は嫌がる素振《そぶ》りを見せなかったので、首の後ろを軽くなでた。体毛が少しだけ水気を含んでいた。

小学校低学年のときに犬を飼いたいと訴えたが、両親の許しが得られなかったことを思い出した。クラスメートの女子の家にかわいいポメラニアンがいて、その犬を抱っこしたくて一時期よくその家に遊びに行ったものである。それで両親に「私も犬が欲しい」と頼んだのだが、絶対に駄目だと言われ、ただで手に入る雑種でいいからと大幅に条件を下げても聞き入れてもらえなかった。特に父は犬が嫌いだった。

香代がなでていると、老女が「リキっていうんです」と名前を教えてくれた。

「へえ、リキちゃん。強そうな名前なのにおとなしいね」

そう話しかけると、リキは退屈そうにあくびをした。

空を見上げると、まだしばらくは降り続きそうだった。

「あの、よかったら雨が止むまで中で座って休憩されませんか。といっても薄暗くて油臭い作業場なので、かえって申し訳ないのですが」

「あら、いいんですか」老女は遠慮する素振りを見せることなく、満面の笑みになった。

「少し座らせていただけると本当に助かります」

「どうぞどうぞ。土足で出入りしている作業場なので、ワンちゃんも一緒にご遠慮なく」

作業場にあるいくつかの機械の間を縫って、奥にある安物のソファセットに案内した。以前は毎日のように取引先や信用金庫の関係者に座ってもらっていた場所だが、最近はもっぱら堅の休憩用簡易ベッドと化している。

老女はソファの一人がけ用の方を選んで座り、リキはその隣で伏せの姿勢になった。少し鼻をひくひくさせているのは、機械油や金属の匂いのせいかもしれない。

その場で少し待ってもらい、ペットボトルのウーロン茶を湯飲みに移してレンジで温め、「こんなものでよければ」と出した。老女は「あら、申し訳ありません。実はのどが渇いてたんです」と両手を合わせて頭を下げ、一口飲んで「ウーロン茶ですか、ああ美味しい。少し身体が冷えてたのでうれしいわ」と少し大げさな感じの喜び方をした。

おべんちゃらもあるのだろうけど、喜んでもらえると悪い気はしない。

その後、お茶を飲みながら老女はこちらから聞くよりも先に自分のことをいろいろと語り出した。彼女は真崎ひかりという名前で、夫に先立たれた後、自宅で近所の子どもを相手に書道教室を開いて生計を立てていたが、その後は遠くに引っ越して長男と住んでいた時期があり、その長男が事故死した後、再びこちらに舞い戻って今は次男夫婦宅に住んでいるのだという。その他、次男夫婦は惣菜を作る小さな商店をやっていること、次男夫婦には息子と娘がいて息子は大学に進学してアパートで一人暮らしをしており、娘は市内の高校に通っているという話も聞かされた。

いつの間にか、香代の方も自身のことをいろいろとしゃべっていた。真崎さんが聞き上手で、「あら、本当に?」「まあすごい」「それはご苦労なさったわね」などといい感じで合いの手を入れてくれるので調子に乗ってしまい、初対面の相手に教える必要のないことまで話してしまっていた。打ち明け話はもともとの知り合いよりも赤の他人の方がしやすいものである。

夫の堅が最近腰痛に悩まされていることを知った真崎さんは、立禅なるもので腰痛が治ったという自身の体験を話してくれた。中国拳法のある流派に伝わる鍛錬法で、書道教室の生徒だった一人が後年空手の指導者になり、腰痛に悩んでいた真崎さんにやり方を教えてくれたのだという。それを始めてしばらくすると腰痛が消え、下半身が安定する感覚が得られて転びにくくなったらしい。

ネット検索すればやり方などはすぐに判るというので、堅に教えてみるか。おカネがかからない方法なので、やってみて損はない。

そうこうするうちに雨は止み、真崎ひかりさんは、「雨宿りをさせてもらった上に美味しいお茶をごちそうになり、おしゃべりの相手にもなっていただいて、本当にありがとうございました。ああ楽しかったー」満面の笑みで礼を言い、「ご主人の腰痛、よくなるといいですね」とつけ加えて帰って行った。リキが一度振り返って、目を細くした。

うちのばあちゃんがお世話になりました。そう言いたかったのだろうか。

午前中、電話で一件、仕事の連絡が入った。蓄音機の部品を作ってくれと以前頼んできた顧客から紹介してもらったという映像制作会社からだった。故障したままほこりをかぶっていた蓄音機を修理して復活させる過程をテレビ番組にする企画が動き出したので、部品製作の面で協力してもらえないかというものだった。ついては、地元の宣伝にもなるということで市役所の地域振興課も番組制作に協力することになり、まずは市役所の会議室で打ち合わせをしたいとのことだったので、堅は腰痛ベルトを巻いて軽ワゴン車で向かうことになった。香代は「腰に負担がかかる姿勢は取らないようにね」と釘を刺した。

それからしばらく経ったところで車が停まる気配がしたので外に出てみると、赤い普通車が前に停まり、白い調理服に白い三角巾を頭にかぶった、香代と同年代ぐらいの中年女性が降りてきた。片手には紙袋を提げている。

「すみません。今朝、うちの家族がこちらで雨宿りをさせていただいたそうで――」

「ああ、真崎ひかりさんですか」

「あ、はい」中年女性は少し安堵したような表情になった。「その節は大変お世話になりました。聞いたところ、軒先をお借りして立っていたら、中に招いていただいてお茶をいただいた上に、話し相手にもなってもらったとかで、本人が大変喜んでおりました」

ということは、目の前の女性は、真崎ひかりさんの話に出てきたお嫁さんか。

「いえいえ、そんな大げさな」香代は片手を振った。「話し相手になってもらったのは私の方ですから」

「八十代の半ばを過ぎた老体ですので、雨に濡れていたら肺炎などを起こしていたかもしれません。本当にありがとうございました。それで、こんなものでお礼にはならないかと存じますが――」

そう言われて紙袋を持たされた。中を見ると、真空パックの食品がいくつか入っている。そういえば真崎さんから、息子夫婦がそういう商売をやっていると聞いたのだった。

わざわざ菓子折を買って来られたらこちらもかなり恐縮してしまうが、商品として普段から販売しているものであれば遠慮することはないだろう。香代は素直に受け取ることにし、「あらぁ、気を遣わせてしまってごめんなさい」と礼を言った。

中に招くべきかどうか迷っているうちに、真崎さんちのお嫁さんは「では私はこれで失礼致します。ありがとうございました」と車に乗り込んですぐさま発進させた。どうやら仕事の途中で抜けてきたものらしい。

見送った後、真空パックの表示シールをじっくり見た。イワシのぬかみそ炊き、アジのぬかみそ炊き、ショウガの味噌漬けの三つ。真崎商店という名称だった。裏を見ると、開封後は冷蔵庫で保管すべきことや常温で食べられることが書いてあった。

味噌煮や甘辛煮の魚はときどき作るが、ぬかみそ炊きというのは食べたことがない。昼ご飯に使ってみるか。堅はあまり青魚が好きではないので、文句を言うかもしれないけれど。

昼過ぎに帰って来た堅と遅めの昼食を摂るときに、アジのぬかみそ炊きとショウガの味噌漬けをおかずに出してみた。他に小松菜と油揚げのみそ汁、ねぎ納豆、卵焼きもあるので、気に入らなければ残せばいい。

おかずを見て堅が「何だこれ」と聞いてきたので、香代が経緯を話すと、「ふーん。なかなか律儀な家族だな」とあまり興味なさそうに皿を手にし、アジのぬかみそ炊きの匂いをかいだ。

「口に合わなければいいよ。私が食べるから」

「ああ」堅は皿を置いてみそ汁をすすり、ご飯を口に入れた。

「テレビ番組の話、どんな感じ？」

「三石《みついし》製薬の創業者が所有していた蓄音機の、破損した歯車などを作って欲しいんだと。他にも三石家所有の古い和簞笥《わだんす》なんかも木工職人に修理してもらうそうだ。その製作過程だけでなく、修理後の三石家の人々へのお披露目にも立ち会ってもらい、その場面も撮影したいと言われたんだが、まだ企画段階で本決まりじゃないんだと。多分、複数の同業者に当たって、テレビ映りなんかも考えてふるいにかけるつもりなんだろう。だから、こっちも数か月後には商売をたたんでるかもしれないので協力できるかどうか確約はできませんと言っといたよ」

三石製薬は地元を代表する企業の一つである。

「じゃあ、ボツになると思った方がいいわけ？」

「判らん。先方は近いうちに正式に依頼するつもりですので何とぞって言ってたけど、テレビ出演なんてしたいとは思ってないから、ボツになってくれた方がありがたいかな」

「でも、テレビがきっかけで仕事が広がるかもしれないじゃない」

「そうか？　蓄音機を修理する業者がメインで、俺はあくまで脇役だろうから」

「まあ、そうね。腰はどんな感じ？」

「あ、そうだった」堅はシャツのすそを持ち上げて、腰痛ベルトのマジックテープをべりべりとはがした。「そういえば何だか飯が腹に入りにくいと思ってたんだ。ま、巻いてる間は大丈夫そうな気はするよ」

その直後、アジのぬかみそ炊きを口に入れた堅が「ん？」と目をむいた。「旨いぞ、これ」

「あら、本当に？」

「ああ。ぬかみそにこくがあって、唐辛子と山椒がいい感じに利いてる。見た目はあまり食欲をそそる感じじゃなかったけど、こりゃなかなかのもんだ」

香代も箸を伸ばし、口にしてみた。確かにぬかみそや山椒の味付けが魚に合っている。というよりもむしろ互いの持ち味を高め合ってより美味しくしているように感じた。

「へえ、意外と上品な味なのね。魚の身も柔らかくて、骨も食べられる」

「こりゃ、あれだな。タイの塩焼きなんかと同じ値段で並べて売られてたとしても、こっちを選ぶ人がいるんじゃないかってレベルだな。ただの大衆魚が高級魚と肩を並べる旨さに仕上がってる。何ていう会社だって？」

「真崎商店。会社じゃなくて個人商店らしいわよ」

「ふーん。職人技ってやつだな」

ショウガの味噌漬けも、味噌のまろやかさとショウガのぴりっとくる刺激がマッチしていて、これまたご飯が進んだ。堅は普段、昼食でお代わりなどしないのだが、この日は二杯目にショウガの味噌漬けを載せたお茶漬けをかき込んだ。食べ終えた後、堅は「あー、食ったー」と腹をさすり、リクライニングチェアに座ってしばらくすると、寝息が聞こえてきた。香代が「腹の皮が突っ張れば目の皮が弛《たる》むってやつね」と声をかけたが堅は目を覚ます様子がなく、いびきをかき始めた。

その日の夕方、「すみません、こんにちは」と外から聞き覚えがある声がしたので出て行ってみると、真崎ひかりさんがいた。犬のリキがいない代わりに、制服を来た女子高生が一緒だった。やせていて、いわゆるおしょうゆ顔の女の子だった。片方の肩にデイパックを引っかけている。孫娘らしいと見当をつけた。

何の用だろうかと思いつつ香代は、「あら、真崎さん、こんにちは。こちらはお孫さんですか」と作り笑顔で尋ねると、女子高生は「真崎ミツキと申します。今朝は祖母がお世話になり、ありがとうございました」と頭を下げた。

「いえいえ、雨宿りをしていただいただけですから。あ、そうそう真崎さん、ぬかみそ炊きとショウガの味噌漬け、お昼にいただきました。主人も旨い、旨いって喜んで、珍しくお代わりまでして。こちらこそあんなに美味しいものをいただいて、ありがとうございます」

「三根屋の地下で販売してますので、気が向いたらよろしくお願いします」ミツキちゃんが笑顔で肩をすくめ、「あの惣菜、実はおばあちゃん直伝の味なんです」と続けた。

「へえ、そうだったんですね。うちの主人が、これは職人技だって、うなってました。作る物は違うけれど同じ職人として、感じ入るものがあったみたいで」

会話が聞こえたらしく、奥から堅が出て来た。普段は他人に愛想がよくない堅が「こんにちは。田野上堅と申します」と自己紹介し、あらためてぬかみそ炊きなどが旨かったことと、もらったお礼を口にした。頭を下げた後、少し顔をしかめたのは腰痛のせいだろう。

ところで今度は何用で？　という感じの間ができた。

「雨宿りをさせていただいた上に厚かましい話で大変申し訳ないんですけれど」と真崎ひかりさんが切り出した。「今朝お邪魔したときに、作業場の隅に、一斗缶に山盛りになってる歯車やバネなどの金属部品があるのを拝見したんですけど、あれは商品としてお売りになってるものなんでしょうか」

堅と顔を見合わせた。堅が「いいえ、あれは不要になったものです。注文よりも少し多めに作っておいたものの結局は要らなかったとか、試作品とか、そういうやつなんで、ある程度溜まったら処分することになってます」と答えると、ミツキちゃんがなぜかうれしそうに「やったー」と両手を叩いた。

話を引き継いだミツキちゃんの説明によると、彼女はスチームパンクと呼ばれる、金属部品を使ったファッションに最近凝っていて、十一月上旬に予定している学園祭のときにその衣装を身につけてファッションショーに参加したいと思っているものの、材料をホームセンターやリサイクルショップですべて買いそろえると結構な出費になってしまうため、不要な部品を分けてもらえないだろうか、ということだった。

スチームパンクという言葉自体、全く聞いたことがなかったので香代はぽかんとなり、堅も「はあ」と困惑顔になりつつも「別にいいですよ。好きなだけ持ってって」と答えた。ミツキちゃんは「ありがとうございまーす」と元気よく頭を下げ、真崎ひかりさんは「よかったね」とにこにこ笑ってうなずいた。

作業場に招き入れ、一斗缶の中身を選別しやすいよう、堅が大型のプラスチックトレーに中身を出して広げた。「油がついている部品が多いから、これ使って」と香代が軍手を渡すと、ミツキちゃんは礼を言ってさっそくしゃがみ込み、「わーい、いいのがいっぱいあるー」といかにもうれしそうに言い、歯車などを選び始めた。

少し時間がかかるかもしれないと思い、真崎ひかりさんにはパイプ椅子を出して、香代も並んで座った。

その間にスマホを取り出して、そのスチームパンクとやらについて調べてみた。

数十秒後には「へえ」と声を上げげた。

中世から近代にかけての西洋の服装に、歯車やバネやチェーンなどを用いたアクセサリーや装備品を組み合わせた感じのファッションだった。金属部品と革製品を組み合わせた眼帯、ペンダント、前腕部から手の甲まで隠れるアームグローブ、ごてごてと部品をつけたベルト、レトロなデザインのゴーグル。それらをコルセット、革ベスト、シルクハット、軍服風のジャケットなどと合わせている。多分、そういうファッションのキャラクターが登場するマンガやアニメがあって、若いコたちに人気があるのだろう。実際スマホ画面には、写真だけでなくイラストもたくさん出てくる。

ミツキちゃんは熱心に歯車などを選び、持参したデイパックから引っ張り出した新聞紙を広げて、その上に並べたり重ねたりしていた。

香代が「若いコたちの間でこういうものが流行ってるんですね」とスマホを見せると、真崎ひかりさんはそれを覗き込んで「そうみたいですね。私にはさっぱり。転んだときに怪我をしたり、何かで感電したりしないか、ちょっと心配ですし」と答え、ミツキちゃんが手を動かしながら「転んだりしないってば。感電もしないよ」と返した。

ウィキペディアによると、スチームパンクは十九世紀後半から二十世紀初頭の蒸気機関が産業を支えていた頃のSF小説をモチーフにしたファッションだという。要するに、当時の人々が夢想したタイムマシンや進化した飛行船などの乗り物、武器や計器類と人体との融合など、実際にはそうはならなかったけれど空想の世界にあったものを再現するファッションらしい。世界中にコアなファンがいるせいで、最近ではサブカルチャーの一大勢力となりつつあるという。

続いてミツキちゃんは、デイパックからスケッチブックを出して広げ、それを見ながら歯車やバネを選んで、新聞紙の上で重ね始めた。

スケッチ画は、鉛筆で描かれたスチームパンクの眼帯らしきものだった。眼帯というよりも顔の半分を覆う仮面のような外観で、カメラレンズ、歯車、バネ、スイッチなどがゴテゴテと盛られている。ミツキちゃんが描いたのだとしたら、なかなかの腕前である。この眼帯を装着したら、未来の景色でも見えるのだろうか。それとも敵の戦闘力を計る役目でもあるのか。

香代が「ミツキちゃんが描いたの?」と聞いてみると、「はい。こういう感じにしたいんです」との返事だった。

作業場の機械にオイルを差して回っていた堅が覗き込んで「へえ、面白いファッションだね」と声をかけた。「でもお嬢ちゃん、どうやって金属部品同士をひっつけるつもりなの」

ミツキちゃんが見上げて「金属用の接着剤を使おうと思ってます」と答えた。

「いやいや、それだと接着力が弱くて、金属の重みとか、ちょっとした衝撃ですぐに取れちゃうよ。特に金属部品の一部しか接着しないところは弱いから」

ミツキちゃんが黙り込んだので、余計なことを言わなくてもいいでしょうに、と香代が注意しようとしたが、堅がさらに「よし、そこは俺が溶接してやろう。ろう付けっていう、はんだ付けよりも強く接着できるやり方があるんだ。それならがっちりくっつくから大丈夫だよ」と言った。

「えっ」ミツキちゃんが目を丸くした。「いいんですか」

「俺にとっては訳ないことだよ。土台になる部分は革でできてるの？」

「いいえ、見た目が革っぽい布が百均で売られてるので、それを使おうと思ってます」

「金属部品をそこに縫いつける？」

「そうですね。黒い糸を使えば大丈夫かなって」

「ふーん」堅があいまいにうなずいてから香代の方を向いた。「福吉《ふくよし》さんに頼んだら、革の切れ端ぐらい分けてくれるんじゃないかね」

二歳年下の妹、由宇《ゆう》の顔が浮かんだ。最後に会ったのは去年の法事のときだったが、会話は交わさなかった。仲が悪くて、二十代の半ばぐらいからずっと無視し合っている。

福吉敬太郎《けいたろう》さんは由宇の夫で、市内でカバンの販売と修理をする店をやっている。姉妹の不仲は堅も敬太郎さんも判っているので、長い間家族同士のつき合いもないままで、互いの情報は親戚経由で入ってくるのみだった。

香代が返事をしないでいると、堅は「俺が連絡するって」と苦笑してからミツキちゃんに「ちゃんとした革を裁断してビス留めしたら、きっと本格的な仕上がりになると思う。親戚がカバンの修理屋をやってでね、革の切れ端とか、もらえるように頼んでみようと思うけど、どうかね」

ミツキちゃんは真崎ひかりさんの方を見てから「いいんですか」と、うれしさと戸惑いを混ぜたような表情で尋ねた。

「ああ、任せな。かわいいお嬢ちゃんの力になれるんなら、一肌脱ぐ値打ちがあるってもんだ。ところで作りたいのはこれだけなの？」

「いえ、実はまだあって……」

ミツキちゃんはスケッチブックのページをめくっていった。前腕と手の甲までを覆うアームグローブ、ネックレス、ポーチ付きのベルト。いずれも歯車などの金属部品がたっぷり盛られてある。

「一つ手伝うのも四つ手伝うのもたいして変わらんよ。革は任せときな、後でおじちゃんが調達しといてやるから。お嬢ちゃんが、この通りに溶接してくださいっていう部品並べをやって、それを俺が順次ろう付けしてゆく。その後で、土台に使う革のベルトや土台にビス留めする。な」

「でも、そんなに厚かましいこと……」

真崎ひかりさんも「そうね。お仕事の邪魔をしてしまうことになるから」と言ったが、堅は「今日は暇だから大丈夫ですよ。それに小さな金属部品の溶接、俺にとっちゃちょちょいのちょいですから。遠慮なんか要りません」

「そんな……、本当にお願いしていいですか」真崎ひかりさんはそう言ってからミツキちゃんに「よかったわね、親切にしていただいて」と笑顔を向けた。

ミツキちゃんは「本当にすみません。ありがとうございます」と元気よく頭を下げた。

ミツキちゃんが重ね合わせた金属部品を堅が受け取り、順次ろう付けしてゆくという作業は小一時間ほどで終了した。カメラレンズや小さなメーター針など、作業場にない部品はミツキちゃんが持参していた。がらくた市で入手したのだという。堅がそれらをろう付けしてゆくさまを見たミツキちゃんは「すごーい、神業ぁ」と拍手した。

革の切れ端は堅が明日の午後までに調達しておいて、夕方に裁断とビス留めをする、ということになった。気がつくと外は暗く、ミツキちゃんはリキの散歩に出かけなければならないというので、今日のところはいったん終了となり、祖母と孫娘の二人はあらためて丁寧に礼を言って帰って行った。

溶接した金属部品とスケッチブックは、堅が預かることになった。敬太郎さんに見せて説明したいとのことだった。

堅がなぜミツキちゃんに親切にしたがるのか、香代はその理由を察していた。

夫婦の間に子どもはいないが、不妊治療の結果、一度だけ妊娠したことがある。エコー検査の結果、女の子だと判った。しかしその後すぐに流産してしまい、それからはできずじまいだった。もし生まれていたら、今頃はミツキちゃんぐらいの年齢である。

まだ引きずってるんだな。

そう思いながら、真崎ひかりさんたちを見送る堅の横顔をぼんやり見ていると、気づいた堅から「何だよ」と言われた。

「別に……私が流産せずに無事娘が生まれてたら、あれぐらいの年だなあと思って」

「はあ?」と堅は眉根を寄せて口をぽかんと開けた。「そんなこと考えてたのか」

「あんたは違うの?」

「そんなこと思ってねえよ。協力してあげたら、またもらえるだろうがよ、ぬかみそ炊きとか、ショウガの味噌漬けとか。今度はもっとどっさりもらえるんじゃないか。よし、さっそく敬太郎さんに電話しよ」

堅はいそいそと作業服のポケットからスマホを出した。

香代はため息をついた。

夕食前に堅は腰痛ベルトを装着し直して自転車にまたがり、未開封のサバのぬかみそ炊きのパックを前かごに入れて〔カバン工房　ふくよし〕に出かけ、ほどなくして革の切れ端をもらって帰って来た。田野上工業からは一・五キロほどの場所にある。

「敬太郎さん、あんまり元気ない感じだったよ」夕食の準備をしていた香代に、堅は冷蔵庫から発泡酒の缶を出しながら言った。「商売、あっちも上手くいってないみたいだな。スケッチブックを見せて、これに使えるような切れ端をって頼んでも、そこのダンボール箱の中にあるものを好きなだけどうぞって、ちょっと投げやりな感じだった。これ旨いんだよと言ってサバのぬかみそ炊きを渡しても、それはどうもって、面倒臭そうに笑っただけで」堅はそう言ってから「まあ、敬太郎さんちの経営状態を心配してられる身分じゃないわけだけど」とつけ加えた。発泡酒に口をつけてから「あ、腰ベルトを外そ」とシャツのすそをまくった。

「あ、そういえばさ」と香代は、真崎ひかりさんが立禅なるもので腰痛を解消した体験談を教えた。堅は「リツゼン？　何だそれ」と聞いたが、興味を覚えたようで、スマホで検索し始めた。

敬太郎さんのカバン工房は、もともとは高級カバンの販売と修理をする店だった。バブル期にはそこそこの売り上げだったらしいがその後は販売が下降線をたどり、新しいビジネスとして、リサイクル店などから仕入れた中古カバンをきれいに再生させて販売したり、思い出のランドセルをベルトポーチや手提げカバンに作り直すといったサービスをやっているというのだが、あまり儲かってはいない様子である。親戚からの情報によると、中三の娘、梨花《りか》が学力上の問題で公立への進学をあきらめており、私立高校の学費をどう捻出するかで悩んでいるという。法事のときに、おしゃべり好きな叔母が「そのうちにおカネを貸してくれとか言ってくるかもよ」と眉根を寄せて耳打ちしてきた。

堅は立禅に少し興味を持ったようで、「ちょっと晩飯前にやってみるか」と飲みかけの発泡酒をテーブルに置き、和室に消えた。

数分経って戻って来た堅は「きついなあ、立禅。でも腰痛が治るかもしれないんだったら、毎日ちょっとずつやってみるかな」と言って、発泡酒の缶に手を伸ばした。

ショウガの味噌漬けはまだ残っていたが、アジのぬかみそ炊きは夕食ですべてなくなった。堅は「明日、持って来てくれるよなあ」と言ったが、香代が「私が知るわけないでしょ」と言うと、「判ってるよ、そんなこと」と少しキレ気味に返してきた。

夕食後、堅が「そういえば、俺が敬太郎さんと話してたら由宇さんが奥から出て来たんだ。景気はどうですかって聞かれて、厳しいけど何とかやってますって答えたら、一度暇なときに四人で飲みませんかって言われたんで、ちょっとびっくりしたよ。そんなこと言われたの、初めてだよな」

ははあ。ピンときた。やっぱりカネだ。

「梨花、公立は無理みたいで、私立の高校に進学するしかないらしいのよね。敬太郎さんの商売、あまりよくないらしいから、もしかして何か下心があってそういうことを言ってきたんじゃないの？」

「何だよ、下心って」

堅はもともとこういうことについては勘が鈍い。

「だから、おカネを貸してくれとか、そういうことよ。革の切れ端だって、あっさりくれたんでしょ。後で頼み事を口にしやすくなるからじゃないの？」

「えーっ。それはお前、ちょっと悪く見過ぎじゃないか。革の切れ端ぐらい、頼んだらくれるって」

「まあ、何にしても、ちょっと注意した方がいいと思う。由宇がそんなこと言ってくるのって、やっぱり不自然だから」

堅は「しっかし仲悪いな、あんたたちは」とあきれ顔でテレビのリモコンに手を伸ばした。

夕食後、香代は風呂に浸かりながら、由宇からもし借金の申し込みがあったら、どう断ろうかと、ぼーっと考えた。やはり、こちらにもそんな余裕はないと正直に伝えて、あきらめてもらうしかないだろう。いくら不仲だからといって、誰があんたなんかに、みたいなけんもほろろの対応をするのは大人げない。

あるいは、頼まれた額の一部分ぐらいは何とかしてやるか。そうすれば今後いろいろと優位に立つことができるだろう。

湯をすくって顔を洗った。自分はひどい人間なんだろうか。実の妹が困っているらしいのに、心から案じてやる気持ちになれない。

確執が始まったのは高校二年の三月、由宇が県立高校に合格してからだった。香代はその高校に落ちて、私立に通っていた。小学校でも中学校でもずっと香代の方が成績がよかったのに、由宇は受験前の数か月間集中して勉強しただけで合格してしまった。そんなあるとき、由宇から「お姉ちゃんは何で落ちたんだろうね」と言われ、カッとなった。「たまたまヤマが当たって受かったくせに上から目線で言わないでよね」とやり返したのが最初だったように思う。由宇はもしかしたら他意などなかったのかもしれないが、そのときは妹に見下されたとしか思えなかった。

女性としての容姿では完全に負けていた。由宇は目を見張るほどの美人ではないにしても、細面でスタイルがよく、男性ともフレンドリーに話せる性格だった。高校時代は彼氏が少なくとも二度は変わっている。対して香代は、目が小さくて口の周りが少し盛り上がっているせいで小学生の頃はゴリラというあだ名をつけられたことがあり、その顔の作り自体は今も変わらない。男性と話すのも思春期の頃は苦手で、ボーイフレンドなんていなかった。

その後、香代はあまり偏差値の高くない公立大学の経済学部に入ったが、熱心に勉強することはなく、何とか単位を取りつつアルバイトとテニス愛好会の活動などで時間を費やし、卒業後はコンクリート製品を作る会社の庶務係で事務仕事というより雑務をこなし、当時流行り始めていた異業種交流パーティーで堅と知り合った。その頃の田野上工業は多くのメーカーから注文を受けて、景気がよかった。それがまさか、これほどの不景気に見舞われることになるとは。

由宇は公立大学の受験に失敗し、一浪したがまたもや不合格となり、短期大学の福祉学科に入った。何かのサークルつながりで歯科大学の男子学生とつき合っていたはずである。多分その頃は歯医者さんの奥さんになることを夢想していたのだろうが、結局別れることになった。卒業後は司法書士の合同事務所で事務や受付をする仕事に就き、若手司法書士の男性とつき合って両親にも紹介したようだったが結局こちらも駄目になり、遺産相続手続きの顧客として職場にやって来たことがあった福吉敬太郎さんと知り合い、数年のつき合いを経て結婚した。

姉妹二人とも自身の人生のことでそれなりに忙しく、何となく和解しないまま時間が過ぎた。それでも互いの結婚式には出席して素直に祝福したし、もういい大人でもあり、同じ街に住んでいるのだから、もうちょっと姉妹としてのつき合いが深まると期待していた。実際、ときどき電話で話したり、お裾分けを持って行き来したりするようにはなっていたのだ。

しかし、香代が流産し、不妊治療もあきらめた頃に、由宇が梨花を産んだことが、再び関係がぎくしゃくする原因となった。

最初のうちは姪《めい》っ子ができたことがうれしくて、様子を見に行って抱っこさせてもらったり、おむつを差し入れたりしていたのに……。

由宇としては全く他意はなかったのかもしれないが、電話で話している最中に梨花が泣き出したりぐずり出したりして会話が中断され、その後も夜泣きがひどいだの、アトピーの症状が出ただの、つきまとわれて家事もろくにできないだのと聞かされるうちに、ささくれた気分が募《つの》っていった。

子育てって本当に大変なのよ。

あなたには子どもがいないから判らないかもしれないけれど。

遠回しにそう言われているようで、頭の毛細血管がプチプチと切れてゆき、あるときつい「私に文句を言わないでよっ」「何だかんだ言ってあんたそれ自慢してんでしょ。私に子どもがいないのを下に見てんでしょ」と怒鳴って電話を切ってしまった。せっかく関係を修復しようとしてあげてるのに何よその態度は、という気持ちもあった。

今思えば、田野上工業が受注する仕事が減り始めていたときで、焦りや不安を抱えていたことが大きく関係していたのかもしれない。

以来、冷戦がずっと続いてる。梨花の誕生日にはお小遣いだけを渡している。たいがい堅が敬太郎さんに渡しに行って、後で梨花からお礼の電話がかかってくる形である。

親戚から聞いた話だと、梨花は「香代さんもお母さんもほんと大人げないよね」と言っているらしい。

あーあ、何でこうなってしまったのか。

香代は浴槽の縁に両手をついて「よっこいしょ」と口にしながら身体を起こした。

風呂から上がると、ソファで発泡酒を飲みながら芸能人にドッキリを仕掛ける番組を見ていた堅が「敬太郎さんから電話がかかってきて、ぬかみそ炊きが無茶苦茶旨かったって。ネットで入手方法を調べたら、その辺のスーパーには置いてないけど三根屋の地下にはあるそうだよ。でも毎日売り切れてる人気商品で入手は困難なんだってさ」と言った。

「へえ。じゃあやっぱり、いいものをいただいたのね。敬太郎さん、気に入ってくれてよかったじゃない」

「それで、革の切れ端を渡したけど、仕上げも手伝いたいから、そのお嬢ちゃんに伝えといて欲しいってさ。もしかしたらお礼を期待してんのかな、敬太郎さんも」

「仕上げって、どういうこと?」

「詳しいことは判らんが、ベルトをしっかりビス留めしたり弱い部分を補強したり、革を柔らかくしておきたい部分と逆に硬くしたい部分にそれ用の塗料を塗ったりするべきなんだと。そういう仕上げ作業をしてあげるから、よかったら最後に一度持って来てって」

敬太郎さんの仕事も全然忙しくないということだろう。そして真崎商店の惣菜が目当て。

いや、もしかしたら梨花との関係が影響しているのではないかと香代は思った。最近、梨花は反抗期と思春期の影響で敬太郎さんと顔を合わせたがらず、洗濯物も別々で、父親の後で入浴するときはお湯の抜き換えまでしているという話を、法事の後で叔母さんから聞いた。

同じ年頃のコに感謝されるところを見せつけて、ヤキモチを焼かせようという魂胆なのだろうか。でもその企ては、あまり上手くはいかない気がする……。

午後三時半頃、真崎ミツキちゃんが田野上工業に自転車でやって来た。真崎ひかりさんはこの日は用事があるとのことだった。

堅が期待したとおり、ミツキちゃんはこの日もぬかみそ炊きなど真崎商店の真空パック商品が入った紙袋を「これ、母が持って行くようにと申しまして。似たようなものばかりで申し訳ないのですが」と差し出してくれた。堅は「悪いねえ。でも遠慮なくいただいた方が気を遣わせないで済むよね。お母さんによろしく言っといてね」と目尻を下げていた。

敬太郎さんからもらったさまざまな色と厚さの革の切れ端を堅が作業台の上に広げると、ミツキちゃんは「わー、革だ、革だ」と手を叩いて喜んでくれた。その後はどの切れ端をどの部分に使うかの検討に入り、ミツキちゃんは顔の左側にそれを当てたり前腕に巻いてみたりしながら鉛筆で印をつけた。その作業中、堅が「革を提供してくれたカバン工房さんが、仕上げの作業をやってあげるから最後に持っておいでと言ってたよ」と切り出して具体的な内容を説明し、「謝礼は真崎商店のお惣菜でお願いしますってさ」とつけ加えた。ミツキちゃんは「本当ですか。じゃあお言葉に甘えて、そうさせていただきます」と目を輝かせてうなずいた。

鉛筆で印をつけた切り取り線に従ってミツキちゃんは持参したカッターナイフで裁断しようとしたが、堅が「これを使うといいよ」と、薄い金属板などを切ることができる工業用のハサミを貸した。それを使ったミツキちゃんは「うわっ、革がすいすい切れる。これ作った人、すごーい」と声を上げた。

前日にろう付けした金属部品を革の切れ端にビス留めする作業は堅が担当した。歯車の中心円などを利用してビス留めすれば、しっかりと固定することができる。ビス留めをした裏側は、画鋲のような薄くて丸い金属が見える形になる。

「眼帯とか、ビスの部品が皮膚に当たるところ、少し痛いんじゃない?」と香代が言うと、ミツキちゃんは「百均で買った布地を内側に貼りつけるので大丈夫です」と答えた。

この日も一時間ほどで作業が終わり、ミツキちゃんは眼帯を装着してみた。目の部分にはカメラのレンズがあり、その周りに歯車やバネなどの金属部品がてんこ盛り。近未来もののSF映画なんかに登場するサイボーグみたいだ。香代が手鏡を渡すと、ミツキちゃんは覗き込んで「やったー、完璧。最初に思ってたのより数段上だー」とはしゃいだ。

前腕から手の甲にかけてを覆うアームグローブも、重厚な仕上がりだった。後でマジックテープを取りつけて自由に着脱できるようにするのだという。ポーチ付きのベルトも、ミツキちゃんがリサイクルショップで手に入れたというものにたくさんの金属部品をビス留めした結果、重厚な見た目に変貌した。もとが何だったのか判らないメーターもついていて、危険を知らせてくれる装置がついたベルトなのかな、などと想像がふくらむ。革紐のネックレスの中心部には、お母さんにもらったという黒い石のブローチがあり、その周りを歯車やバネなどが賑やかにしている。

今日のうちにカバン工房に持って行きたいというので、ミツキちゃんはそれらをデイパックに詰めて、「ありがとうございましたー、またお礼に来ますね」と元気よく自転車にまたがり、漕ぎ出した。後ろ姿を見ただけで、心から喜んでくれているのが判る。

「カネにならなくても、こういうの、いいよな」ミツキちゃんが見えなくなったところで堅がしみじみした口調で漏らした。「メーカーの下請けで部品作ってたときは、お礼なんか言われたことなかったし、喜んでもくれなかった。連中はできて当たり前だ、みたいなぶすっとした顔しやがってさ、次回はもう少しコストを下げろ、できないなら取り引きの継続は難しいなんて言い出しやがる。それに較べてどうだよ、あんなに喜んでくれて。もの作りって、何なんだろうって思っちまうよ」

そう言う堅の表情は、なかなか楽しそうだった。こんな顔をして訪問者を見送る堅を見たのは、かなり久しぶりではないかと思う。

「あれを付けたファッションが完成したら、写真を送ってくれって頼むか」

夫の言葉に香代もうなずいた。

「そうね。見返すたびにちょっと元気になれるかもね」

見上げると、南側の空にうろこ雲が広がっていた。少し陽が傾きかけていた。

由宇から直接の連絡はなかったが、敬太郎さんから後で堅のスマホに電話がかかってきて、ミツキちゃんのスチームパンクファッションの仕上げを手伝ってあげたら、すごく喜んでくれたという報告があった。敬太郎さんも堅と同じく、革製品の加工や縫製などの手際をミツキちゃんから「カミだー」と評されたことがまんざらではなかったようで、本業のカバン工房の仕事も再びやる気が湧いてきた、とのことだった。やり取りを終えた堅は「まさか敬太郎さんとこういうことでコラボすることになるとはなあ」と苦笑気味に漏らしていた。

その翌日の午前中、真崎ひかりさんが徒歩で田野上工業にやって来て、あらためて孫娘が世話になったことについて丁寧に礼を言い、手にしていた二つの紙袋のうち一つを「同じようなものばかりで申し訳ないんですけど」とすまなそうな表情で手渡してくれた。

中身は堅が期待していた真崎商店の真空パック惣菜。それが六つも入っていた。この後、敬太郎さんのカバン工房も訪ねて同じく礼の品を渡したいというので香代は「歩いたらちょっと距離がありますから、うちで預かって後で届けますよ」と申し出たが、真崎ひかりさんは「いえいえ、直接お礼を言いたいと思いますので。それに歩くことは私にとっては健康法の一つですから」と笑って遠慮した。

せめてお茶でも、と提案し、作業場の奥にあるソファで少し休憩してもらうことになった。美味しいお茶を淹れる自信はないので、先日と同様、ペットボトルのウーロン茶を湯飲みに移して、レンジで温めたものを出した。真崎ひかりさんはそれでも「ああ、美味しい。普段は煎茶と番茶ばかりなので何だか贅沢をした気分」と笑ってくれた。

香代は少し気づき始めていた。真崎ひかりさんは、お礼を言ったり喜ぶ態度を見せたり褒めたりするのが上手な人なのだ。だからペットボトルのお茶を出しただけでも、さも美味しそうに飲んで笑顔を見せてくれる。こちらは、自分が肯定されていい気分になり、もっと喜んでもらいたい、何かしてあげたいという気分になってくる。

そしてそれはおそらくミツキちゃんも受け継いでいるのだ。ミツキちゃんは堅が歯車などの金属部品をろう付けしたりビス留めしたりするのを見て「神業だ」と評してちょっと大げさなぐらいに驚いたり喜んだりしてくれた。お陰で堅はあの日、ずっとにやついていた。

「ご主人はお出かけ中なんですか」と真崎ひかりさんが湯飲みを両手で包みながら聞いてきた。

「ええ、仕事の相談を受けて、外車を修理する会社に。古い外車は部品がもう手に入らないことがあるので、うちが注文を受けて作ることがあるんです」

「そうですか。ご主人には本当にうちのミツキが助けていただきました。どうかよろしくお伝えくださいい」

「はい、伝えておきます。真崎商店さんのお惣菜、かなり気に入ってるみたいなので、またこんなにいただいたことを知ったら多分大喜びすると思います。ところで、一つミツキちゃんにお願いしたいことがあるのですが」

「はい、何でしょう」

「完成したスチームパンクのコスチュームをミツキちゃんが全部身につけた姿を、写真画像で送っていただけないかなと思ってまして」

「写真画像というのは、携帯電話から携帯電話に送れるっていうやつですか」

「ええ。できたらミツキちゃんに伝えていただけないでしょうか」

「はいはい、お安いご用です。帰ったら伝えておきますね」

「ありがとうございます。ではこれを渡していただけますか。私のスマホのメールアドレスなんです」

香代がそれを書いたメモ紙を渡すと、真崎ひかりさんは「はい、必ず」と丁寧に二つ折りにし、白い割烹着のポケットに入れた。

その後は、最近寒くなってきたこと、堅が夕食前に立禅をやるようになったこと、そして互いの家族についての話になった。

「田野上さんには年の近い妹さんがいらっしゃって、友達のようなつき合いもできていいですね。私は年の離れた兄がいたけど姉や妹はいなかったもので。特に妹がいる同級生の女の子がうらやましくて仕方がなかったんですよ。よちよち歩きの妹の手を引いてあげたり、泣いたらおんぶしてあげたり。私にもやらせてって頼んでも当の妹さんが嫌だ、お姉ちゃんがいいって。小さな女の子にあんなになつかれて信頼されるっていうのが本当に格好よく思えて、本当にうらやましかった」

真崎ひかりさんは遠くを見るような表情になった。

「でも妹がかわいいのは小さいうちだけですよ。私と妹とは正直、仲がよくなくて、長い間ろくに口も利いてないんですよ」

「あら、そうなんですか」真崎ひかりさんは意外そうな顔をした。

「ええ。互いに家庭を持つようになると、なおさら顔を合わせることがなくなっちゃって。でも真崎さんはお人柄がいいから、誰かとぎくしゃくするってことはないんじゃないですか」

由宇の話はあまりしたくなかったので、話題をそらす目的でそう尋ねてみると、真崎ひかりさんは「いえいえ、私もありますよ、苦手な人とか、仲がよくない方とか」と言った。

「へえ、そうなんですか」

「かなり古い話になっちゃいますけど、十歳ぐらいのとき、同じクラスで一人、私のことを目の敵《かたき》にしてくる女の子がいたんです。他の子たちに私の悪口を言いふらしたり、目が合ったら睨んできたり。私は知らん顔作戦で対抗したんですけど、それが余計に気にくわなかったみたいで、すれ違うときにひじで突かれたりして。かなり負けん気の強い子だったみたい」

「あららぁ」

「なのに運動会のときに、その子と二人三脚走をしなくちゃいけなくなったんです。先生から、身長が近い者同士で組むようにって言われて、勝手に決められちゃって」

「それは最悪ですね」

「私も最初は嫌で嫌で、おなかを壊したことにして当日は休もうかって思ったぐらいで。体育の授業で運動会の練習をするんですけど、仲が悪いから二人三脚をやっても全然足並みがそろわなくって、競争してもドベになっちゃって。そしたら、その子が言ってきたんです。私は負けるのが嫌いだから運動会までに一番になれるようにしたい、だから二人で練習しようって」

「へえ」

「私も練習すれば呼吸も合ってくるかもしれないと思ったので、それからは放課後に毎日、校庭の隅で二人だけで練習したんです。そうするうちに足並みがちゃんとそろうようになってきて。最初の一歩は必ず結んだ方の足からって約束して、私が一、二、一、二って声をかけることにして」

「劇的な変化ですね」妙に結果が気になって、香代は少し身を乗り出した。

「それで運動会では見事一等で、鉛筆を二本ずつもらいました。みんなから拍手されて、先生から促されて握手して。照れくさかったけど、うれしかったー。相手の子もちょっと恥ずかしそうな顔で、私たち頑張ったねって」

「なかなかドラマチックな話でいいですね」

「その子とはその後、親友みたいな仲になれたわけじゃないけど、互いに一目置くような感じで、嫌なことをされることはなくなって。卒業前にその子は転校しちゃったんですけど、最後の日に廊下で呼び止められて、ひかりちゃんが裁縫や習字で先生にほめられるのが悔しくて意地悪してしまったの、ごめんねって言われました」

いい話だけど、それは小学生だからこそ。大人になってからいがみ合った場合は、そう簡単に仲直りなんてできない……。香代は心の中で、自分たちは無理とぼやいた。


ミツキちゃんからはすぐに写真画像が送られてくると思っていたが、三日経っても四日経ってもスマホに連絡はないままだった。一週間経っても音沙汰なしだったので香代が「やっぱり若いコって、そういう薄情なところがあるんだよね。頼むときは愛想がいいくせに、目的を果たしたら知らん顔って、どうなのよ」とぼやいたら、堅から「まだスチームパンクに合わせる服装を探したり作ったりしてるんだろう。そのうちに送ってくるからカリカリしなさんな」と言われた。

堅が言ったとおり、その三日後に封筒が郵送されてきた。わざわざ写真にプリントアウトしたものを送ってくれたらしい。

しかし開けてみると中身は写真ではなかった。学園祭の日時と場所、アクセス方法、ファッションショーの開始時間などを記した、手作りの招待状だった。そして別の紙に、いまだに写真画像を送れないでいることの詫びと、それ用の洋服を入手できたけれどサイズが合ってないので急いで手直ししていること、後日写真画像は必ず送るができれば学園祭で実物を見て欲しいという旨の言葉が、丁寧な文字で綴《つづ》られてあった。

ファッションショーは十一月最初の土曜日、午後三時から体育館で行われるという。参加者は自分でデザインした衣装（作るのを他人に手伝ってもらうのは可）で登場し、審査や採点などはつけないが、拍手や声援、ショーの後で参加者の周囲にどれぐらいの人々が集まるかで事実上の人気を判定するという趣向らしい。手紙の最後には〈学園祭当日はフリー参加ですが、もしも学校関係者の人から尋ねられたら普通科一年二組の真崎光来《みつき》の知り合いですと言えば大丈夫です。美術デザインコースのコたちに負けたくないので応援よろしくお願いします！〉と小さく書き添えられてあった。

堅に見せると、「じゃあ行くとするか。田野上工業の技術力が若いコたちに披露される特別なイベントなんだし」と返ってきた。光来ちゃんを気に入っている様子である。

当日は青空が広がる好天だったが、ときおり冷たい風が吹いた。少し早めに行って、今どきの学園祭はどんな感じなのかを見物してみようということになり、昼前に二人でバスに乗った。最寄りのバス停からだと、一度駅前で降りて別のバスに乗り換える必要があるが、乗っている時間はトータルで三十分ぐらいだろう。

かしこまった格好で行く必要はないと思い、香代はちょっと遠出するときに身につける黒いパンツに白地に柄物のブラウス、丈が長めのベージュのジャケットを選んだ。堅はチノパンに紺のポロシャツ、薄手の白いジャンパー。イケメン俳優が着れば格好よく見えるのかもしれないが、堅が着ると競輪場にいそうなおじさんになってしまう。といっても香代自身のセンスも偉そうなことが言えるレベルではないのだが。

学園祭の出店で何かを食べるという手もあったが、焼きそばやホットドッグぐらいしかないんじゃないかと堅が言い出し、バスを降りて高校まで歩く数百メートルの間で適当な飲食店を探そうということになった。

バスを降り、高校に向かって歩きながらスマホをいじっていた堅が「お」と立ち止まった。「いつだったか、地元のテレビ番組で取り上げられてた人気のラーメン屋が近くにあるみたいだぞ。とんこつベースのラーメン」

「何ていう店？」

「まるかず。ひらがな表記の。何年か前にオープンしたときは行列がずらっとできてるのをテレビでやってたよ」

「並ぶのって、あんた嫌いだったでしょう」

「それはそっちもだろう。まあ、行くだけ行ってみようや。それほど待たなくてもよさそうだったら入るってことで」

「別にいいけど……」

香代はとんこつよりも鶏ガラベースのラーメンが好みだが、人気店のラーメンだったら話のタネに食べてみる価値はある。

店は逆方向にあったので、バス停の方に戻り、さらに二百メートルほど歩く羽目になった。国道沿いの、コンビニやファストフード店、スーパーなどが比較的多い通りだが、香代たちにとってはあまり馴染みのない場所である。

その店は、片側一車線の道路に面した雑居ビル一階の奥にあった。真ん中に通路があって、左右に間口の狭い複数の店舗スペースがあるが、いずれもテナント募集のプレートが貼ってある空き店舗ばかり。明かりがついているのは突き当たりのラーメン屋と、右手前のパン屋だけだった。

目当てのラーメン屋に行列らしい人影は全くなく、拍子抜けした。出入り口と窓はすりガラスになっているので中の様子は判らないが、店内が客で賑わっていれば、それなりの声や音が耳に届くと思うのだが、しんとしている。かかっている〔まるかず〕と赤地に白抜きされた暖簾《のれん》は色落ちと染み汚れが目についた。

「本当にここなの？」香代は聞いた。「お昼のこの時間帯だったら、行列ができてるんじゃないの？　もしかして休みかしらね」

「休みだったら暖簾はかかってないだろう。それに明かりもついてるじゃないか」

「そうよね。でも何か、やってないみたいな暗い感じ」

堅はもう一度スマホで確かめて、「確かにここなんだけど……店の名前、記憶違いしてんのかなあ……いや、ここのはずだ。まるかずっていうひらがな表記の店だったことは覚えてる」

少し気後れしたものの、他の飲食店をわざわざ探すのも面倒だということで、入ることにした。

店内には、カウンターの向こうに頭に黒いタオルを巻いた、細身の四十前後の男性が何やら作業をしていただけで、客はいなかった。大鍋からは湯気が上がっており、男性から「いらっしゃい」と言われたので、ちゃんと営業していることは間違いない。とんこつスープの香りも漂っている。この男性が店主らしい。

カウンター席と、二人がけのテーブル席が壁際にいくつか並んでるだけのこぢんまりした店だった。壁に貼ってある品書きの札はどれもこれも色あせている。メニューはラーメン、チャーシューメン、野菜ラーメン、大小の〔めし〕のみで、あとは飲み物だけのようだった。ギョーザやチャーハンがないのは、そこまで手が回らないからだろうか。それともラーメンに自信があるということなのだろうか。

手前の二人がけテーブル席に着き、二人ともラーメンを注文。店主は「はいよ、ラーメン二つ」と答えたが、声に覇気というものがなく、こちらの顔を見もしない。

コップの水も出てこなかった。見回すと、すぐ後ろに冷水機があった。セルフサービスらしい。香代が二人分の水を入れるために立った。

水に口をつけたとき、堅が小声で「暗いな。田野上工業の作業場みたいだ」と自虐ネタを披露して苦笑した。

トレーに載せたラーメンを運んで来た店主は「はいラーメンお待ち」と言ったが、やはり客と目を合わせようとしない。無愛想というより、接客が苦手という印象である。

味は悪くなかった。やや硬めの細麺がとんこつスープに合っているし、チャーシューやシナチクも美味しい。それでも客がいないのはどういうことなのだろうか。

食べている途中で堅が「まあ、旨いよな」とうなずいた。

会計を済ませて店を出るときも店主はこちらを見ず、元気のない声で「あざーしたー」と言っただけだった。

店を出た途端、堅が「あの兄ちゃん、もしかして幽霊か？」と振り返った。「俺たち、ちゃんとラーメン食ったよな。何かに化かされて実は変なものを食べさせられた、なんてことないよな」

「ちゃんと食べたでしょうが。旨いって言ってたじゃない」

「そうなんだよな。旨かったし、値段も普通。でも、あれじゃあまた来ようとは思わんよな。何しろあの活気のなさ。蛍光灯はちゃんと点いてるのにやたらと沈んだ感じの雰囲気。店主の性格なのかな。こりゃ、近いうちに潰れるぞ」

「ちょっと、ここ声が響くんだから、聞こえたかもよ」

ちょうど通路から雑居ビルの外に出るところだった。

「聞こえようが聞こえまいが、本人はもう判ってるだろうよ、潰れるのは時間の問題だって。それにしてもラーメン業界の栄枯盛衰ってすごいよな。最初は行列ができる人気店だったはずなのに今では閑古鳥が鳴いてる。そういや、そういう事例って、ラーメン屋は異様に多いらしいんだよな。次々と新しい店ができるってことは、同じ数の店が潰れるってことなんだよ。パイの大きさ、つまり顧客の数は決まってるわけだから」

「そういえばさっきの店、駐車場ってなかったみたいね」

「そうそう、なかなかいいところに気がついた。車で行けるかどうかっていうのは案外重要なポイントだろう。でも駐車場も確保しようとしたらそれだけ初期投資がかかって、回収するのに時間がかかる。回収するために料金を上げたら客が来なくなる。ラーメンってもともと利益率は高くないんだろう。だから客の回転率を上げなきゃならない。ところが丁寧にスープを作ろうと思ったらそんなにたくさんは作れない。ジレンマだ」

香代が無言で見返すと、堅は苦笑して後頭部をかいた。

「言いたいことは判ってるって。あんたいつからラーメン業界のコンサルタントになったのよってか。自分の工場はどうなのよ。はいはい、もう偉そうなことは言いません」

久しぶりの仕事以外での外出のせいか、堅は少しテンションが高くなっているようだった。

交差点で信号待ちをしていたとき、そろいの朱色のジャンパーを着た男性たちが植え込みの中に捨てられている空き缶やペットボトル、紙パックなどを回収していた。清掃ボランティアだろうか。ジャンパーの背中には〔はさみ商店〕とあり、ロブスターのハサミのようなマークがついていた。

すぐ目の前で植え込みの中に腕を突っ込んで空き缶を抜き出した若い男性が、ちょっとよろけてこちらに転んでしまったので半歩下がった。男性は「すみません」とこちらを向いて苦笑いをして立ち上がり、腰の後ろをぽんぽんと叩いた。

「ご苦労様です。ボランティアのグループですか」

先に声をかけられたのをきっかけにそう尋ねてみた。

「あ、これは」と男性は上体をひねって背中を一度こちらに向けた。「うちの会社名なんです。ご近所から信頼される会社を目指すってことで、ときどきこういうことをやってまして」

「へえ、立派なお考えですね」

「いえいえ、僕ら従業員は勤務扱いになるんで、ボランティアってわけじゃないんです。でも会社としてはボランティアってことになるのかな」

少し後方で同じ作業をしていた鳥打ち帽の年配男性が「おーい、向こうに移動するぞー」と火ばさみでさらに後方をさし、若い男性が「はーい」と応じた。

堅が「はさみ商店って、何の会社だろうか。切断工具を扱う業者だったら俺も知ってると思うから、そっちじゃないな。カニ料理の店か、そういう店にカニを納める業者かな。待てよ、あのハサミのマークって、カニというよりロブスターっぽいよな」と言ったが、別に香代に意見を求めているわけではなさそうだった。

だが香代はそんなことよりも気になることがあった。

さっきの鳥打ち帽の年配男性、どこかで見た気がする……香代は思案したが、思い浮かばない。あの顔と白髪と長身の体格……確かにいつかどこかで遭遇したように思うのだけれど……。

そうするうちに信号が変わった。香代は横断歩道を渡ってからもう一度振り返った。

年配男性の後ろ姿をあらためて見たときに「あっ」と記憶がよみがえった。

夏のある朝、児童公園の砂場でゴルフの練習をしていた人だ。最初に見たのがあの後ろ姿だった。確か、あのときも同じような鳥打ち帽をかぶっていた。

あのとき、香代は子どもの遊び場ですよと注意した。正義感からというより、非常識な人間をとっちめてやれという、八つ当たり的な気分からくる行動だった。あの日は、自宅から一キロ以上離れたスーパー跡地の駐車場で採れたて野菜や鮮魚を格安で売る朝市をやっているという折り込みチラシ広告を見てわざわざ出かけたのに、何もやっておらず徒労に終わったため、苛立ちを抱えていたのだ。帰宅後に、前日のチラシだったと判ったのだが。

注意されたあの男は、すみませんと謝るどころか、誰も使ってないだろう、などと口答えをしてきた。口答えというより、逆ギレみたいな態度だった。手に持っていたゴルフの道具をそのうち振り上げてくるんじゃないかと思うほどの形相だった。

そんな男が、ボランティア清掃？　いやいや、きっと別人だろう。他人の空似というやつだ。香代はそう結論づけた。

堅から「どうした？　何をそんなに振り返ってるんだ」と言われ、夏に遭遇した非常識なゴルファーに似てることを話した。あの日、帰宅してすぐに堅には「さっきねー、むっちゃ腹立つじじいがいてさ」と怒りをぶちまけている。

堅も「そりゃ別人だろう。そんな奴がボランティア清掃をするわけがない」と可能性を一蹴した。

学園祭の雰囲気は、香代の高校時代のものとあまり変わらない感じで、少し郷愁を覚えた。堅も「何か、タイムスリップしたような気分になるなあ」と見回している。出店なども予想していたものに近くて、焼きそば、ホットドッグ、クレープなどをテント販売している。おにぎりやフライドポテトもあり、三角巾をかぶった女子高生たちが「いかがですかー」と声を張り上げている。

中庭らしき場所では、アコースティックギターを抱えてコブクロの曲を弾き語りしている男子がいた。数人の生徒たちが見物していたが、声の音程が少し残念なレベルだった。

「俺、男子校で電車通学だったんだけどさ」とおもむろに堅が言った。「しゃべったことがない女子校のコから、学園祭に招待されたことがあるんだ」

堅は若い頃からモテる容姿ではない。

「へえ、そうなんだ。でも招待って、来てねって言われただけのことでしょ」

「いやいや、ちゃんと校内を案内してもらったよ。それで、その子がやってるクッキー屋さんに連れてってもらった」

「クッキーを買ったわけね」

「ああ。お土産として多めに買っちゃったよ」

「そのコとはその後どうにかなったの？」

「いや。駅のホームで会ったらあいさつをするようにはなったけど、そこまで止まりだったな。俺の方からプッシュしてたら違う展開もあったと思うけど、俺って割と硬派だったから」

「そう」

クッキーを買わされただけじゃないのという言葉は飲み込むことにした。堅のこういう少しトロいところは欠点かもしれないが、ずるい人間ではないということでもある。

体育館の前では、シャツに蝶ネクタイ、サスペンダー姿の男子学生が三個のテニスボールを使ってジャグリングをしていた。堅が小声で「あれだったら俺もできる」と大人げない対抗心を口にした直後、男子学生はポケットから素早くもう一個を出して、四個のボールを使ってのジャグリングに移行した。周りを囲んでいた生徒たちから拍手が起きる。堅が「負けたー、あれはできない」と苦笑いした。

体育館に入った。普段は土足禁止なのだろうが、この日は床の大部分に黒いゴムマットが敷いてあり、壁には「ゴムマットのないところは土足で歩かないでください。」と貼り紙があった。

学校の体育館は講堂を兼ねているのが普通で、この体育館も奥に舞台があった。人の入りは百人いるかいないかというところで、ほとんどが舞台の前に集まり、女子グループが披露していたヒップホップダンスに手拍子を合わせている。見物客の男女比は半々ぐらいだろう。

大人がほとんどいなかったため、ちょっと場違いなところに来てしまった感覚があったが、ときおり通りがかりの女子高生から「こんにちは」と言われて、来賓になったような気分も味わうことになった。

学園祭のプログラムは持っていなかったが、時間的にこのダンスパフォーマンスの次がファッションショーだと思われた。堅が「椅子、ないんだなー」とぼやきながら腰を両手でさすった。

「腰の調子、悪いの？」

「いや、多分大丈夫だと思う。実は出かける前に、腰痛ベルト外して来たんだ」

「うそ。大丈夫？」

「ここんとこ、朝起きたときに身体をひねってみても重い感じや鈍い痛みがなくなってきたみたいなんで、そろそろ外してみようかと思ってね。今のところ何ともないよ」

「じゃあ、夕食前に毎日やるようになった立禅の効果が表れたってこと？」

「それはよく判らんなあ。立禅っていっても、まだ十分もできないから。もしかしたら自然治癒でよくなってるのかもしれないしね。ただ、下半身が安定する感覚っていうのは確かにあるかな。まあ、立禅のお陰ってことにしとこうかね」

ヒップホップダンスが終わり、ＢＧＭが止んだ。観客たちが拍手をし、踊っていたコたちは両手を振ってから舞台袖へ。

気がつくと、周囲のギャラリーがいくらか増えていた。

女子の声で「間もなく、七人の女子生徒によるファッションショーを始めます。みなさん、声援と拍手をお願い致します」というアナウンスがあり、生徒たちが片手を上げてヒューヒューと叫んだり、女子の名前を口にしてエールを送ったりする声と共に拍手が上がった。

香代が「少し前に行こうよ」と言うと堅は「いいよ、ここで」と頭を振った。香代が一人で数メートル前に進んで生徒たちの後方に立つと、しばらくして堅も横にやって来て「おっさんが一人ぽつんと立ってたらかなり変に見えるじゃないか」と文句を言った。

館内が少し暗くなり、舞台は一度真っ暗になった後、ヒップホップ音楽が始まると共に上からスポットライトが交差して照らされた。音楽に合わせて手拍子の数も増えてゆき、声援のボリュームも上がってきた。

一人目の女子が登場した。頭に大きな赤いリボンが載っていて、黒く光沢のあるぴっちりしたジャケット。そしてスカートには色とりどりのマカロンみたいな物体がたくさん貼りつけられている。足は黒いタイツに黒いハイヒール。歩き方や決めポーズをしっかり練習してきたらしく、プロのモデルみたいな動きだった。出て来てすぐに引っ込むのではなく、モデルのコは舞台の奥に下がっては手前の中央、右端、左端へと順番に出て来て、それぞれ違ったポーズを決めている。きびすを返す様子もなかなか様になっていた。

見物する生徒たちは、歓声を上げるだけでなく、スマホでの撮影を始めており、何度もフラッシュライトが明滅した。

二分ほどで一人目が下がり、続いてえりの高いジャケットやパンツが緑、黄緑、赤の葉っぱでできているような姿の女子が現れた。頭には木の枝で作った鳥の巣のような帽子。腰周りや片方の腕と脚にはつる草が這っている。森の妖精をイメージしたのだろうか。堅が「斬新だねー」と言葉を漏らした。

そのとき、背後から「田野上さん、こんにちは」と声がかかった。振り返ると、ジーンズに白いパーカー姿の、光来ちゃんのお母さんが立っていた。

堅と共に「ああ、どうも」と会釈すると、真崎さんは「お忙しいところ、わざわざ見に来ていただいてありがとうございます」と頭を下げた。

「真崎ひかりさんは、いらっしゃらないのですか」

「来てますよ。ちょっと今トイレで。光来、田野上さんご夫婦には本当によくしていただいたって、すごく喜んでました。ここまでのクオリティにできるとは思ってなかったって。本当にありがとうございました」

「いえいえ、不要な金属部品を提供して、ほんのちょっとお手伝いをしただけですから。それよりも真崎商店のお惣菜、ありがとうございました。美味しくて、うちの主人と取り合いになっちゃいました」

「光来ちゃん、いいコですね」と堅が話に入ってきた。「私が金属部品の溶接をするところを見た光来ちゃんから、すごいとか、神業だとかほめてもらって、本当にいい気分でお手伝いをさせていただきましたよ。普段はほら、注文主からほめられることなんてありませんから。コストを下げろだの納品期日を早めてくれだのと言われるばっかりで」

「そうでしたか。いろいろと失礼があったのではないかと案じてたのですが」

「いえいえ、とんでもない」堅は片手を振った。「親御さんの育て方がしっかりしてるからだろうねって、夫婦で話してたんですよ」

「実はあの子、中学のときは問題行動が多かったんですよ」真崎さんは片手でひそひそ声の仕草を作った。「素行の悪い友達のところに無断外泊したり、女子グループ同士のケンカで怪我人を出して補導されたり。その頃は私にも口を利かなくて。たまにしゃべっても、うざい、うっせー、知るか、みたいな言葉ばっかりで」

「えーっ」堅と同時に目を見開いた。「本当ですか?」

「そんなときにお義母さん、つまりひかりさんがうちにやって来たんです。同居していた義理のお兄さんが亡くなったのがきっかけで」

「ひかりさんが光来ちゃんを変えたってことでしょうか」にわかには信じがたいことだった。

「本人は認めないでしょうけど、そうなんです。まずあの人がやったのは、知り合いが飼ってた犬をもらってきて面倒み始めることでした」

「えーと、リキちゃん」

「はい。ひかりさん、光来が幼い頃から動物が大好きだったってこと、しっかり覚えてたんです。リキがうちにやって来たら光来、それまで見せたことのない表情になって、リキの世話をするようになって。毎日夕方に散歩に連れ出さなきゃいけないので必ずいったん帰宅するようになりましたし、リキが散歩中にこんなことをしたとか、最近また毛が抜け替わり始めたとか、リキの話題で少しずつ家族とコミュニケーションも取れるようになって。光来に居場所と役割ができたことが大きかったんだなって気づかされました。それまでは私、あの子のことを叱るばっかりで。でもひかりさんは、リキの面倒をみる光来をしきりにほめて、光来もそれがうれしかったみたいで、犬の飼い方の本を図書館から借りてきて熱心に読んで。北風と太陽みたいなものかもって思います。私は北風だったけれど、ひかりさんは太陽」

「へえ」堅と再び顔を見合わせた。

「あと、ひかりさんが作る手料理も効果があったんだと思います。ただの塩むすびや卵焼きなのに、あの人が作るとびっくりするぐらい美味しくて」

「真崎商店のお惣菜、ひかりさんの手料理を再現されたものだそうですね」

「そうなんです。光来もあの手料理にハマっちゃって、夜も朝もちゃんと家で食べるようになったんですよ。気がつくと、ひかりさんの手料理は私たち夫婦の仕事にもなって、光来もときどき仕込み作業を手伝ってくれるようになりました。去年と比べたら、信じられないくらいの変化です」

まるで魔法使いですね、と言おうとしたところで、真崎ひかりさんが近づいて来る姿が視界に入った。この日も作務衣に白い割烹着、姉さんかぶりの手ぬぐい。近くにいた女子たちのうち何人かが、ちょっとびっくりした顔でひかりさんを見たり、口に手を当てて笑いをかみ殺したりしていた。

「田野上さん、わざわざお越しいただきまして、ありがとうございます」と真崎ひかりさんから礼を言われ、「いえいえ」と返し、堅が再び光来ちゃんをほめる言葉を口にした。

舞台では四人目が終わり、光来ちゃんのお母さんが「順番、直前にくじ引きで決まるそうなんですよ。そろそろかも」と言った直後に、光来ちゃんが登場した。

香代はスマホで動画撮影を始めた。

それまでとは違った感じのどよめきが起きた。歓声というより驚きの声のようだった。

光来ちゃんは、頭に金髪おかっぱ頭のかつらをつけていた。茶色を基調としたメイド服の上に、あのスチームパンクアイテムを装着している。顔の半分を覆う眼帯、左前腕から手の甲まであるアームグローブ、腰にはポーチ付きベルト、胸には革紐のペンダント。歯車やバネなどの金属部品は金色、白銀色、銅色、黒色などが組み合わさって、重厚な存在感を放っていた。

光来ちゃんの動きは、それまで登場したコたちと明らかに違っていた。最初はできの悪いロボットのような感じで、ひざやひじを曲げないで歩き、それから腰のポーチから機械油の容器らしきものを取り出して身体のあちこちにオイルを注入する仕草を見せ、徐々に動きがなめらかになってゆくというパフォーマンスのようだった。やがて光来ちゃんはモデルらしい歩き方やポーズの決め方をするようになったが、ときおり片ひざががくっとなったり、片腕が曲がったまま戻らないのをもう一方の手で直したりといった動きがはさまれていた。それはモデルウォークというより創作ダンスだった。あたかも、機械と融合してこの世に生まれたサイボーグ少女が初めて歩行練習に挑んでいる、という場面のようだった。堅が「光来ちゃんだけ、他のコたちとの違いを見せつけてるねー。しかも物語性がある」と言った。

あっという間のパフォーマンスだった。早くも光来ちゃんの出番は終わり、入れ替わりに次のコが出て来た。香代はため息をついた。

堅が「しかし何だなー。作業場の隅に溜まってたガラクタが、ああなるのかー」としみじみとした口調で腕組みをした。「フライパンじいさんみたいだな」

香代が「何それ?」と尋ねると、堅は「何だ、知らないのか。童話だか絵本だかであっただろう。タイトルは確か全部ひらがなで『ふらいぱんじいさん』って書いたんじゃなかったかな。俺は小学校のときに朗読会で読む担当をさせられたことがあるんで、よく覚えてる」と言った。「古くなって使われなくなってしまったフライパンが主人公でさ、新しい人生を探すために旅に出るんだ。で、いろいろ出会いがあって、最後は嵐に巻き込まれて南の島にたどり着き、小鳥たちの巣になって感謝されるという第二の人生を見つける。な、ちょっと似てないか」

「まあ、用済みになったものが意外な別の分野で活躍するっていうところは共通してるかもね」

光来ちゃんのお母さんによると、ファッションショーの後、登場した七人が台の上に立ってミニ撮影会みたいなことをやる予定だというので、そのときに光来ちゃんのスチームパンクファッションの完成形を間近で撮影させてもらうことにした。

やがてすべてのモデルが舞台での披露を終えたようで、館内に「続いて、七人のモデルたちの撮影会を行います。撮影時間は十分です」とアナウンスがあった。

裏方の生徒たちが体育館フロアのあちこちにビールケースを置き、その上にベニヤ板を敷いた。あれがお立ち台になるらしい。さきほどのモデルたちが拍手で迎えられながら再登場し、手を振りながらそれぞれの台を選んで上に立った。香代たちはもちろん光来ちゃんを取り囲む生徒たちの輪に加わり、スマホで撮影した。

光来ちゃんのお立ち台周りが確実に他のモデルたちよりも人が集まっていた。しかも他のコのところには女子ばかりが集まっているのに、光来ちゃんの周りには男子の割合が多い。ちょっとオタクっぽい雰囲気の男子が目立つところからすると、スチームパンクファッションに興味を持っているコたちはアニメファンと重なっているのかもしれない。

光来ちゃんと目が合った。かすかに笑って会釈をされた。

取り囲む女子たちが「やばい」「格好いい」「SF映画みたい」「アンドロイド少女だー」「私もこういうの着けたいなー」などと言いながらスマホで撮影しまくっていた。後方からは「こういうの、スチームパンクっていうんだ。産業革命期の人々が未来を予測したイメージのファッション」という男子の解説も聞こえてきた。

「どうやって金属部品をひっつけたの？　接着剤？」と質問するコがいた。光来ちゃんは、わざと作った感じの抑揚の少ない機械的な音声で「金属同士は、ろう付けという溶接方法でつけます。革の土台と金属とは、ビスで固定します」と答えた。パフォーマンスはまだ続いてるらしい。

質問したコが「溶接できるの？」と聞いた。

「私はデザイン担当です。この目で」と光来ちゃんが眼帯のカメラレンズを指さす。「デザイン画や設計図を映し出し、それを見てマイスターの方々が溶接やビス留め、革部分の縫製などをしてくださいました」

「ふーん、そうなんだ」

「ではみなさん」と光来ちゃんがロボットっぽい動きで集まっている人々を見回した。「私を作ってくださった熟練の技を持ったマイスターの方々をご紹介致します。金属部品を提供してくださり、溶接やビス留めを担当してくださったのは、こちらにおられるお二人」と香代たちを手のひらで示す。「田野上工業のご夫婦です」

えーっ、やめてよーっ、と手を横に振ったときはもう遅くて、周りの高校生たちから「おーっ」と拍手をされた。堅が照れくさそうにしながらも、場の空気を察して、片手を振って応じると、誰かが「マイスター、タノウエ」と野次った。

「そして革部分をご提供くださり、きれいに縫製してくださったのが」と光来ちゃんはさらに続けた。「そちらのお二人、カバン工房ふくよしの、福吉ご夫妻です」

光来ちゃんが手のひらで示した斜め後ろを振り返ると、白いロングジャケットをまとった由宇と、着古した感じの革ジャンを着た敬太郎さんが立っていた。

高校生たちが同様に拍手。由宇は片手を振ってやめてー、という仕草した後、その手を口に当てて笑っている。敬太郎さんは、かゆいのを我慢しているような表情で、ちょっと固まってしまったようだった。

堅が「何だ、来てたのか」と言い、敬太郎さんに近づいて声をかけた。由宇とも会釈をかわす。

その由宇と視線がぶつかった。ずっと不仲で、互いに無視していた妹。どういう表情をすればいいのか迷っていると、由宇の方から小さく手を振ってくれた。それをきっかけに香代も手を振り返して、自然と歩み寄ることができた。

「何、いつから来てたの」と香代が言うと、由宇は「ついさっき。光来ちゃんから招待されて来たんだけど、バスの時間を間違えてちょっと遅れちゃって」と答えた。

堅から聞かされていたことを思い出した。四人で飲もうと由宇が提案してきたことを。

由宇の表情を目の前で見た瞬間、それはおカネを借りたいとか、そんなことじゃなくて、仲直りしたいという素直な気持ちによるものだったのではないかと思った。そしてそれはたちまちのうちに確信へと変わった。直接会わないでいたから、勝手に歪《ゆが》んだ勘違いをしてしまっていただけなのだ。

相変わらず、真崎ひかりさんを奇妙な存在として視線が集まる雰囲気があった。光来ちゃんもそれに気づいたらしく、「こちらは、私の顔や姿のモデルとなった真崎光来さんという女子高生のおばあちゃんです。実は魔法使いです」と紹介した。

それまでの視線の種類が、その言葉で一転したようだった。なるほどそういうことかという妙に納得した感じで高校生たちはうなずき、「確かに何者なんだろうって思ってた」といった声が上がった。光来ちゃんに盛んに質問していた女子がさらに言った。

「じゃあ、このおばあちゃんが、魔法であなたの原型になる部品を出現させて、あなたは自分で自分の身体を設計して、マイスターの人たちが完成させたってことね」

今どきの高校生たちは大人だ。そういうストーリーに、ちゃんとつき合って空想の世界を楽しんでいる。

真崎ひかりさんは、両手を後ろに組んで、にこにこしながら立っていた。少しでも目を離すと、もしかしたらぱっと消えていなくなるんじゃないかという、ちょっと不思議で奇妙な雰囲気が、その場には確かに存在していた。


バス停まで歩く途中、由宇が「私たちまで写真を撮られることになるとは思わなかったわねえ」と苦笑いしながら言った。あの後、何人かの女子たちから、光来ちゃんと魔法使いの祖母とマイスターたちを集めての撮影をせがまれて、香代たちも被写体にされてしまったのだった。

「でもまあ、やってよかったよな」と堅が言った。「あんなに人に喜ばれたり、若いコたちから尊敬の目で見られたことなんてなかったから。マイスターだってさ」

「堅さんは金属部品に関しては確かにマイスターだよ」と敬太郎さんが後ろから声をかけてきた。堅は照れくさいようで「いやいや」と濁した。

四人で一緒に歩くのは初めてのことではないだろうか。多分みんなそのことに気づいているはずだと香代は思った。しかし誰もそのことを口にはしない。ぎこちない空気になってしまうかもしれないから。

それからは、真崎商店のぬかみそ炊きやショウガの味噌漬けの美味しさについてや、光来ちゃんに協力することになった経緯《いきさつ》などの話になった。光来ちゃんのお母さんから聞いた、光来ちゃんの中学生時代の話をすると由宇も敬太郎さんも「本当に？」と目を丸くした。

バスは結構混んでいて、一つあった後方の座席を由宇と譲り合い、「年寄り優先」と言われて香代が座る羽目になった。しかし次の停留所で香代の隣に座っていた初老の女性が降りたため、少し奇妙な間ができた後、由宇がそこに腰を下ろした。敬太郎さんと堅もそれぞれ空いた席に座った。

しばらく互いに無言でいたが、由宇が「真崎ひかりさんが、お礼だって真崎商店のお惣菜を持って来てくれたときにさ」と切り出した。香代は「うん」と合わせた。

「子どものときに仲が悪かったクラスメートの女の子と二人三脚の練習をして、運動会で一等になったっていう話を聞かされたのよ」

「あ、その話、私も聞いたよ」

「やっぱりか」

「え？」

「あの人、私たちの距離を縮めるために、あの話をしたんだと思う」

「ああ……」

「光来ちゃんがうちの工房に来て、敬太郎さんが仕上げの作業をしてあげてるとき、ひかりおばあちゃんはときどきウソをつくって聞いてたからさ。人を騙して困らせるウソじゃなくて、人をやる気にさせるようなウソ」

人をやる気にさせるようなウソ……。

「じゃあ、その二人三脚の話は、作り話だって言いたいの?」

「断言はできないけど、そうじゃないかって思ってる」

そういえば由宇は小中学生時代、ミステリー小説が好きでよく読んでいた。深読みするのが好きなたちである。

香代は「どうかな。そんな作り話をして何になるっていうのよ」と言ってから、はっとなった。

現に今こうやって、由宇と並んで座って話をしている。ちょっと前までは考えられないことが起きている。

「真崎ひかりさん、子どもの頃はお姉ちゃんが欲しかったって言ってたよ」と由宇は続けた。

「えーっ」

「やっぱりね。真崎ひかりさん、姉ちゃんには、妹が欲しかったって言ったんでしょ」

由宇はちょっとしたどや顔で小さくうなずいた。

ならば由宇の〔作り話説〕は本当かもしれない。孫娘の光来ちゃんも、それを受け継いでるフシがある。今日のファッションショーでは一貫してサイボーグ少女になりきって自身についての作り話をやり通した。堅がろう付け作業をするのを見たときに「すごーい」「神業だ」などと大げさに驚いたのも、多分に演技が入っていた気がする。その演技にまんまとはまった堅はすっかりノリノリ気分で彼女に協力した。きっと敬太郎さんも光来ちゃんからおだてられて、気分よく作業をしたはずだ。

真崎ひかりさんが魔法使いなら、光来ちゃんはさしずめ、魔法使いになるために修行中の見習いといったところか。

隣の由宇から「何を笑ってるのよ。声に出てるわよ」と言われて、香代は「笑ってないよ」と拳を口に当て、咳をしてごまかした。

翌日の午後、若そうな声の男性から田野上工業に電話がかかってきた。

「女子高生のスチームパンクファッション画像をネットで見て、そこに〔タノウエ工業さんというところが製作を手がけたんだって〕というコメントが添えられてあったので連絡してみたんですが」と言われ、香代が「それは多分うちのことだと思いますが」と答えると男性は「あの写真画像と同じ感じの眼帯やアームグローブを作って欲しいんですけど、いくらぐらいでやってもらえますか」と尋ねてきた。

作ることは可能だけれど価格についてはすぐ返答できないと言うと、できればこの金額でやってもらえないかと男性の方から結構な額の価格提示をしてきた。堅や敬太郎さんに相談しなければならないことなので、「申し訳ありませんが二、三日後にあらためて連絡をいただけませんか」と頼んで、何とかその場は収めた。

堅は市内にある大きな病院の院長宅に出かけていて不在だった。蓄音機の修理をした顧客からの紹介で、アンティーク家具などの金属部品がいくつか破損したりなくなったりしているので修繕して欲しいという依頼である。香代はさきほどの問い合わせについて堅にメールで知らせておいた。

昨日の学園祭の名称やスチームパンクのワードを入力してスマホで検索してみたところ、光来ちゃんのあの姿を撮影した画像がいくつか見つかった。〔高校の学園祭でスチームパンク少女発見〕〔女子高生が自分でデザインして町工場で作ったというスチームパンクがオニヤバ〕〔学祭にサイボーグ少女出現〕などのタイトルが並んでおり、〔ボクもこんなの欲しいな。〕〔直接見たかった。〕といったコメントが寄せられている。

光来ちゃん自身は何もアップしていないものの、彼女を撮影したコたちがツイッターなどに投稿したということだった。確かにあのとき、光来ちゃんは田野上工業やカバン工房ふくよしの名前を出して香代たちをみんなに紹介した。それを聞き覚えていた誰かが、コメントの中に〔タノウエ工業〕〔ふくよし〕などのワードを入れたわけである。

この先、スチームパンクアイテムの製作がビジネスとして成立するかもなんて、あまり甘い見通しは立てない方がいいだろう。でも、不要になった金属部品や革の切れ端を有効利用するわけだから低コストでできる。一部の若者たちの間でスチームパンクはコアな人気があるようだから、いいものを作れば、徐々に広がりを見せる可能性はある。

その後も夕方までに三件、似たような問い合わせがあった。いずれもネットで画像を見たとのことで、頼めば作ってもらえるのか、通販をやっているのか、オーダーメイドに応じてもらえるのか、価格はどれぐらいなのかといったことを聞かれ、香代は社長が不在なので二、三日待って欲しいと言っておいた。

さらに、隣県のファッションデザイン専門学校からも電話がかかってきて、スチームパンクアイテムを製作する様子を学生に見学させたり特別授業をしてもらったりすることは可能かと聞かれ、こちらも同じ返答で何とか収めた。

その直後、堅からスマホに電話がかかってきた。

「これから帰るとこだけど、スチームパンクグッズを作って欲しいっていう人がいるんだって？」

「そうなのよ。で、その後また他にも電話があって——」と香代が事情を説明すると、堅は「へえ」と言ってしばらく間を取り、「だったら敬太郎さんたちに相談してみた方がいいかもしれないな」と続けた。

「あまり皮算用はしない方がいいよ。注文があるとしても、ぽつぽつだよ」

「判ってるよ。でもそのぽつぽつってのが長く続いたらありがたいじゃないか。お客さんが喜んでくれる仕事は、やる値打ちがあると思う」

「まあ、材料費もかかんないから、利益率はいいよね」

「そうそう。しかし専門学校の講師ってのは勘弁だな。まあ見学ぐらいなら対応してもいいけど」

「うちのあの汚い作業場を学生さんたちに見せるわけ?」

「汚いとは何だ、俺たちの生活を支えてくれた作業場だぞ……まあ確かに汚いかな」

堅は機嫌がいいようで、ははは、と笑った。学園祭の日から腰痛ベルトも外れて、身体の調子も悪くないようである。

香代は、堅の腰痛はやっぱりストレスが原因だったのではないかと思った。病院で診てもらっても原因がはっきりしなかったし、そういうケースの場合はストレスが原因で実際には腰椎《ようつい》などを傷めていなくても脳が腰痛だと錯覚してしまうことがある、みたいなことを健康番組で解説していた。堅は得意先から次々と注文を打ち切られて、このままでは工場をたたむしかないというストレスが原因で腰痛になったが、光来ちゃんからスチームパンク製作を頼まれてえらく喜んでもらえたことで、ストレスも軽減されて腰痛が快方に向かうことになったのではないか。

まあ理由は何でもいいか、堅の腰痛が解消されるのであれば。

その日の夜、敬太郎さんと由宇が田野上工業にやって来て、奥の粗末なソファセットでスチームパンクの問い合わせについて打ち合わせをした。基本的には堅と敬太郎さんの二人による話し合いだったが、敬太郎さんのカバン工房にもやはり似た感じの問い合わせの電話があったとのことで、注文が続く限りは是非一緒にやろうという出発点は最初から一致していた。

二時間ほど話し合った結果、中高生のコたちが購入できる良心的な価格設定をおおまかに決めた他、利益は基本的に折半すること、田野上工業が注文を受けて契約主体となること、当面はオーダーメイドのみでいくこと、顧客には製作過程の画像を随時見せて確認を取ることなどが決まり、四人で拍手をした。由宇と目が合い、笑ってうなずき合った。

敬太郎さんから「よかったらこの後、ちょっと飲みませんか」と提案があり、四人で近所の焼き鳥屋に移動した。カウンター席は埋まっていたが、奥の小さなテーブル席が空いていたので、夫婦同士が向かい合う形で座った。既に夕食を終えていたが、焼き鳥もビールもやたらと美味しく感じられ、どんどんおなかに入った。

久しぶりに会話に花が咲いた。四人とも、スチームパンクは事業としてはさほどの収入にはならないだろうと考えており、そういった意味合いの言葉を誰もが口にしたが、お客さんが喜んでくれることがどれほどありがたいことなのかをみんな判っていて、スチームパンクというサブカルチャーについてあらためて勉強してみよう、ということになった。

やがて話は四人それぞれの最近の健康状態についての話になり、堅は腰痛が治りつつあること、敬太郎さんは睡眠時無呼吸症候群だと診断されて、それ用のマウスピースをして寝ていること、香代は寒くなるとひざが痛むときがあること、あごの下のたるみが気になっていること、由宇は顔のシミをファンデーションで消すのに苦労していることと今頃になって親知らずを四本も抜かなくてはならなくなったが、昔から歯医者が怖いので今から憂鬱《ゆううつ》であることなどを報告し合った。みんな運動不足であることは明らかだったので、堅が「週末ごとにウォーキングでもしてみるか」と提案し、とりあえず次の日曜日に森林公園に集まってみんなでやろうということになった。

その後は、光来ちゃんがとてもいいコだということをみんなが口にし、必然的に真崎ひかりさんというのはいったい何者なんだろうねという話になった。

真崎ひかりさんとの出会いの後、田野上工業とカバン工房ふくよしは、ささやかながらもお客さんが喜んでくれそうなやりがいのある仕事を得ることができた。ぬかみそ炊きなどの美味しい惣菜を食べることができた上に、堅は腰痛から解放された。そしてずっと仲違いしていた姉妹がこうして一緒にビールを飲んで笑い合っている。光来ちゃんが言っていた「ひかりおばあちゃんは魔法使い」というのは決してホラ話ではないことは、もはや疑いようのないことだった。

翌日の火曜日も、スチームパンクアイテムをそちらで作ってもらえるのかという問い合わせの電話が二件あった。月曜日に問い合わせをしてきた人よりも先にそちらとの話し合いをするのは不公平かもしれなかったが、注文の内容は聞いておくことにした。一件は、学園祭の写真画像と同じような眼帯とアームグローブが欲しいというもので、もう一件は、同じデザインのペンダントがあるなら是非欲しいというものだった。全く同じものは作らない方針だが、似たデザインのものということでいいかと尋ねたところ、構わないということだったので、引き渡しや代金の支払い方法、事前に写真画像で仕上がりを確認してもらうことなどについて説明し、了解をもらった。

夕方、光来ちゃんがリキを連れて田野上工業にやって来て、日曜日の学園祭でスチームパンクファッションを披露できたお礼を言ってくれた上で、「祖母と母もよろしく申しておりました」と、紙袋に入った真崎商店の惣菜をくれた。もう一つ同じ紙袋を光来ちゃんが持っているのは、後でカバン工房ふくよしにも行くからだろう。

「何度もいただいちゃってごめんね」香代はすまなそうな表情を心がけて受け取った。

「でも大切な商品だから、これで最後にしてね。これからは三根屋に買いにいくから」

「ありがとうございます」光来ちゃんは笑いながら「どうぞごひいきにお願いします」とつけ加えた。

出入り口に近い作業場で、リキは光来ちゃんの横にお座りをして、どこかすました表情で香代を見上げている。香代はかがんでリキの首の後ろをなでてやった。

「よかったら、お茶でも飲んで行けば？」香代は光来ちゃんに言ってみた。「といってもペットボトルのウーロン茶ぐらいしかないけど」

「ありがとうございます。でも大丈夫です。この後、カバン工房ふくよしさんのところにもお礼を言いに行くので」

光来ちゃんはすぐにでも行こうとしているようだったが、何となく名残惜しく感じられ、香代は「学園祭、評判よかったみたいね。光来ちゃんの周りが一番人が多かったよ」と続けた。「他のコたちとは異質っていうか、目立ち方の次元が違ってる感じだった。舞台上でのパフォーマンスも格好よかったよ」

「いやいや、そんなにほめないでください。実を言うと、他のコたちみたいにモデルさん風の立ち方や歩き方が上手くできないので、苦し紛れに違うことをやっちゃえ、みたいなノリでやったんですよ」

「みんなの人気者になったんじゃない？」

「どうでしょうね。今朝登校したら、上履きがなくなってました」

「えっ？」

「もしかしたら、私が学園祭でああいうことをやったのが気に入らないコもいたのかもしれません」しかし光来ちゃんの表情は、飄々としていた。「でも、仲のいい女子たちが、光来の上履き隠した奴、許さねーからな、つまんねえことしてんじゃねえぞって教室の中でみんなに言ってくれて。そしたら次の休み時間にトイレの洗面台で見つかりました。盗ったコがビビって、どこかに捨てるつもりだったのをそこに置いたのかも」

「ふーん。味方をしてくれる友達がいるのは心強いね」

「そうですね。私、別にみんなに好かれたいなんて最初から思ってないんで、それぐらいのことは平気っていうか、むしろそういうときに味方をしてくれる友達がいるってことに感謝すべきだと思ってるんです」

「そうか。強いね。そういえばひかりさん、子どもの頃に仲が悪いクラスメートと二人三脚をやって、運動会で一等賞になったことがあるって聞いたんだけど」

「へえ、そうなんですか」

「その話、聞いたことない？」

「ありません」光来ちゃんはちょっと不思議そうな顔になった後、ふっと笑った。

「あー、やっぱり作り話だったのかなー」

「どうでしょうね。おばあちゃんは確かに、人をはげましたり、やる気にさせるために作り話をすること、ちょいちょいあるんですよ。本当かどうかは本人に聞いてもとぼけられるし。でも、おばあちゃんの話を聞いたら魔法がかかることは本当ですよ」

「みたいね。あ、そうそう」香代は両手をぱんと叩いてから、おばさん臭い仕草だなあと心の中で苦笑した。「学園祭のときの写真と一緒に、うちの名前がネット上に流れたらしくて、スチームパンクアイテムを作って欲しいっていう電話が昨日からかかってきてるのよ」

「えっ」光来ちゃんが目を丸くして、片手を口に当てた。「ごめんなさい」

「いえいえ、我々にとってはありがたいことだから。うちの人もカバン工房ふくよしさんも、楽しい仕事ができるって喜んでるのよ。今日もうちの人、スチームパンクに使えそうな材料を探すって、リサイクルショップやエコセンターを回ってるところなの」

エコセンターというのは地元自治体が運営している、直せば使える故障品や不要品を市民が供出し合って格安で販売する施設である。電話で問い合わせたところ、壊れたカメラや傷物のアクセサリーなどもたくさんあるというので、堅はいそいそと出かけて行った。

「あー、よかった」光来ちゃんは口に当てていた手を胸にやった。「本当に喜んでもらえてるのなら、私もうれしいです。お手伝いできることがあったら、いつでも声をかけてくださいね」

「そうね。だったら商品のデザインとか、アルバイト代を払うから、お願いしたら担当してもらえる？　ほら、電話でこういうもの作って欲しいって言われても、私たちにはピンとこないことが多いから、この先そういうことで苦労するかもしれないのよね」

「お安いご用ですよ。だったら今まで描き溜めたスチームパンクアイテムのデッサン画っていうか、ただの落書きですけど、そういうのでよかったら使ってください。その写真をお客さんに送って話を聞けば、スムーズに進むかもしれないし」

「本当？　貸してもらえたら助かるー」

「じゃあ、後で写真画像にしたものをメールに添付して送りますね。リキ、じゃあ行くよ」

光来ちゃんに手を振りながら香代は、スチームパンクアイテム販売の専用ホームページを立ち上げることになったら、光来ちゃんにモデルになってもらうのもいいなと思った。

その後の七日間でスチームパンクアイテムの電話注文が計五件きた。どんなアイテムが欲しいのかを聞き、スマホなどの連絡先を教えてもらって、光来ちゃんから借りたデッサン画像を送って細かい部分について確認する。製作途中や仕上がり画像を確認してもらい、完成したら、代金を振り込んでもらい、商品を送る。そういったシステムを説明すると、みんな素直に承諾してくれた。

お客さんは十代と二十代の若い男女ばかりだったが、〔今日届きました。写真で見るより実物は格好よくてサイコーです。ありがとうございました。〕〔ずっと欲しかったけどどうすれば手に入るか判らないでいたんです。田野上工業さんのお陰で夢がかないました。〕という返事をくれたコもおり、喜んでくれていることが伝わって、この仕事は細々としたものでいいから長く続きますようにと香代は願った。

その後も注文はコンスタントにきた。ネット検索してみると、購入したコたちがSNSなどを通じて〔こんなの作ってもらったよ〕という感じで写真をアップし、田野上工業のことを宣伝してくれており、少しずつだけれど評判が広がっているようだった。

カバン工房ふくよしとの行き来も増えて、由宇とは過去のわだかまりが何かの思い違いだったかのように、普通に仕事の話ができるようになった。

ある日の朝、カバン工房ふくよしを訪ねると、敬太郎さんがソファで居眠りをしており、由宇から小声で「昨夜、テンション上がって飲み過ぎちゃったのよ」と教えられた。お客さんから感謝してもらえる仕事ができるようになったことがよほどうれしかったようで、今まで積み重ねてきたものは無駄じゃなかったんだー、とか何とか言いながら一人で万歳を繰り返し、最後には気絶するようにソファに倒れ込んだのだという。

「いい年をして何やってんだか」と由宇は軽く肩をすくめたが、彼女の表情もかなり弛《ゆる》んでいた。

十一月最後の週は、真冬のような寒さとなった。どうも全身がだるいと感じて体温を測ったら、7度6分あった。病院に行こうかどうか迷っていると堅から「そんなの微熱だろう。置き薬飲んで様子を見りゃいい」と言われ、もうちょっといたわるような言い方をしてくれてもいいだろうにと思いつつも、結局は解熱効果を謳《うた》っている置き薬を飲むことにした。

堅は午前中、受注したスチームパンクアイテムのろう付け作業をし、香代はマスクをして作業場の掃除や帳簿記入をした。身体はだるいが、仕事ができないほどではない。寒いので表のシャッターは、くぐらないと入れないぐらいに下げておいた。

午後、ろう付け作業を終えた堅がそれらをカバン工房ふくよしに届けるために軽ワゴン車で出かけた直後、シャッターの外から「ごめんください」という野太い男性の声がした。シャッターの開いている部分に、折り目がびしっと入ったスラックスと、よく磨かれた革靴が見えた。

香代が「はい」と応じてシャッターを上げると、どこか記憶にある、がっちりした体型の男性が立っていた。片腕にコートをかけて、もう一方の手にはブリーフケース。センターで分けたやや長めの髪は、つやつやしていた。ヨーロッパ系の血が入っていそうな顔。

思い出した香代はマスクを下げて「あ、ジミー……」と口にした。香代が若い頃に人気があったロックバンド、プラチナコブラのギタリストだ。彼とベースのレイは実は演奏が下手で、ライブのときには壁裏でスタジオミュージシャンに演奏してもらって、それに合わせて弾いているふりをしていたことを週刊誌に暴露され、その後はバンドの人気が下降線をたどり、ボーカルのジェイが脱退してバンドは解散したと聞いている。

「お気づきいただき恐縮です」とジミーは白い息を吐きながら少し苦笑いを見せた。

「今は私、こういう仕事をしておりまして」

出された名刺には〔芸能事務所　プラチナ企画　営業統括　宮野勝《みやのまさる》〕とあった。

「あの、うちにどういったご用でしょうか」

宮野は田野上工業の看板を見上げてから、「ええ。田野上工業の社長さんの奥様でいらっしゃいますか」と尋ねた。

田野上工業の社長さんの奥様。自分のことではないような表現を聞いて、ちょっと噴き出しそうになった。

「ええ、そうですけど……主人はちょっと外出しておりまして」

「あー、そうですか。実は折り入ってご相談したいことがあって参りました。お時間は取らせませんので、ちょっと話を聞いていただけないでしょうか」

「はあ、私でよければ……」

芸能事務所がうちに何の用があるのかと訝《いぶか》ったが、香代は宮野を中に通し、奥のソファに招いた。途中、「お召し物が汚れないよう、お気をつけください。油のついた機械が多いので」と声をかけた。後でクレームをつけられると困る。

ソファに向かい合って座るやいなや、宮野はブリーフケースからA4サイズの封筒を出して、中から数枚をクリップで留めた書類を抜いて、テーブルに置いた。

金髪やロン毛の若い四人組男性の写真を印刷したものが一番上にあった。みんなスタイルがよくて、いかにもビジュアル系ミュージシャンという感じのコスチュームを身にまとっている。

「うちの事務所から来年の夏までにデビューさせようと考えているロックバンドのコたちなんですよ。うちとしてはかなり力を入れるつもりでおりまして」と宮野は切り出し、「歌も演奏も腕前はみんな抜群です。昔の私とは違って」と自虐的な苦笑いを見せた。

「はあ」

「バンド名はまだ決まってませんが、音楽の方向性としては、ちょっと幻想的な雰囲気のあるロックという感じです。昔流行った、グラムロック的な。グラムロックというのはご存じでしょうか」

「はあ……T・レックスとか、若い頃のデヴィッド・ボウイとか、でしたっけ？　七〇年代の」

「おお、よくご存じで」宮野は小さく拍手をした。

高校生のとき、昔の洋楽が学校内でちょっと流行っていたので、多少の知識はあった。

「そこまでは決まってるんですが」と宮野は続けた。「バンドのコンセプトと申しますか、イメージがなかなか決まらなくて」

香代は、なぜそんな話をとますます怪しみつつ一応「はい」とうなずいた。

「それで、メンバーともいろいろ話し合った結果、スチームパンクファッションでいこうということになったんです。みんな、これなら他のバンドとの差別化も図れるし、曲調にも合ってるということで、その気になってくれてます」

おお、そういうことか。香代はさっきよりも力のこもった「はい」を返した。

「つきましては、田野上工業さんに是非、メンバーの衣装やアクセサリー製作をお手伝いいただきたいと思いまして、お訪ねした次第です。ネットでいくつかの商品を拝見したところ、なかなかのクオリティだとお見受けしました。それで、こんな感じのものをお願いできないかということで、ラフ画を用意したのですが……」

香代は半ば夢心地で宮野の話に聞き入った。

もしそのバンドが人気者になれば、ファンもスチームパンクアイテムを身につけたがるようになる。さらに注文が増えることになるかもしれない。

うふふと笑いそうになってしまい、香代はあわてて片手で口を押さえた。


宮野を見送った後、田野上工業のスレート葺《ぶ》きの外壁やサビで汚れた看板を見上げた。あらためて眺めると、結構ガタがきている。よくぞ今まで持ってくれたものだ。

曇天《どんてん》の中を、カモらしき数羽の鳥たちの影が飛んで行く。

冷たい風がほおに当たった。でも今はそれが心地よかった。

辺りに人がいないことを確認して、両手を上げ、「やったー」と叫んだ。熱が出て身体がだるかったはずなのに、今は全身にエネルギーがみなぎっていた。

香代はその場でぴょんぴょん飛び跳ねた。無性に身体を動かしたかった。

とそのとき、堅が運転する軽ワゴン車が現れ、目の前に停まった。

「何やってんだ。熱があったんじゃないのか」

降りた堅が訝しげな顔で言ってきた。

「いいの、いいの、大丈夫」

香代は堅に飛びついてハグした。

「おい、何すんだよっ、風邪が伝染《うつ》るだろっ」と堅は押し返して離れようとしたが、香代は両腕に力を入れてそれを許さなかった。

「いいじゃん、夫婦でしょ」

「おいおい、やめろよ、薬の副作用か？　よせって、人に見られるだろ」

「いいじゃん、別に。夫婦なんだから」

冷たくて強い風が吹き、香代の髪が乱れ、耳元でゴーッという音が響いた。再び堅が離れようとして両手で押し返してきたが、香代は抵抗して再びしがみついた。

冬

ワンボックスカーが揺れているのを感じて、湯崎弘司《ゆざきこうじ》は目を覚ました。

運転席のシートを起こし、目をしかしかさせて外を見ようとしたが、フロントガラスが結露《けつろ》で曇っていたので、ボロ切れを拾って拭いた。

突風によって車体が揺れたらしい。今はがらんとしている森林公園の駐車場では、風に翻弄された枯れ葉がくるくると舞っては地面に叩きつけられて、再び宙に浮いてまたくるくると舞うという、妙に残酷な寸劇がすぐ目の前で繰り広げられていた。役目を終えて木の枝から落ちた枯れ葉が、何も悪いことをしていないのに小突き回されているように弘司には思えた。

軍手をはめたままの両手で顔を叩いて、座ったまま軽く伸びをした。

年末に始まった車中泊は既に十日を過ぎている。夜は後部席で丸まって眠っているが、寝返りを打ちにくいことや狭い空間であること、寒さなどでやはり熟睡できていないのだろう。最近は日中にしばしば睡魔に見舞われるようになった。今日も、午後になって急に眠くなり、そのまま意識を失ってしまったのである。

紺の防寒着のえりに、よだれがついていた。弘司は舌打ちして、それを軍手の甲でぬぐう。

白いファミリーカーが駐車場に入って来て、駐車スペースの二十メートルほど先に停まった。運転席から降りて来たのは、四十前後と思われる弘司と同年代の男性だったが、値段が高そうな黒いダウンジャケットを身につけ、ふかふかの白いマフラーをしていた。きっと、自分とは違って仕事も順調なのだろう。

男性が後部席のドアを開けると、ラブラドールと思われる大型犬が飛び下り、リードを握った男性と共に、木々が茂っているエリアへと足早に消えて行った。

犬との散歩のためにわざわざ車でやって来るとは。弘司は男性と犬が小さくなってゆくのを、複雑な思いで見送った。

急に尿意を催し、ドアを開けて外に出た。冷たい風が首に巻きついてきて、弘司はぶるっと身体を震わせ、防寒着のファスナーを一番上まで上げて、ボアのえりを立てた。公園内の最寄りのトイレは、百メートルほど北側、テニスコートの手前にある。

黒いニット帽を深くかぶり直し、両手を防寒着のポケットに突っ込み、背中を丸くしてトイレへと向かう。

正月が明けた後は寒い日が続いているため、森林公園にやって来る人は予想外に少なく、今のところ弘司はここを管理するお役所から、車中泊をとがめられたことはなかった。しかし、そろそろ見つかって追い出されるのではないかという予感があった。そうなったら次は、市内にある道の駅の駐車場に移るつもりだった。確か道の駅の駐車場は、車中泊をしてもいいことになっているはずだ。ただしその道の駅は川沿いの山間部にあるため、寒さがいっそう厳しいことを覚悟しなければならない。

とんこつラーメン屋〔まるかず〕を市内にオープンしたのは二年ちょっと前だった。行列ができる店で知られる〔嵐堂《あらしどう》〕で修業した後、のれん分けではなくオリジナル店を出すことにしたのは、〔嵐堂〕のスープよりも自分が作るスープの方が上だという自信があったからだった。初期投資分の半分を貸してくれるというそこそこの資産家を、常連客の一人から紹介してもらったことにも背中を押された。その資産家が所有する雑居ビルに店を出すことが融資の条件だったが、場所的には問題ないはずだった。

実際、オープン当初は平日でも毎日行列ができ、盛況だった。〔嵐堂〕で修業した本格派として地元のテレビでも紹介され、狭い店だったが妻の朋子《ともこ》と二人で切り盛りするのが大変で、週末はアルバイトを雇った。

いくら美味しいラーメンを出しても、客はやがて飽きてくる。それは判っていたので、その後徐々に客足が落ちてきても、あまり気にしてはいなかった。生活に困るほどの目減りではなく、このまま安定経営を続けてゆければよいと考えていた。常連客がずっと来てくれる店こそが本物だという自負もあった。

ところが一年前に環境が激変した。

〔まるかず〕の東側徒歩十分の場所に北海道ラーメンチェーンで知られる〔五稜郭《ごりようかく》ラーメン〕が、それから数週間後には西側徒歩十二分の場所に、関西の有名店である〔神戸中華そば〕ができた。いずれもとんこつスープの店ではなかったが、ごっそり客を奪われた。値段と味では負けていないつもりだったのだが、その二店は広い駐車場を持っていたため、家族連れの客を持って行かれた。結果、〔まるかず〕は周辺で働くサラリーマンや学生がぽつぽつやって来るだけになった。

ラーメン業界は競争が激しく、新規出店しても四割が一年以内に廃業に追い込まれているという。弘司は、それはちゃんと修業をしていない、素人に毛が生えたレベルの店のことだと高をくくっていたのだが、結局は〔まるかず〕もその一つになった。売り上げが減ってテナント料や光熱費の支払いも難しくなってしまい、妻の朋子は店の手伝いを辞めて、ドラッグストアのパート仕事を始めた。

いったん店が傾き始めると、店内から活気というものがなくなり、味がよくても客は負のオーラを感じるようで、ますます寄りつかなくなる。結局、十一月末に〔まるかず〕をたたむしかなくなり、ビルオーナーに融資してもらった分の約半分を返済できないまま、収入の当てがない状態で借金を背負うこととなった。地元の弁護士会が商工会館で催していた相談会に出向いた結果、これは返せないだろうということで、自己破産を申請することとなった。住んでいたアパートも引き払い、妻の朋子と三歳の朋美《ともみ》を実家に帰し、弘司は食材の仕入れや通勤で使っていたワンボックスカーが仮の住まいとなった。

朋子とは離婚した。自己破産によってカネの取り立てができなくなったビルオーナーは態度を豹変させ、債権を闇金業者に譲渡した。その取り立てと称して強面《こわもて》の連中が朋子の実家にまで押しかけて「夫がこしらえた借金だぞ、あんたらが代わりに払えよ」「湯崎弘司はどこにいる」と詰め寄るようになったため、夫婦で相談してひとまず偽装離婚をして他人になるという手を選んだのだった。

闇金業者という人種は相手が自己破産をしようがしまいが構わず追い込みをかけてくる。しかし法律上他人になった相手から取り立てるのはさすがに無理だと判断したようで、離婚したことを証明する戸籍抄本を朋子が見せたところ、ようやく実家に押しかけてきたり電話をかけてくることは止んだ。しかし朋子はその後も外出すると誰かから監視されているような気がしているという。もしかすると実際に見張られていて、元夫を捕まえるチャンスを窺っているのかもしれない。

朋子には、新しい仕事が見つかって軌道に乗り、三人で生活してゆく目処が立ったら連絡すると言ってある。もしスマホなどで電話やメールのやり取りをしていることが闇金業者に気づかれでもしたらまずいことになるということで、当分の間は連絡を取り合わないでおくことにしたのである。その代わりに、朋子と朋美の日々の様子は、朋子が偽名で立ち上げたツイッターで知ることができる。はっきりとした顔写真などは掲載しないが、ミトモちゃん（朋美のこと）が一人で頭を洗えるようになったことや、自力でブランコをこげるようになったといった情報は日々得ることができている。後ろ姿や、遠くから撮った写真画像を見るだけでも、成長していることが判る。それを眺めて、コージという名前でときどきリツイートするのが今の唯一の、ささやかな楽しみだった。ただし、夫であることがバレるような言葉は一切使えないので、〔子どもは元気に成長してくれることこそが親孝行ですよね〕といった抽象的な表現しか書き込むことができない。

トイレは小用の方ではなく、個室に入った。いつどこで闇金の連中に見つかって拉致されるか判らないという不安感のせいで、車中泊を始めてからは無防備な姿をさらすことに過敏になっている。法律上、既に支払いの義務はないはずなのだが、暴力による制裁の可能性は消えていない。以前、テレビの特集で、闇金業者から逃げていた独身男性が捕まり、監禁された上で新たな借用書にサインをさせられ、表向きは正式な債務をあらためて負わされたという事例の再現ドラマを見た。あの手の連中に捕まったら何をされるか判らない。

ワンボックスカーに戻ったところでスマホが振動した。二日前に面接に出向いた清掃会社からのメールだ。開いてみると、残念ながらこのたびはご縁がなく云々《うんぬん》といった空疎な内容だった。弘司は「またかよ……」と小さく舌打ちして、メールを削除した。

住み込みで働ける仕事を中心に、ネットの求人サイトを使ってこれまで四つの会社に連絡を取ったが、すべて駄目だった。年齢を聞かれて、四十三ですと答えると、途端に相手の反応が鈍くなり、事務的に他の質問をした上で門前払いされてばかり。できればハローワークにも行きたいのだが、もしかすると闇金の連中が張っているかもしれないと思うと足がすくみ、ネット求人サイトしか頼るものがない。

住み込みの仕事ではなかったが、隣県にあるとんこつラーメン屋の求人があったのでそこの面接を受けに行ったこともある。経験者だと判るとかえって店のやり方に従わないで勝手なことをやるのではないかと思われて敬遠される業界なので、食品工場に勤めていたがラーメン屋の仕事へのあこがれを捨てきれずチャレンジしてみたいと思った、と伝えたのだが、面接を担当した店主らしき同年代の男性からは「ウソをつきなさんな。おたくのこと、知ってるよ」と言われて撃沈した。新規開店や閉店の情報は、業界内ですぐに知れ渡るものらしい。

スマホで時間を確かめると、午後二時を過ぎていた。同時に腹がぐうと鳴った。最近は近くのスーパーで半額シールが貼られた弁当を二つ買って、朝と夕方に一つずつをゆっくり噛みしめながら食べてしのぐのがパターンとなっていた。半額シールは午後二時過ぎと、午後七時過ぎに貼られる。

今日もそろそろ買いに行くとするか。弘司は再び車から降りて、徒歩十分のところにあるスーパーへと向かった。寒いので車で行きたいところだが、ガソリン代もできるだけ節約しなければならないため、雨が降らない日は歩きと決めている。

森林公園から出たところにある交差点で信号待ちをしていると、道路をはさんだ向こう側の歩道で自転車に乗っていた中年女性が、溝か何かにタイヤを取られて転倒する瞬間を目の当たりにした。自転車ごと前のめりになって回転しそうになったが途中で止まり、そのまま横倒しになった感じだった。後ろのかごに積んでいたダンボール箱も落ちて、近くに転がった。ちょうど、閉店したまま空き店舗になっている元リサイクルショップの真ん前だった。

弘司は見回したが、付近に彼女を助けようとする人の姿はなかった。信号待ちをしている車から見ている人はいたが、わざわざ降りて助けようとする様子はない。

信号が青になり、弘司は小走りで渡って、「大丈夫ですか」と声をかけた。女性は痛そうに顔をしかめたまま、まだ起き上がれないでいた。年齢は弘司よりもいくらか上のようである。唇が厚めで、目が少し離れている。頭にはつばの小さなグレーの帽子。その辺にいそうなおばさん、という印象だった。

右手の、いわゆる手刀《しゅとう》の部分を怪我したようで、出血していた。彼女はその傷口を見て、手のひらを下向きにした。ピンクのフリースジャケットの袖口を血で汚したくないのだろう。

「起き上がれますか？」と弘司が聞いてみると、彼女は「はい……」と答えて、小さくうめきながら立ち上がろうとしたので、左腕を取って補助した。倒れた自転車は弘司が起こし、転がったダンボール箱も拾って後ろのカゴに載せた。自転車はいわゆるママチャリで、カゴが前と後ろについていた。後ろのカゴが大きめなのは、買い物などで使うためだろう。

ダンボール箱の一部が破れて、真空パックの食品らしきものがちらっと見えた。

「あーあ、こんなになってたら、転倒しちゃいますよね」

弘司は歩道脇の側溝を見ていた。コンクリートのふたが並んでいるのだが、一か所だけ、そのふたが割れて側溝の中に落ちている。

「管轄、市か県か判りませんけど、訴えてやったらどうです」

「いえいえ」女性は苦笑して左手を軽く振った。「手をちょっと怪我しただけですし、私の不注意もあったので。でも、また誰かがここで怪我をしてはいけないので、道路を管轄しているお役所の部局を調べて、後で連絡しておきます」

自転車を見ると、チェーンが外れていた。弘司が「チェーン外れてますね」と言うと、女性は「あら本当、嫌だ」と、手の怪我よりもこちらを気にするかのような表情になった。

「ティッシュか何かありますか？」

「え？　あ、はい」

女性はフリースジャケットのポケットに左手を入れてから、「あ、こっちだ」と言い、右側のポケットをこちらに向けて「すみません、取ってもらえますか」と言ってきたので、ちょっと戸惑ったが、彼女の右手は出血しているのだから仕方がない。弘司は「はいはい」と手で探った。

ポケットティッシュを三枚抜いて重ね合わせ、まずは女性に「とりあえず傷口に当ててください」と渡し、さらに抜いた一枚をたたんで自転車のチェーンをつまみ、歯車にひっかけてペダルを逆回しにした。幸い、簡単にチェーンは直った。

転倒の衝撃で、ハンドルも少し斜めを向いてしまっていた。弘司は両脚で前輪をはさんで固定し、ハンドルをひねって、真っ直ぐになるよう調節した。両ブレーキを握ってみたところ、異常はなさそうだった。

「ご親切にどうもありがとうございました」女性は頭を下げた。「本当に助かりました」

右手に当てたティッシュが早くも赤く染まっていた。

「早めにお手当をした方がいいと思いますよ。おうちはお近くですか」

「ええ、そんなに遠くではありませんから」

「そうですか……あの、私、車に救急箱積んでるんで、応急処置だけでもしましょうか？　消毒薬と、はがれにくい大きめの絆創膏ぐらいならありますし」

しかし初対面の男性にそんなふうに声をかけられて、ついて来るとは思えなかった。普通なら、車に押し込められて連れ去られる可能性を考える。弘司としても一応の親切心だけ見せておいて、ここで終わりにするつもりでいた。

しかし相手は女性というよりも、おばさんだった。

「あら、本当ですか」と彼女は言い、「じゃあ、お言葉に甘えていいですか」と無防備に笑った。弘司は、自分の顔のせいかもしれないと思った。子どもの頃「怖い顔をしてみろ」と言われて精一杯すごんでみたのにみんなから指をさされて笑われたし、朋子からは「顔でなめられるタイプ」と言われたことがある。


女性がトイレの洗面所で傷口を洗っている間に、ワンボックスカーの後部ハッチを開けて、救急箱を引っ張り出した。車には衣類の他、水道水を入れたペットボトル数本、携帯食、寝袋なども積んでいる。

車という密室に入れてしまうのはさすがによくないと思ったので、後部ハッチを開けた状態で、外に立って応急の治療をすることにした。寒いが仕方ない。

女性は傷口にあらためてティッシュを当てて戻って来た。

「思ったほど深い傷じゃなかったのでほっとしました」

「それは不幸中の幸いですね」

弘司は用意しておいたコットンパフに消毒液をふりかけて「ご自分でされますか」と尋ね、「はい」という返事を待ってコットンパフを渡した。

見たところ、確かに深い傷ではなさそうだった。止血と消毒だけで何とかなりそうである。女性は小さく顔をしかめてコットンパフを当てたが、すぐにしみることはなくなったようで、その後はトントンとテンポよく消毒を続けた。

大きめの絆創膏を、すぐに貼れる状態にして渡そうとしたが、一人で貼るのは難しそうだったので、「貼るのは私がやりましょう」と言うと、女性は「すみません」と素直に右手を出した。

コットンパフなどのゴミは女性が「私が捨てておきますね」と、フリースジャケットのポケットに押し込んだ。

「本当に助かりました。どうもありがとうございました」

女性があらたまって礼を言ってきたので、弘司は「いえいえ、誰でもさっきのような事故を見かけたら、この程度のことはしますよ」と苦笑いをして片手を振った。

「私、マザキナツミと申します。できればお名前を教えていただけませんか」

「はあ……湯崎と申します」

「あら、マザキとユザキですか。ちょっと似てますね」

「はあ」別にうれしくはない。

「お住まいはご近所でしょうか」

「ええ、まあ……」

「できれば後日、あらためてお礼をさせていただきたいので、差し支えなければご住所か連絡先を教えていただけるとありがたいのですが」

「いえいえ、それには及びません。わざわざお礼をしていただくほどのことはしておりませんので。どうぞお気遣いなく」

「でも……」

「いえ、本当に」

女性から見つめられ、弘司は何となく目をそらした。何かを隠しているなと気づかれるのではないかという不安にかられ始めていた。

「では、せめて何か飲み物でもいかがですか」女性は公園出入口付近にある自販機を指さした。「あそこで買って来ますから」

まあ、それぐらいのことはしてもらってもいいか。相手さんも心の負担がなくなるのなら、ウィンウィンだろう。

「じゃあ、ホットコーヒーをお願いできますか。ミルクコーヒー」

「はい、じゃあ買って来ますね」

「あ、やっぱり、コーンポタージュがあったら、それをお願いしていいですか」

「はい、判りました」

そっちのほうが栄養が摂れて腹が温まりそうな気がした。

マザキと名乗った女性の後ろ姿を見ながら、助けたのがもっとカネ持ちそうなご夫人だったらよかったのにと思った。そうすれば何枚かの諭吉を手渡してくれたのではないか。

いや、カネ持ちのご夫人はこんな季節にママチャリなんか漕いでないか。

マザキさんは飲み物を二つ手にして戻って来た。一つでいいのにと思ったが、もう一つはミルクティーだった。まさかと思ったが、マザキさんは「はいどうぞ」とコーンポタージュの缶を寄越した後、すぐさまミルクティーのプルタブを引いて口をつけた。

おいおい、ここで一緒に飲めってのか。冷たい風が吹いてるこんな場所で。車の中で飲むつもりでいたのに。

弘司は心の中でため息をついて、「いただきます」と缶を少し持ち上げ、プルタブを引いた。

このところ飲むものといえばペットボトルに入れた水道水か、就寝前のささやかな楽しみである紙パック入り焼酎しかなかったので、コーンの甘い香りがするポタージュスープは妙に腹に染みた。「はあ」と口から出る白い息が、余計に温かさを感じさせる。

それにしても初対面の四十過ぎの男と五十ぐらいのおばさんが、こんなに寒い公園の駐車場で缶飲料を飲んでいる絵というのは、どうにも奇妙だった。

「ユザキさんと伺いましたが、お湯の湯に山崎パンの崎の字ですか」

ヤマザキパンはカタカナではなかったかと思ったが、面倒臭いので「ええ、そうです」と答えておいた。

「お仕事か何かでこちらにいらっしゃってるんですか」

「いいえ、仕事は休みで、何となく車で来てみたってだけです」

「さっきは、どこかに出かけようとなさってたところだったんですか」

「ええ、スーパーで買い物でもと」

言ってから、しまったと思った。車で来ているのに歩いてスーパーに行くというのはおかしな話である。

しかしマザキさんはそのことは気にしなかったようで「そうでしたか、私のせいでごめんなさい」と謝ってから、「ちなみにお仕事はどのような?」と聞いて欲しくないことを聞いてきた。

とっさにごまかすことができず、弘司は「実を言うと今、失業中でして。再就職先を探してるところなんです」と正直に答えた。

「あら、そうだったんですか」マザキさんは少し表情が変わったが、それはまずいことを聞いてしまったという後悔ではなく、ちょっとびっくりしただけ、という感じだった。

少し間が空いた。これで気まずくなって、とっとと会話が終わればいい。

ところがマザキさんは意外なことを言った。

「あの、もしかしたら私、再就職のお手伝いとか、できるかもしれないので、どういう職種を希望されてるのか、差し支えなければ教えていただけませんか」

「えっ?」

「あっ、もしかしたらというだけで保証はできないんですけど、私の義理の母が、割と顔が広いっていうか、そこそこの人脈があるので、そのつてで、もしかしたらお役に立てるかもしれないと思いまして」

へえ。でも本当に仕事を紹介してもらえるならありがたい。

「私はこれまで飲食の仕事専門だったので、できればそっち系統だと役に立てるのではないかと思ってます。あ、でも違う職種でもできるだけやるつもりです。贅沢を言える立場ではないので」

「判りました。じゃあ、どうしましょうか。義母に相談した後、湯崎さんに連絡をしたいので、電話番号かメールアドレスを教えていただけたら……」

「あ、はい」弘司は防寒着のポケットからスマホを出した。

結局、メールアドレスを交換することになった。

飲み終わった缶をマザキさんは「あ、私が捨てて帰りますね」と笑って、絆創膏を貼った方の手で受け取った。

別れた後、あらためてスーパーに歩いて行ったが、時間をロスしたせいで半額シールの弁当はもう棚になかった。午後七時頃の再度の半額シールタイムを狙って、もう一度来てみるとするか……。


物音で目が覚めた。最初は夢でも見てるのかと思ったが、明らかに誰かが車の窓を叩いている。あまり強くない叩き方だったが、トントントンと三度叩いてしばらく時間をおき、再びトントントン。結露のせいで誰が外に立っているのか判らなかったが、ついに森林公園の管理者が「ここは寝泊まりするところではありませんよ」と注意しに来たのだと思った。そのときに備えて、仕事に疲れてここで休憩していたらそのまま寝入ってしまっただけだと言い訳をするつもりでいた。

後部席で横向きに丸くなっていた弘司は身を起こし、スマホで時間を確かめた。午前七時過ぎ。この季節はまだ空も薄暗い時間帯である。

役人の出勤時間は普通、もうちょっと遅いのではないのか。いや、こういう施設ではシフトが違うか。

とりあえず、古いタオルで窓を拭いた。

「えっ、何？」と口から漏らした。

立っていたのは小柄なおばあさんだった。頭に白い手ぬぐいらしきものをかぶって、白い割烹着を身につけている。こんな格好の女性を見かけるのは、子どものときに近所で小さな鮮魚店をやっていたおばさん以来である。

おばあさんはにこにこ笑って、軍手をはめた片手を振った。クレームをつけようというのではなさそうだったので、ほっと安心してスニーカーをはき、ロックを解除してドアを開けた。

冷たい風が入ってきたため、弘司は首をすくめ、防寒着のファスナーを上げて降りた。老婆は柴犬らしき犬を連れていた。リードにつながれた犬は、行儀よく横に座っている。弘司は犬が苦手な方だったが、おとなしくしていてくれるなら問題ない。

「おはようございます。湯崎さん？」

名前を知っていることで、ははあと理解できた。この人が昨日のマザキさんの義母なのだ。それにしてもこんな朝早くにやって来るとは……。

「ええ、湯崎です。マザキさんのお義母さんで？」

「はい。昨日はうちの嫁を助けていただいて、ありがとうございました」とマザキのおばあさんは丁寧に頭を下げた。「自転車まで直していただいたそうで」

「いえいえ、たいしたことはしてませんから。たまたま救急箱を持ってたもので、絆創膏などを使ってもらっただけです。その程度のことなのに、わざわざお礼を言いに来ていただいて恐縮です」

「怪我はたいしたことなかったようで、痛みも腫《は》れもないそうです。これも湯崎さんが応急処置をしてくださったお陰です」

「いえ、最初から軽い怪我だったのだと思います」

「私、毎朝犬の散歩でこの公園に来てるんですよ」とマザキのおばあさんは話題を変えた。「これも何かのご縁でしょうね。湯崎さん、お仕事を探しておられると伺いましたが」

「ええ……」

「とりあえず臨時のお仕事なんですけど、お弁当を配達する仕事をお願いできませんか。お給料はたいしたことないけれど、まかないが出ますし、ご希望なら夜は仮眠室に泊まっていただくこともできますよ」

続けてマザキのおばあさんが口にした時給は、まあそんなものだろうという金額だったが、今の弘司にとってはこの上ない話である。

「本当ですか」

「担当してくれていた方がインフルエンザにかかっちゃったもので、人手が足りずに困ってるんです。引き受けていただけたら、こちらこそ助かります」

「ああ……じゃあ、是非」

こんなに早く仕事が見つかるとは。求人サイト経由では断られてばかりだったのに。やはり世の中というものは人と人との関係こそが大切なのだ。

弘司は目の前の老婆をハグしたい気持ちをこらえて、「ありがとうございます」と頭を下げた。

「それはそうとマザキさん、寒くないんですか、そんな格好で」

マザキのおばあさんはグレーのネックウォーマーをしていたが、それ以外は寒そうに見えた。白い割烹着の下は紺の作務衣らしき服を着ており、足もとは紺の地下足袋だ。

しかし彼女は笑って頭を横に振った。

「高校生の孫娘が、温かい肌着をプレゼントしてくれて。それを着てたら薄着でもぽかぽかなんですよ。歩いてたらこんな季節でも汗が出るくらいで」

最近は確かに保温性にすぐれた肌着が出回っている。あるいはこのおばあさんがもともと寒さに強いということかもしれない。

「湯崎さん、今日の午後さっそく、配達のお仕事をお願いできるかしら。全部で二十軒ぐらいあるんです。それと夕方に、仕事場のお掃除などをお願いすることになるんですけれど」

「ええ、喜んでやらせていただきます」

「それと、配達先の様子を後でノートに書いていただくので、それもお願いしますね」

「へ？」

「一人暮らしの高齢者にお弁当を配達してるNPO法人なんですよ。市役所や老人会などから補助をいただいてる代わりに、配達先の方々の様子を把握しておいて、何かあったら知らせたりすることになってるんです」

「へえ、そういうことですか。判りました」

全国的に減り続けているという民生委員の役目も担っている、ということかもしれない。

その後、マザキのおばあさんから、市立体育館の向かい側にある〔NPO法人　小さな手〕というプレートがかかっている平屋の少し古い民家に午後一時に来るようにと言われ、了承した。駐車スペースがあるので車で来てもらって構わないという。

マザキのおばあさんと犬を見送った後、どうやら車中泊をしていることは昨日のうちに義理の娘さんに見抜かれていたらしいことに気づいた。

森林公園内のテニスコートに併設されているコインシャワー室で全身を洗った。ここの存在を知ってからは、再就職の面接に出かける前にいつも利用している。ボディシャンプーなどはセルフサービスで、使い切り用の小さな袋に入ったシャンプーやリンスの自販機があるのだが、弘司はカネを節約するために、トイレの洗面所にあるハンドソープの容器を拝借して、それで全身を洗っている。

熱めのシャワーで頭をしゃきっとさせ、使い捨てにしないで何度も使ってきたT字カミソリで無精ひげを剃った。そろそろ髪も切りたいが、まだ一か月は大丈夫だと鏡の向こうの自分に言い聞かせた。

それにしても、まかないつき、住み込みOKというのは助かる。人助けはするものだ。

テニスコートを出てワンボックスカーに近づいたとき、二台分空けた駐車スペースに停まっていた、弘司のものより一回り大きな白いワンボックスカーの運転席ドアが開いた。

白いジャージの上下に包まれた身体はやたらと分厚くて、腕も脚もぱんぱんに太い、坊主頭の男。弘司は反射的に「うわっ」と叫んで逃げようとしたが、足がもつれて転倒してしまった。

足音が近づいてくる。闇金だ。ボコボコにされるだけならマシな方で、拉致されてどこかに連れて行かれたら――。

しかし相手は「大丈夫ですか」と声をかけてきて、弘司の片腕を取り、引き起こした。ひざの汚れまで手で払われた。

「あの……」

「驚かせてしまって申し訳ない」男は苦笑して片手で拝む仕草を見せた。「湯崎さんですよね。マザキ先生から話を聞いたもので、ちょっとあいさつをと思って参りました。私はシラカベカイカンという空手の道場で館長をやっております、シラカベと申します」

聞き終えてから、頭の中でシラカベカイカンが白壁会館に変換された。場所はあいまいにしか覚えていないが、そういう看板を掲げた建物が市内のどこかにあったはずだ。

空手の先生か……安堵すると同時に、別の疑問が湧いた。

「あのー、白壁さんがおっしゃるマザキ先生というのは、あの五十ぐらいの女性……」

「いえ、違います」白壁氏は再び苦笑して頭を横に振った。「その方はマザキ先生の義理の娘さんです。息子さんのお嫁さん」

「あ……えっ？　じゃあ、あのおばあさんが？」

白壁氏が「あっはっはっ」と笑った。「今、湯崎さんは、ものすごい勘違いをされてると思います。マザキ先生は私の空手の先生ではありません。書道の先生です。私は子どものときに先生が自宅でやっておられた書道教室に通ってたんです」

「はあ……」

「私にとってマザキ先生は書道の先生というより、人生の師なんです。ケンカに明け暮れていた思春期の頃に、親族のふりをして警察署まで迎えに来てくれたり、怪我をした相手の家族に謝ってくれたりしていただきました。本格的に空手に精進するようになってからは、試合の応援にも来てくださって、美味しい手料理の差し入れもしていただきました。家庭に事情を抱えてた私にとっては、親以上の存在なんです」

「へえ」あのおばあさんが。

「ですからマザキ先生のご家族が困っているところを助けてくださった湯崎さんは、私にとっても恩人です。昨日は本当にありがとうございました」

「いえいえ、私はたいしたことはしてませんから」

「マザキ先生からも頼まれました。湯崎さんの就職先でアテがあったら紹介して欲しいと。とりあえずは弁当の配達をされるそうですが、あくまで一時的な臨時のアルバイトだと伺ってます。飲食関係の仕事を希望されてるんですよね」

「ええ、まあ、一応」

「私にはそれなりの門下生がおり、その親御さんたちとのおつき合いもあります。中には飲食店のオーナーさんや店長さんなどもおられますので、その気があればいつでもご相談ください。遠慮なさらずに」

そう言って白壁氏はジャージのポケットから名刺入れを出して、一枚抜いて寄越した。

「それはありがとうございます」弘司は両手で名刺を受け取って頭を下げた。「実のところ、なかなか仕事が見つからないで困っていたんです。もしかしたらお言葉に甘えて、後日連絡させていただくかもしれませんが、そのときはどうぞよろしくお願い致します」

「はい、お任せください。ところで湯崎さん、あまりプライベートなことに立ち入るつもりはないのですが、もし借金などのトラブルを抱えておられて、こっち関係の」白壁さんは人さし指でほおを切る仕草を見せた。「連中から脅されているというようなことは？」

白壁氏や腕の立つ弟子たちがそいつらをやっつけるということだろうか。

それはまずい。血の雨が降って、騒動が大きくなってしまう。自分は闇金の連中にさらに恨まれて、命の危険にさらされる……。

心臓の拍動が速くなり、急にのどの渇きを覚えた。

白壁氏が噴き出した。

「湯崎さん、また勘違いされてるようですね。私は仕事柄、県警本部や警察署が主催する女性向けの護身術教室などで指導をさせてもらったり、機動隊などの若手警官たちに空手を教えることもあるので、警察関係者にはそれなりのコネがあるんです。ですからもしたちの悪い連中とのトラブルでお困りのときは、警察のしかるべき部署からその手の連中にお灸《きゆう》を据えてもらうってことです」

「あ……」全身から急に力が抜けた。「今のところは大丈夫ですが……もしそういうことがあれば是非お願い致します」

「任せてください。ではお身体を壊さないよう、栄養のあるものを食べて、元気でやってくださいね」

白壁氏がきびすを返したところで弘司は「あの」と呼びかけた。「私ははっきりした素性をマザキさんたちに何も伝えていません。もしかしたら指名手配犯かもしれないのに、なぜみなさん、こんなに親切にしてくださるのでしょうか」

振り返った白壁氏がまた笑った。見た目の年齢がよく判らない人だった。自分と同年代のようでもあるし、もっと上のような気もする。

「そんなの、直接見たり話したりすれば判りますよ。そもそも他人との接触を避けなければならない指名手配犯が、自転車で転倒したご夫人を助け起こしたり、自転車を直したり、応急手当をしてあげたりするわけがないじゃないですか」

白壁氏はなおも笑いながらワンボックスカーに乗り込んだ。

エンジンがかかり、運転席の窓が開いた。

「たちの悪い連中に何かされたときは、まっさきに私に」

何か、昔の侍みたいな人だな。

弘司は、遠ざかってゆくワンボックスカーに深々と頭を下げた。

古い平屋の民家だった。〔NPO法人　小さな手〕というプレートが玄関の引き戸に貼り付けられていなければ、高齢者がひっそりと住んでいる建物にしか見えない。

砂利を敷いた駐車スペースはかろうじて四台停められるかどうかという広さで、軽自動車が一台と自転車が数台、それから宅配ピザに使うタイプの屋根や荷台箱がある三輪スクーターが三台停まっていた。三台とも色やデザインが異なり、ちょっと古そうなので、その手の業者から安く手に入れたものなのだろう。弘司は空いているスペースにワンボックスカーを停めた。

インターホンを押すと、応答が返ってくる代わりに引き戸のすりガラスに白い影が映り、「はいはい」と戸が引かれた。

四十代後半ぐらいか五十ぐらいと思われる、太った女性だった。頭に三角巾を巻いて、白いパーカーにジーンズ。口と目が大きくて、押しの強そうな人物、という印象である。

その女性から「あ、湯崎さんね」と地声なのだろうかと思うようなだみ声で言われ、「はい」と応じると、「マザキ先生から聞いてます。私はエグチと言います。どうぞよろしく」と右手を差し出された。

戸惑いながら応じると、強い力で握り返された。他人と握手したのって何年ぶりだろうか。しかも女性と。といっても、おばさんだけれど。

中に案内され、スニーカーを脱いで上がらせてもらった。

手前の和室には、三つの座卓の上に包装された弁当が積んであった。他に人はいない。弁当の仕込み作業を担当するスタッフさんたちは休憩に出たか、帰ったかしたらしい。

「マザキ先生は」と弘司も先生をつけて言った。「今はいらっしゃらないのですか」

「先生には午前中の弁当作りを手伝っていただいてるんです。でも毎日じゃなくて、ときどきね。午後の配送は私ともう一人が交代で指示役を担当しています」

「あ、そうですか」

「湯崎さんには、ここにある」とエグチさんが真ん中の座卓を手で示した。「二十個のお弁当をお願いします。スクーター、運転できますか」

「はい、大丈夫です」

「一応、免許証を見せていただいていいですか」

「あ、はい」防寒着の内ポケットから免許証入れを出して見せた。

エグチさんは「記録、取らせていただきますね、一応決まりなので」と免許証を受け取り、スマホで撮影した。表示されている住所のアパートはもう引き払っているが、そこまで調べられることはないだろう。

「はい、結構です。湯崎さんには外にあった三台の三輪スクーターのうち、クリーム色のを使ってください。キーは玄関の靴箱の上にかかってますから。あのスクーター、法律的には車両扱いなのでノーヘルで大丈夫です。一度に全部の弁当を積むのは無理なので、二回か三回に分けて配達してください。配達先はそこに」エグチさんが積んである弁当の上に載っているメモ帳を指さす。「名前と住所、簡単な手書きの地図が載ってます。なくさないでくださいね、新しい人が来るたびに使ってもらうものなので。湯崎さんに担当してもらう区域は判りやすいところばかりなので心配ないと思いますよ」

「はい、判りました」

「夕方の四時ぐらいまでに配達をしてもらえれば、途中どこで休憩しようが自由ですから。多分、初めて配達する人でも余裕だと思います。配達先がもし留守だったり応答がなかったりしたら、その場から私に連絡してください。携帯、お持ちですか」

「はい」と答えてポケットからスマホを出し、番号を交換した。配達先が独居老人ばかりなので、異変があれば即座に対応できるようにしておく必要があるのだろう。

「それと、配達先の方々が中に上がっていけと言ってきたり、お菓子をくれたりすることがちょいちょいあると思いますけど、五分か十分ぐらいはその相手をしてあげてもらえますか」

「は?」

普通の配達の仕事とは真逆の要請だったので、少し戸惑った。普通は仕事中に油を売っていたら叱られるだろうし、クビにする会社もあるだろう。

「配達するのは独居老人ばかりなので基本、話し相手がいない生活なんです。我々は、そういう方々に単にお弁当を届けるだけじゃなくて、体調などの様子を見ることや、話し相手になってあげることが重要な目的だと考えてますので」

「あー、なるほど。でも私、話し上手ではないというか、どちらかというと苦手な方なんですが、大丈夫でしょうかね」

「全然ですよ」エグチさんは笑って片手を振った。「話をしたがっているのは相手さんの方だから、湯崎さんはそれを聞いてあげて、質問されたことに適当に答えればいいだけです。心配要りません」

そういえばそうか。

配達に出る前に、押し入れの中を見せられ、宿泊するならここの布団を使っていいことや、運営予算の問題があるので浴室はシャワーのみ使用可、まかないは希望すれば三食用意する、などの説明を受けた。願ったり叶ったりなので弘司は何度も「ありがとうございます」と頭を下げた。


弘司の配達担当区域は市営団地とその周辺だった。配達先の約半分が市営団地の入居者だったので、あまり移動しなくていいわけで、場所に迷うこともない。確かに余裕でできそうだった。

聞いていたとおり、配達先のお年寄りたちは、ほとんど例外なく「あら、新人さんかね」とまず話しかけてきて、その場でしばらく立ち話をすることになった。相手が女性だと、中に上がってこたつに入るよう言ってくる人も少なからずいて、言われたとおりに上がらせてもらうと、飲み物や菓子が出てきた。飲み物はこちらに気を遣ってか、一人用の紙パック入りジュースを出してくれる人もいたが、熱い昆布茶を淹れてくれる人もいた。菓子も一口饅頭、ぬれせんべい、黒棒、干し柿など、いかにもという感じのものが多かった。

たいがい、老人の部屋に独特の匂いがした。弘司にとっては、かつての祖父の部屋の匂いでもあり、祖父が室内で飼っていた小型犬と遊んだ思い出を伴う匂いだった。

どの配達先でも似たようなことを聞かれた。弘司が何歳なのか、他に仕事はしてるのか、同居している家族はいるのか、出身地はどこなのかなどで、その後はそれぞれのお年寄りたちの身の上話や体調の話になった。男性の中にはバリバリ働いていた頃の自慢話をする人もおり、「それはすごいですねー」と感心した様子を心がけて相づちを打つと、「君も頑張れよ」と上から目線ではげまされたりした。

補聴器をつけている人、室内でも杖をつかなければ歩けない人もいた。丸くなった背中がもうまっすぐにはならないらしい女性は、こたつから出てキッチンに移動するだけでも大変そうだった。歩くときに歩行器を使う女性もいた。

数時間の配達仕事をしただけで、弘司はちょっとしたカルチャーショックを受けていた。どのお年寄りも弘司を歓迎してくれて、見送るときには「寒いところありがとうね」「風邪を引かないよう気をつけて」「寝るときには腹巻きをした方がいいよ」などと言葉をかけてくれた。背中が曲がった老女は「これで栄養のあるものを食べなさい」と小遣いを渡そうとしてきて、さすがにそれは遠慮したが、赤の他人にそんな気遣いをしてくれたこと、弁当を届けただけなのにこれほど歓迎してもらったことが驚きだった。

ラーメン屋をやっていたときは旨さと、注文を受けてすぐに出すこととがサービスのほとんどすべてだった。客の回転率が大事だったから、次々とやってくる客に次々と出して、次々と片付けるというオートメーションのような流れで、黙々と働くことが当たり前だった。客たちもラーメンを食べに来るのが目的であり、店主と世間話をしようとは思っていない。だから「いらっしゃーい」と出迎え、注文を聞いて、会計をし、「ありがとうございましたー、またお願いしまーす」と送り出す。判で押したような言葉しか口にしなかったし、いつの間にか客の顔もろくに見ないで接客するようになっていた。

これまでの自分の人生には、何か大切なものが欠落していたのかもしれない……。

夕方、他の配達スタッフたちと自己紹介し合った。弘司以外は全員二十代のようで、学生アルバイトの他、ずっと引きこもりだったけれど知り合いの紹介でこの仕事を始めたというおとなしそうな若者もいた。

エグチさんの名前は江口さんで、マザキのおばあちゃんは真崎ひかりという名前だということも知った。

まかない食は基本的に、弁当食材の余りものだった。しかし、ただの余りものではなかった。

筑前煮、アジの南蛮漬け、イワシのぬかみそ炊き、卵焼き、塩ゆでしたブロッコリー、小松菜のごま和え……どれも薄味なのに目を見張る旨さだった。イワシのぬかみそ炊きという料理を食べたのは初めてだったが、鮮度のいいイワシを使っているようで、魚臭さが全くなくて骨まで柔らかく、ぬかみその風味と山椒のピリッとくる刺激が絶妙で、いくらでも飯が進んだ。スーパーで買っていた半額シールの弁当とは全く別物だった。

後で判ったことだが、江口さんは夫婦で鮮魚仲卸業をやっていて、このＮＰＯ法人に新鮮な魚介類を安く融通してくれているとのことだった。野菜なども江口さんの知り合いの農家から仕入れているという。そして、弁当のおかずがどれも旨いのは、真崎ひかりさんから教わったレシピと手順に従って調理しているからだということを、江口さんから聞かされた。真崎ひかりさんは書道だけでなく、素朴な田舎料理限定であるものの、かなりの腕前なのだという。

午前中に弁当を作りに来るのは、六〜七人の五十代から六十代と思われるおばさんたちだった。江口さんから紹介されてみんなにあいさつをし、弘司も作業を手伝った。おばさんたちは手を動かしながら口も動かす。新顔の弘司は格好の話の的となり、いろいろと聞かれ、結局ラーメン屋をやっていたが潰れてしまったことも話す羽目になった。そのときにはさすがに気まずい間ができたが、おばさんの一人が「だから手際がいいのね。何か飲食関係の経験がありそうな人だって思ったもの」とフォローしてくれた。

真崎ひかりさんは毎日顔を出すわけではなく、人手が足りないときにだけ手伝いに来るとかで、弘司が配達の仕事を始めて四日が経っても、このNPO施設で再会することはなかった。その代わり、真崎ひかりさんにまつわる話を江口さんからいろいろと聞かせてもらった。

江口さんも空手の白壁氏と同様、子どもの頃に真崎ひかりさんの書道教室に通っており、当時からおいしいおにぎりやおかずを食べさせてもらったという。当時の江口さんは感情を抑えるのが苦手で、ケンカになるとすぐに手が出てしまったり、大声で怒鳴ったりするところがあったのだが、真崎ひかりさんはそれを叱ったりせず、書道教室に通う年下の子たちの面倒を見てくれてありがとうねと感謝の言葉をかけてくれ、手先が器用なところにも気づいて裁縫を教えてくれたりしたという。学校や家では叱られてばかりだった江口さんにとって真崎ひかりさんの書道教室は最も心安らぐ場となり、真崎ひかりさんにほめてもらいたくて、書道を習う日でなくても押しかけては、年下の子たちに宿題を教えてやったり取れたボタンをつけ直してあげたりした。そうするうちに江口さんの精神状態は安定して感情を抑えることができるようになり、自信がついたという。そんな話をした後、江口さんは「白壁さんとか、他にも真崎先生を今でも慕っている元生徒たちはいるけれど、一番気にかけてもらったのは私なのよね」と、どこか自慢げにつけ加えた。

インフルエンザで休んでいた配達のスタッフが復帰することとなり、弘司の臨時バイトは六日で終わりとなった。配達先のお年寄りたちに「私は臨時のバイトだったので申し訳ありませんが今日が最後になりました。短い間でしたがありがとうございました」と礼を言うと、「そうかい。残念だけど頑張れや」「生活は大丈夫？　うちの息子がやってる工務店を紹介しようか？」「無理して身体壊さんようにね」「親御さんたちにちゃんと連絡してるか？　せんといかんよ」などと声をかけてもらった。

最後の配達を終えて戻ると、江口さんだけでなく、真崎ひかりさんも来ていた。六日間の間にいろいろ話を聞いていただいたため、弘司は真っ先に「このたびはいい仕事をご紹介いただきまして、ありがとうございました。大変勉強になりました」と頭を下げた。真崎ひかりさんは「お礼を言うのは私の方ですよ。本当にありがとうございました」と頭を下げて返し、にこにこ顔を見せてくれた。

江口さんから「湯崎さん、短い間でしたけどありがとうございました」と六日分の給料が入った封筒を差し出され、「ああ、これはどうも」と表彰状みたいに両手で受け取った。

「ところで新しい仕事なんだけど」と今ではタメ口になった江口さんが当たり前のことのように続けた。「この近所にある小さなお寿司屋さんを手伝う気はない？　お寿司屋さんといっても鮮魚ものはもう扱ってなくて、穴子、玉子、シメサバ、タコ、稲荷ぐらいしか出してない、年寄り夫婦がやってるお店なのよ。給料は安いけれど、その代わり店の奥にある部屋で寝泊まりしてもいいって」

「あ、本当ですか」紹介されたのが寿司屋というのは意外だった。「具体的には、掃除とか洗い物とか、仕込みの手伝いとかになるんでしょうか」

「そうね。奥さんが肺炎になっちゃって、何日か前から入院されてるので、その代役を頼みたいってことみたい。店が忙しいわけじゃないけれど人手があればありがたいって。ですよね、真崎先生」

「そうね」と真崎ひかりさんがうなずいた。「ご夫婦の息子さんから、そう伺ってます」

「真崎先生が紹介してくれる方なら間違いないから、やっていただけるなら是非お願いしたいとおっしゃってるの」と江口さんがさらに続ける。「場合によっては近い将来、その方に店を任せて、自分は隠居してもいいって」

それは急すぎる。しかし真崎ひかりさんはきっと、弁当配達の仕事が終わるまでにあちこち当たってくれたに違いない。断ったりしたらバチが当たる。というより、この人とかかわっていれば何かちょっと素敵なことが起きそうだという気がする。

弘司は「ありがたいお話です。是非お願いします」ともう一度頭を下げた。


寿司屋は、NPO法人の施設から北に歩いて二百メートルほどの距離だが、ワンボックスカーを停めるスペースがあるかどうか確認できていないとのことだったので、まずは徒歩で真崎ひかりさんに案内してもらうことになった。真崎ひかりさんは八十代後半だと聞いているが、すたすたと歩く後ろ姿はとてもそうは見えなかった。

「真崎さん、いろいろとよくしていただいて、本当にありがとうございます」

横に並んでそう声をかけると、真崎ひかりさんは笑顔で片手を振った。

「人手を欲しがっているところに湯崎さんを紹介するだけなんですから、そんなに気を遣う必要はありませんよ。お礼を申し上げたいのはこちらの方なんだから」

「はあ……」

「お弁当の配達、どうでした？　お年寄りの話し相手は退屈だったかもって、江口さんと話してたんですけど」

「いいえ、勉強になりました。私は最近までラーメン屋をやってたんですけど、お客さんとはあんなふうに話をしたりはしませんでした。話し相手になっただけであんなに喜んでもらって、何ていうか、いい仕事をさせてもらったと思います。普通の弁当宅配だったら、こんな経験はできなかっただろうし」

「配達先の方々が喜んでくれたとしたら、湯崎さんの人柄のお陰でしょうね」

「いえいえ……」

この人からほめられると、お世辞だと判っていても、何だかもっとほめられるように頑張ろうという気分になってくる。周囲の人々も、知らず知らずのうちに彼女の不思議な魅力に引き込まれて、協力してしまうのだろう。

「ラーメンは、若い頃に何度か食べましたよ」と真崎さんは話題を変えた。「何十年も前ですけど、当時まだ生きていた夫に連れられて。あの頃は中華そばとか支那そばって呼ぶことが多くて。寒い冬の日は特に美味しくてねー。ほら、昔は暖房があまり効いてなくて、すきま風が入ってくるようなお店が多かったから」

「もし真崎さんからリクエストをいただいたら、いつでもお作りしますよ。あ……作る場所がないと駄目ですね」

「ご親切に、ありがとうございます」真崎ひかりさんは笑ってうなずいた。「でも年寄りにとってラーメン一杯は、ちょっと多くてね。残したりしたらもったいないし」

そういえばそうかもしれない。特にとんこつラーメンは年配者にとっては胃に重たいだろう。真崎ひかりさんに出すとすれば、鶏ガラスープで麺も半分ぐらいが適量かもしれない。

「じゃあ、麺類はあまり食べなくなっちゃいました？」

「そうですね、外食でうどんを食べることならありますけど。自宅ではたまに、にゅうめんを作ります。みそ汁用のお椀でいただけるぐらいの分量を」

「へえ、にゅうめんか」弘司の中で麺類のカテゴリーに素麺《そうめん》は入っていなかったので意外に感じたが、確かに高齢者にとっては食べやすい料理だろう。「にゅうめんのトッピングはどんなものを？」

「トッピン？」

「あ……にゅうめんの上には何か載せますか？」

「そうですね……カマボコ、薄切りした卵焼き、きざみネギ、小松菜、そんな感じでしょうか」

お椀から湯気を上げているそのさまを想像してみた。なかなか旨そうではある。飲んだ後のシメなんかにいいかもしれない。

車があまり通らない住宅街に入って行く。家が密集しているのは、古くからの住宅街だからだろう。新しい住宅街は、消防法だか建築基準法だかで、一定の距離を空けなければならないはずである。それらの民家に混じって見かけるいくつかの店舗も、閉店してしまったらしい写真館、古いタイプの理容店、薬屋、新聞の集配所などばかりだった。

角を曲がって現れたのは、〔さか寿司〕という看板を掲げた、民家とつながっている小さな店だった。横に数台分の駐車スペースがあるが、今は一台も停まっていない。引き戸横の壁に品書きのプレートが貼ってあり、〔穴子　シメサバ　玉子　タコ　助六〕とペンキ書きしてあるのは、ここは悪いけど生ものは扱ってないよという注意書きを兼ねているように思えた。

「大将の坂口さん、親切ないい方よ」と真崎ひかりさんが言った。「だから心配しないでね」

別に心配はしてなかったが、気性の荒いタイプの寿司屋店主というのがときどきいそうなイメージは確かにある。弘司は「真崎さんと同じぐらいのお年の方なんですか」と聞いてみた。

「年齢は知らないけど、私よりは少し下かしらね」

真崎ひかりさんはそう言ってから引き戸を開け、「ごめんください、真崎ですが」と中に声をかけた。

店内に明かりはついていたが、誰もいなかった。八席のカウンターと四人がけのテーブル一つだけの、本当に狭い店だった。弘司がやっていた〔まるかず〕よりもさらに座席数が少ない。

奥から「はいはい」としわがれた声で返事があり、和食用の調理服を着た小柄な老人が姿を見せた。身長が百五十ぐらいしかなさそうで、眉毛が真っ白、大きな両耳が印象的な人だった。『スター・ウォーズ』にこんなキャラクターがいた気がする。

「おお、あんたが湯崎さんかね」小柄な大将は笑ってうなずいた。「どうだい、こんな小さな店で、お客さんも近所の年寄りばっかりだけど、手伝ってもらえるとありがたいんだがね」

「はい、是非お願いします。お役に立てるよう、頑張りたいと思います」

「まあ、そんなに気負いなさんな。気楽にいこうや」

真崎ひかりさんの紹介だからなのか、大将は最初から安心しきっている感じだった。

その日は、大将から代金をもらって自分用の調理服を買いに行き、それから店内とトイレの掃除、食器や寿司桶を洗っただけで仕事は終わった。営業時間は午前十時から夜の八時までだが、基本的に客が少ないので暇な時間に調理の手順などを覚えて欲しい、とのことだった。

弘司にあてがわれた部屋は、店の奥にある畳敷きの三畳間で、押し入れに入っている布団を使ってくれと言われた。部屋にはちゃぶ台と座布団もある。ワンボックスカーを駐車スペースに停めておくことも許しが得られた。大将は「何もない部屋ですまんねえ」と申し訳なさそうに言ったが、テレビがなくてもスマホがあれば何とかなる。

その日の夕食は、カウンター席でひととおりのにぎりを食べさせてもらった。マグロやハマチ、ヒラメなどの新鮮なネタはないものの、丁寧に作られており、味はいい。大将によると、穴子、シメサバ、タコは、いずれも業者から蒸し穴子、真空パックのシメサバ、冷凍のゆでダコを仕入れるという手抜きだけれど、国産のまあまあいいやつを使っているとのことだった。とにかく鮮魚を扱うと食品ロスが出てたちまち赤字になるし早朝に買い出しをしなければならないから身体もきついと大将は言ったが、最後に「シャリはいい土鍋で炊いて、丁寧に握る。それだけはちゃんとやってる」とつけ加え、職人としてのプライドが垣間見えた。

実際、回転寿司などに較べて、食後にのどの渇きを覚えることがなかった。寿司酢もいいのを使っているからだろう。シャリをやや固めに握っているのは、「年寄りの客が箸でつまむと崩れて落っこちることが多いんでね」とのことだった。絶賛する味ではないにしても、飽きのこない、長く親しまれる味という印象だった。濃いめの緑茶も、いい茶葉を使っているようで甘さと渋みのバランスがいい。

夕食後、大将から「兄さん、風呂入れたから入んなよ」と声がかかった。「えっ、いいんですか」と尋ねると、「いいに決まってるじゃねえか」と苦笑された。奥に行こうとする大将の後ろ姿に向かって「じゃあ、風呂掃除は自分が毎日しますから」と言うと、姿が消えてから「そりゃありがたい、頼むわ」と返ってきた。

コンビニでパック入り焼酎を買って来て、お湯割りを飲みながら、朋子が別名義でやっているツイッターを眺めた。娘の朋美は、早くも補助輪なしの自転車に乗れるようになったけれど、今日は転んでしまって泣いたという。それでも自転車に乗ることはやめず、はらはらしながらも見守っている、とあった。

小さく映った、自転車を漕ぐ朋美の画像。弘司は「お父さんも頑張るから、朋子も朋美ももう少し頑張ってくれな」とつぶやいた。

店に来る客は昼と夕方に数人ずつしかおらず、出前の注文も週末で四〜五軒、平日はゼロの日もあった。ほとんどの客が近所のご老人たちで、店に来ると大将と世間話をしながら食べるので客の回転率がとにかく悪い。しかし昔からのなじみ客たちと、プロ野球や近所の出来事やそれぞれの体調の話、互いの家族の話などに応じる大将は楽しそうで、売り上げや収入とは別の豊かさがそこにはあった。お客さんたちは弘司にも気さくに「兄さん、一人もんなんだったら親戚の子を紹介してやろうか」「仕事は気楽にやるのが一番だよ。しゃかりきになって働いて身体を壊したら何にもならねえ。給料がいいところが見つかったからって、ここを辞めないでくれよな」などと話しかけてくれて、知り合いがいっぺんに増えた。ラーメン屋をやっていた頃には考えられないことである。

出前も、近所ばかりなので徒歩で届けるケースがほとんどだった。雨が降ったり寒くなると出前の注文が増えるのは、ご老人たちが外出したがらないからだろう。

真崎ひかりさんと江口さんの二人も一度、昼に食べに来てくれた。江口さんは真崎ひかりさんが好きで好きで仕方がないという感じで、鮮魚仲卸の仕事をしていたときの失敗談や夫がパチンコをやり過ぎているという不満、短大生の娘に彼氏ができないことなどを話し、真崎ひかりさんはそれをにこにこ笑って聞いていた。会計のときには案の定、江口さんが二人分を払うと言って聞かず、次に来るか出前を頼むときは真崎ひかりさんが払う、ということで決着したようだった。帰って行くとき、江口さんは真崎ひかりさんの片腕を抱きかかえるようにしてつかんでいた。私の先生は誰にも渡さないからね、という感じだった。

徐々に調理の仕事も任されるようになった。油揚げを甘く煮たり、玉子焼きを焼いたり、巻き簀《まきす》を使って太巻きを作ったりする手順を大将から仕込まれ、ほどなくして合格点をもらえるようになった。ただし大将からは何度となく「いいかい、作業に慣れちまうといつの間にか、こんなもんでいいだろうって油断ができる。それが一番よくねえんだ。丁寧にやる、心を込めてやるってことだけは忘れちゃいけねえよ」と釘を刺された。

大将が入院中の奥さんを訪ねるのについて行って、あいさつをさせてもらった。奥さんは大将と同様小柄で、白髪頭が乱れていてマスクをしていたのが少し不気味な印象だったが、「すみません、よろしくお願いします」と丁寧に頭を下げられて恐縮した。帰る途中、大将は「あいつはもともとおしゃべりでねー、こっちが一しゃべったら十しゃべりやがる。ちょっとは体調が悪い方が静かでいいんだよ」と言ったが、強がっている感じだった。本当は心配で、ちょっと寂しいに違いない。

大将の息子さんだという、スラックスの折り目がびしっと入ったスーツ姿の中年男性も一度店に来て、「父親がお世話になっております」とあいさつをされた。彼は百貨店の三根屋で地下食品売り場の責任者をしているとかで、「私も真崎先生には何かとお世話になってるんですよ」と切り出し、どういう関係なのかを話してくれた。それによると、真崎ひかりさんの息子さん夫婦は真崎商店という名称でぬかみそ炊きや南蛮漬けなどの惣菜を作っており、それを真空パックにしたものを地下売り場で販売している、とのことだった。美味しさが評判を呼んで売り上げが好調だけれど、品切れによる苦情が毎日のように寄せられるのが悩みのタネだという。彼も真崎ひかりさんには一目置いているようで「真崎先生ご推薦の方に店を手伝ってもらえるなんて、本当にありがたいことです。どうぞよろしくお願いします」と頭を下げた上で、「何か困ったことがあればいつでもご連絡を」と名刺を渡された。

寿司屋の手伝いを始めて二週間が経った二月上旬のある日、店じまいの作業をしているときにテーブル席で新聞を広げながらお茶をすすっていた大将から「兄さんはラーメン屋さんをやってたんだよな。いつかまたやるつもりなんだろ」と聞かれ、弘司は「いいえ、もうやるつもりはありません」と即答した。

「何でなんだい？」大将が新聞をたたんだ。

「毎日売り上げのことばかり考えて、心に余裕がなくなっていましたが、当時はそのことに気づけませんでした。ここで働かせてもらうようになって、何のためにあんなにしゃかりきになってやってたんだろうと今は思います。それに、結局は潰してしまいましたから。この店みたいに、近所のお客さんたちに親しまれて長く続けられる商売の方が、やりがいがあると思います」

「太く短くよりも、細く長くってことだな」

「そうですね。収入は生活ができればいい、それよりもお客さんたちが楽しそうにくつろいでくれるのがうれしくて、今は毎日充実しています」

「そうかい。実を言うと、俺ももう年だから店をたたんじまって、兄さんがラーメン屋をやりたいってのならここを貸すっていうのはどうだろうかって、ちらっと思ったんだ。でもその気がないなら余計なお世話だったな」

「あの、大将。せっかくの機会なので相談させていただきますが、ラーメンじゃなくて、ここでにゅうめんを出してみるというのはいかがでしょうか」

「にゅうめん？」大将は少し困惑した表情を見せた。

「お客さんは年配の方が中心なので、寿司にお椀入りのにゅうめんを添えたら、案外喜んでくれるんじゃないかと思いまして」

「ほう、にゅうめんか」大将は天井に視線を向けて腕組みをした。「確かにうちの寿司には合いそうだな。それに素麺だったら食ってもそんなに重たくないから年寄りでも入る」

「トッピングもカマボコか餅麩《もちふ》に刻みねぎぐらいでいいかと。メインの寿司がありますんで」

「うん、悪くねえな。兄さん、いつ頃そんなことを考えついたんだい」

「ちらっと思いついたのは、ここに来た初日です。真崎ひかりさんから、にゅうめんをときどき作って食べてるという話を聞いたタイミングで店の前に到着したもので、何となく頭の中で結びついたもので」

「よっしゃ、じゃあやってみようや。出汁《だし》作りは兄さんに任せるから、空き時間にいろいろ試してみりゃいい。原材料は店の経費で落としてやっから」

大将はさらに「兄さんは、黙って言われたことだけやってりゃいいっていう凡人じゃねえと思っていたらやっぱりだ」と言ってから、「真崎先生がわざわざ紹介してくれた人だからな。しかし、にゅうめんときたか」と笑ってうなずいた。

素麺は、旨さに定評がある高級品を選んだ。安物はすぐにふやけてしまうが、ちゃんとした素麺は、でき上がってから少々の時間が経過しても食感を維持してくれる。

問題は出汁だった。寿司に合う和風の出汁であることは当然であり、寿司と一緒に食べることを考えると薄味にした方がいいということまでは決めていたが、出汁の材料には迷いがあった。

数日間の試行錯誤を経て、かつお節と昆布とイリコを使ったスタンダードな出汁に薄口しょうゆを加えたものが、まあまあの仕上がりに思えた。大将からも「うん、いいんじゃねえか」と合格点をもらった。トッピングは紅白の薄切りカマボコ三切れと、きざみネギ、軟らかく煮た多めの白菜と小松菜。野菜がちゃんと入っていれば女性客も注文してくれるのではないかと思ったためである。カマボコを三切れにしたのは、偶数にすると「分かれる」のでお客さんとの縁がなくなることにつながると大将が言ったからだった。若い頃の弘司であれば、ただの言葉遊びじゃねえかと鼻で笑うところだが、それなりに人生経験を積んだ今では、縁起を担ぐということは、そうであって欲しいという気持ちの表れであり、心を込めることにつながるのだと捉えることができる。

にゅうめんは素麺半束分でお椀一杯分とし、穴子、シメサバ、タコ、玉子、稲荷、太巻きの六貫ににゅうめんを加えたものを「さかぐち膳」と名付けた。大将は「照れくさいよ、そりゃ」と渋ったが、実はまんざらでもなかったようで、弘司が「それでいきましょうよ」と一押しすると、笑って了解してくれた。

新メニューの写真をスマホで撮影し、連絡先を交換していた江口さんや名刺をもらっていた大将の息子さん、空手の白壁氏などに〔気が向いたら是非ご利用を。〕というコメントと共に送ったところ、翌日の昼にさっそく江口さんが真崎ひかりさんと腕を組んでやって来た。真崎ひかりさんは、にゅうめんは「美味しいわね」「お寿司の美味しさも引き立つ感じがするわね」ときれいに食べてくれたが、寿司の半分は「私にはちょっと多いから」と江口さんにあげた。

食べ終わった後、江口さんが「出汁はかつお節とイリコと昆布かしら」と言ってきた。さすが魚を扱っているだけあって、そちら方面の味覚は鋭いようである。

「ええ、ご名答です」

「丁寧に出汁を取ってて美味しいんだけど、これだと個性がちょっと足りない気がするのよね。寿司ににゅうめんというアイデアがいいだけに、もったいない」

「はあ」

「よそに簡単に真似をされちゃうでしょ、これだと」

「それはまあ、確かに」

隣の席で真崎ひかりさんはにこにこ笑っていた。

江口さんは「後でもっかい来るわね」と、謎めいた笑い方をした。

数時間後、再び店にやって来た江口さんが「よかったらこれ、使ってみてよ」と見せてきたのは、〔江口商店　海鮮出汁の素〕というラベルが貼られた細長いびんだった。

「海鮮出汁？」

「ラベルにも書いてあるけど、アサリ、ホタテ貝柱、タイの中骨、イリコ、カツオ節、昆布などを原料にした旨味出汁なのよ。原料の配合率とか製法は企業秘密だけど、上品な味で香りも豊かで、きっと気に入ってもらえると思うわよ」

「へえ」

「真崎先生の手料理が人気の惣菜として販売されるようになったことに触発されて、我が江口商店でも一般向けに何かやろうって夫婦で話し合った末に開発したのがこれなのよ。口幅《くちはば》ったいけれど、たくさんは作れないからレアものよ。だから誰にでも売るわけじゃなくて、私が気に入った人に限定しているの」

「そんな貴重なものを、いいんですか」

「何言ってるのよ。湯崎さんは真崎先生のご家族を助けた人だから、当然その権利はあるでしょ。これはあげるから、試してみて」

「はい、ありがとうございます。さっそく試させていただきます」

「じゃあ私は用事があるからこれで。もし気に入ったら、次からは注文してね」

江口さんは、どこかいたずらっぽい表情だった。

数分後、旨さにうならされた。この出汁に薄口しょうゆを合わせるだけで、にゅうめんのスープとして完璧だと思った。普通の和風出汁よりも味が立体的でしかも上品で、何よりもにぎりと一緒に食べると相乗作用でどちらもさらに旨くなることは間違いない。同じ味を店の厨房で作ろうと思えば、かなりの手間がかかるだろうし、実際問題として難しいだろうが、この海鮮出汁の素はお湯で溶くだけ。申し訳ないほどに簡単にできる上に、江口商店さんは少量しか作っていないというから、他店は真似ができない。

大将も「うむ、旨えなあ。豆腐を入れたこいつのおすましだけでも飯が進みそうだ」と目を見張った。


その日の陽が暮れた時間になって、白髪に鳥打ち帽をかぶった長身の年配男性が店にやって来た。白いとっくりセーターの上に黒い革のジャケット、黒い革手袋をして紙袋を提げていた。目つきに鋭さがあったため、「あなたが湯崎さんですか」と名前を言われたときには、もしかして闇金ではないかと身構えたが、彼は「真崎ひかりさんに教えられて、さかぐち膳を食べてみたくてね。一人前お願いします」とすぐにほおを緩めてカウンター席に腰を下ろしたので、胸をなで下ろした。

真崎ひかりさんの知り合いが次々に現れて、力になろうとしてくれる。いったいあの老女は何者なのだろうか。

「ああ、そうでしたか。それはありがとうございます。さかぐち膳一丁」

大将も「はいよ、さかぐち膳一丁」と応じて、握りを作り始めた。

さきほどまでいたご近所さんが帰って、客は男性だけだった。彼は店内を見回してから「いいお店ですね。常連のお客さんたちがほっとできる雰囲気が伝わってきます」とおせじめいたことを言った。

お茶を出しながら「真崎さんの、書道教室の生徒さんだったのですか」と聞いてみると、男性は革手袋を外してジャケットのポケットにしまいながら頭を横に小さく振った。

「私があの方と知り合いになったのは、ほんの半年ほど前です。あることがきっかけであの方とお会いした結果、自分のそれまでの生き方を反省させられました。いきなりこんな話をされても訳が判らないかもしれませんが」

男性は苦笑しながらお茶をすすった。確かにそれだけでは理解しづらい。

「私はもともとある商社を経営しておりました」と男性は続けた。「若いときはいわゆるモーレツ社員で、とにかく営業成績を上げることこそが企業戦士として正しいことだと信じてそれを実践し、順調に出世をして、ついには社長になることができました」

弘司は手を動かしながら「へえ、すごいですね」と素直な気持ちを口にした。

「しかし気がつけば、裸の王様になってました。会社の利益を優先するあまり、結果として誰かに迷惑をかけてしまったこと、社員たちのモチベーションに悪い影響を与えていたことに全く気づくことができず、最後は部下たちから追い出される形で会社を去ることになってしまいました。当時を振り返って一つ言えることは……目先の利益なんかよりも、長い目で見て、どこかで誰かがずっと喜んでくれるかどうか、そういう視点の大切さを判っていなかった、ということでしょうか」

「はあ」

「私はそこそこの規模の組織でトップに登り詰め、それなりの財産を手にすることができましたが、それ以外のほとんどを失いました。妻にも先立たれて家族はいない。仕事優先でやってきたせいで友人もほとんどおらず、かつての同僚や部下たちとも疎遠になりました。一方の真崎ひかりさんは私とは真逆で、昔の書道教室の生徒さんたちから今でも慕われて、料理の腕前で息子さん夫婦の商売や独居老人への弁当配達などのボランティア活動にもかかわって、計り知れない人脈を持っておられます。真崎ひかりさんの知り合いの一人に何か困ったことがあると、その人脈がたちまち動き出して解決してしまう。みんな、真崎ひかりさんの知り合いのためならと、進んで一肌脱いでくれる。恐ろしいぐらいの人脈です。おカネでは手に入らない財産です」

それなら判る。あの人の家族をたまたま助けたことがきっかけで、あれよあれよという間に、自分は今ここにいて、そこそこ楽しくやっている。弘司は「確かにすごい人ですね、あの方は」とうなずいた。

「とにかく私は、あの方との出会いによって人生が変わりました。今は、新しい商売を細々とやってますが、規模は格段に小さくても、以前と違って日々やりがいを感じてます。真崎ひかりさんから大切なことを教わったお陰ですよ」

少し興味を覚えたので弘司が「ちなみに、どういうご商売でしょうか」と尋ねてみると、男性は紙袋から真空パックの食材らしきものを出してカウンターの上に置いた。〔はさみ商店　リバーロブスター〕と印刷されてあった。リバーロブスターという単語に聞き覚えはなかったが、中身がエビのむき身のようなものであることは見た目で判った。

「リバーロブスターというエビですか」

「ええ、身を塩ゆでして、一口サイズにカットしたものを真空パックにして販売してるんです。実は今日お訪ねしたのは、これをにゅうめんのトッピング候補にご検討いただけないかと思いまして」

「ロブスターって、でかいハサミのある伊勢エビみたいなやつだよな」と大将が言った。

「親戚の結婚披露宴のときに食ったことがあるよ」

さかぐち膳が出来上がり、弘司は盆ごと「はい、お待ち」と男性の前に置いた。

「いただきます」男性は両手を合わせて軽く頭を下げてから、「できたら、ちょっとそれをご試食いただけませんか。そのまま食べられますので」と言い、真空パックを弘司の手に渡してから、寿司に箸を伸ばした。

「確かに寿司とにゅうめん、相性がいい」まずは穴子を食べた男性がにゅうめんをすすって言った。「寿司だけだとちょっと口の中がその味ばかりになって、のども渇いてくるけど、にゅうめんを間にはさむと単調じゃなくなる。寿司もにゅうめんも互いに持ち味を出して、これはいい。しかも、にゅうめんの出汁が実に旨い。これは一滴も残せないな」

大将と顔を見合わせた。「食ってみようや」と言われ、真空パックを開封して小皿に少し出し、二人でつまんで口に入れた。

エビの仲間だと思っていたが、ちょっと想像とは違っていた。食感は確かにエビだが、味はカニに近い。大将は「ほう、高級な味だな」と言った。

真空パックの裏側を見ると、〔原材料　国産ウチダザリガニ〕となっていた。

「ウチダザリガニ?」という弘司の言葉に、男性は「ええ」とうなずいて、かいつまんで説明をした。欧米では料理の食材としてよく知られているザリガニで、大きさはアメリカザリガニの約三倍、ハサミが大きくてシルエットがロブスターに似ているため、淡水域に生息するロブスターということで〔リバーロブスター〕という商品名をつけたという。

「これが国内で養殖されてるんですか」と尋ねると、かつて北米から北海道に移入されたものが川や湖沼で数を増やして在来種のニホンザリガニを脅《おびや》かしており、駆除を兼ねて新食材として販売している、とのことだった。

「へえ、こんなに旨いものが北海道では勝手に繁殖してるのかい」大将がさらにウチダザリガニをつまんで口に入れた。「カマボコよりもこいつを載っけた方が話題になりそうだな。味も申し分ない。にゅうめんの出汁との相性もいいことは間違いないだろう。もしかしたら太巻きの具材にしても面白いんじゃねえか？」

弘司も「ですね」とうなずいた。江口商店の海鮮出汁に、ウチダザリガニのトッピング。これで他店が絶対に真似できない、完璧なオリジナル料理になる。しかも、これならそこそこの話題を呼んで、お客さんを増やせるのではないか。

さらに男性は値段や配達方法について説明した。値段は贈答用の高級カマボコよりも安く、注文を受ければ五パック単位でその日のうちに配達するという。冷暗所に置けば三か月以上持つというのもありがたい。

食べ終わった男性は精算後、「さかぐち膳という美味しい料理に是非うちの食材をお仲間に。ご検討いただきますよう、どうかよろしくお願い致します」と頭を下げて名刺を差し出した。

〔株式会社はさみ商店　副社長　東郷丈志〕とあった。

その場で大将が「じゃあ明日、五つ持って来てよ」と言うと、男性は「ありがとうございます。では明日の朝一番に」と再び頭を下げてから、にたっと笑った。もともと自信があったらしい。

にゅうめんのトッピングがウチダザリガニとなった新しいさかぐち膳は、常連客のお年寄りたちにもなかなか好評で、「にゅうめんを倍の量にした単品メニューも作ってくれよ」とリクエストが出るほどだった。中には「ウチダザリガニ？　そんな怪しげなもん、食いたかないよ」と抵抗感を示す人もいたが、大将から「騙されたと思って食ってみなよ。それでもカマボコの方がいいってんなら、あんたに出すときだけカマボコにするから」と言われて仕方なくという態度で食べた後は、「確かに旨かったよ」と素直に負けを認めて帰って行った。出汁も一滴も残っていなかった。

新たに注文した〔江口商店　海鮮出汁の素〕を届けに来た江口さんにもにゅうめんを試食してもらったところ、「いいトッピングの具を見つけたわねー、野菜が多めなのもいいよ。さかぐち膳、知り合いに宣伝しまくるから、これからちょっと忙しくなるかもよ」と言われた。

江口さんの言葉はただの社交辞令ではなかった。まず翌日の午後には空手の白壁氏が、弟子だという体格のいいジャージ姿の若い男女五人を引き連れて来店して、さかぐち膳を注文してくれた。近くの市立体育館で女性を対象とした護身術教室を催した帰りだという。彼らは「あっ、旨い」「いろんな寿司とにゅうめんの組み合わせ、ちょっと得した気分っすね」「小腹が空いたときにちょうどいい量」などと言い合って食べ、最後は代金をまとめて払った白壁氏に「押忍、ごっつぁんです」と元気よく礼を言った。帰り際、白壁氏は小声で「何か困ったことがあったら本当にいつでも連絡してくださいね。また近いうちに来ます」と言ってくれた。彼らが去った直後は店内がやたらと広く感じられた。

それ以降、常連客の年配者に混じって、白壁氏の弟子だと思われる若者たちがちょいちょい来店してくれるようになった。会話の中に「押忍」が混じっていること、体格や引き締まった顔つきなどですぐにそれと判る。

大将の息子さん、坂口久良《ひさよし》さんも部下らしき男性を二人連れて、客として食べに来てくれた。にゅうめんを食べて目を見張り、仕事柄か、出汁やトッピングについて大将に質問し、〔江口商店　海鮮出汁の素〕のラベルや〔はさみ商店　リバーロブスター〕の裏表示をスマホで撮影して、「うちの地下食品街でも扱わせてもらえるよう、交渉してみよう」と言った。海鮮出汁は、江口さんが気に入った相手にしか販売しないと聞いているが、坂口さんの息子さんであれば優先的に融通してくれるだろう。

陽が暮れた後、スーツ姿のサラリーマンたちも徐々に来店するようになった。彼らはビールや酒と共に寿司を食べ、最後ににゅうめんを食べるパターンが多いようだったので、「にゅうめんは後で出しましょうか？」と確認するようになった。あるとき、何度かその時間帯に来てくれていたスーツ姿の中年男性に「お近くに勤め先があるんですか？」と尋ねてみると、「勤め先ではなく一人住まいのアパートがこの近くで、社長からここを勧められて食べてみたら美味しかったので」とのことだった。さらにそのお客さんと世間話をするうち、勤め先がケヤキ食品だと知った。知らない間にそこの社長さんが来店して味を知り、社内で宣伝してくれているらしい。

ある日、昼食で利用するお客さんたちが捌《は》けて一段落したときに、中年の男女がやって来て、さかぐち膳を注文した。手を動かしながら会話を聞くうちに、二人は夫婦らしいと判った。

二人はにゅうめんをすすって「あら、出汁が美味しい」「うん、高級料亭のおすましみたいな旨さだな」「野菜も多めでいいわね」などと言ってくれたので、弘司は「ありがとうございます」と礼を言った。何で出汁を取っているのかと夫人から聞かれたが、「すみません、企業秘密でして」と笑ってごまかした。ただしトッピングについて尋ねられたときにはそれがウチダザリガニだということや、北海道で獲れるということ、欧米では昔からレストランなどで食材にされていることなどを伝えた。

そういった話をしばらくした後、夫人から「お兄さんは、真崎ひかりさんと知り合いだと伺ったんだけど」と聞かれた。この夫婦も真崎ひかりさんの人脈の枝の一つらしい。

弘司は「ええ、あの方と知り合ったのは最近なんですが」と切り出して、ラーメン屋が潰れて新しい仕事を探していたときにたまたま真崎ひかりさんと知り合うことになった経緯や、その後ここでの仕事を紹介してもらったことなどをかいつまんで説明した。車中泊をしていたことまでは言う必要がないだろうと思い、そこは省いた。

「以前はラーメン屋さんだったって……」と夫人が目を丸くし、「もしかして……あっ」と弘司を指さした。「何て店だっけか」

「確か……」とご主人が視線を上にさまよわせてから「まる、何とか」

「まるかず、ですが」と弘司が言うと、二人は「そうそう」と声を合わせた。

「お兄さんを見たとき、どこかで見た人のような気がしてたのよね」と夫人が少し興奮した表情になった。「そうか、あのラーメン屋さんだったのね。私たち、去年の秋に食べに行ったことがあったのよ」

「あ、そうでしたか」

「こんな言い方をして申し訳ないけど、あのときはお兄さん、今とは別人みたいにぶすっとしてて」と夫人は続けた。「客の顔もろくに見ない感じだったわよ。ラーメンは美味しかったけど、店の雰囲気も何だか暗くて。だからお兄さんがあのときのラーメン屋さんだって、すぐには判らなかったわ」

「確かにあのときと今は感じが違うよね」と夫の男性もうなずいた。「今はお客さんの顔を見て笑顔であいさつをしてくれるし、話しかけられたら気さくに答えてくれる。ここでの仕事を楽しんでやってる感じが伝わってくるよ」

「それはお恥ずかしいところをお見せしました」弘司は後頭部に片手を当てた。「ラーメン屋というのは基本、お客さんとおしゃべりをするということがないもので。でも、あのときは愛想が悪すぎたと反省しています。せめて出迎えるときや見送るときは、心を込めて笑顔で対応すべきだったと思います」

その後は、その夫婦が真崎ひかりさんと知り合ったきっかけなどの話を聞くこととなった。真崎ひかりさんの孫娘は「私のおばあちゃんは魔法使い」と評しているが、それは決して誇張ではないと夫人は強調していた。真崎ひかりさんとの出会いがきっかけで夫人は長い間不仲だった妹さんと和解することができ、妹夫婦と一緒に新しい商売を始めることもできたのだという。スチームパンクという金属部品を使ったファッションについて弘司は知らなかったが、スマホで画像を見せてもらい、ああ、こういうやつかと合点がいった。確かに金属部品を作る工場と、革製品を扱うカバン工房が手を組めば、こういうファッションアイテムを生み出すことができる。

夫婦は最近、暇な時間ができたらちょいちょい二人でウォーキングをしており、今日はここをゴール地点に選んだ、とのことだった。帰り際に夫人は「これからは週一ぐらいで利用させてもらうわね。妹夫婦にも声をかけとく」と言ってくれた。

その日の閉店時間になって、白いダウンジャケット姿の江口さんが白い息を吐きながらやって来た。もう暖簾をしまってレジも閉めたが、江口さんを追い返すわけにはいかない。弘司が「いらっしゃい。さかぐち膳で?」と尋ねると、江口さんは「ううん、食べに来たんじゃないのよ」と片手を振り、「湯崎さん、もうすぐ誕生日だったよね。五日後でしょ。二月最後の金曜日」と言った。

何で知ってるのかとびっくりしたが、免許証をスマホで撮影されたことを思い出し、「ええ……」とうなずいた。

「奥さんと娘さんがいるのよね」

「はい」

「家族三人の写真画像、私のスマホに送ってよ」

「は? 何でですか?」

「いいから」江口さんはいたずらっ子のように笑いながら、ダウンジャケットのポケットからスマホを出した。「あなたの誕生日に、ちょっとしたプレゼントをさせてもらおうと思って。ほら早く送って」

「何ですか、それ」

「後で判るから。人の厚意は素直に受けなさい。ほら、四の五の言わずに送れっ」

大将が笑って「とっとと送りな」と言った。

何なんだ、いったい。弘司は困惑しながらスマホを取り出して、画像を選んだ。三人で公園に出かけたときに「かわいいお嬢ちゃんねー」と話しかけてきた年輩女性に頼んで撮ってもらった一枚。たまたまだが、三人ともいい感じに写っている。

それを江口さんのメールアドレスに送った。江口さんは確認し、「あら、かわいい娘さん。奥さんもきれいじゃないの」と言ってから「じゃあね」と具体的な説明を何もしないまま、帰って行った。

大将が「楽しみだな、誕生日」と言った。弘司自身は、江口さんに言われなかったら気づかないままだったかもしれない。

それにしても四十を過ぎて他人から誕生日に何かしてもらうことになるとは……。

その後もお客さんは徐々に増えてゆき、昼どきは狭い店が満員になる日もあった。といっても席数が席数なので、目が回るほど忙しいというわけでもない。ただし、そんなときに出前の注文が重なると、トイレに行く暇がなくなることもあり、それに備えて昼前に用を足しておくことが習慣になった。出前注文のほとんどは、さかぐち膳だった。少し離れたところから頼まれることもあったが、にゅうめんを運ぶのにあまり時間をかけるわけにはいかず、歩いて運べるご近所以外は丁重にお断りするしかなかった。しかしそれでも持って来て欲しい、にゅうめんが少しぐらい伸びてしまっても文句は言わないというお客さんもおり、そういうときはゆでる時間を短めにして、ワンボックスカーで届けた。にゅうめんがこぼれないよう、出前のときはお椀にラップをかけて輪ゴムで止める。ラーメンの出前でよく使われるやり方である。

お客さんが増えてきたのは、真崎ひかりさんの人脈ももちろんあるが、ネット上で評判が広がっているせいもあるようだった。実際、若めのお客さんからは「写真撮ってもいいですか」と聞かれることがちょいちょいある。スマホで検索してみたところ、さかぐち膳の写真画像がいくつか見つかり、〔六種類の寿司とにゅうめん、これまであるようでなかった組み合わせが絶妙。〕〔刺身ネタはないのに満足感は◎。〕〔にゅうめんの出汁がやたらとウマくてリピーターになってしまう。〕〔にゅうめんのトッピングがエビみたいなんだけどカニのような味がする。何という種類なんだろうか。〕といったコメントが添えられていた。中には店の外観を撮影した画像もあった。

そんなある日、昼過ぎの客が引いた時間帯に、カメラを肩から提げたスーツ姿の男性二人がやって来て、名刺を差し出した。地元の観光協会の職員で、さかぐち膳を春に発行する予定のグルメガイド本で紹介させて欲しい、とのことだった。大将は「いいよ。宣伝してもらえるのはありがたい」と了解し、さかぐち膳を二人前作った。彼らはさまざまな方向からそれを撮影してから食べ始め、「確かに合うね」「にゅうめんの出汁、聞いてた以上に旨いよ」などとぼそぼそ言い合いながらメモを取り、その後は店内の様子も撮影して引き上げて行った。グルメガイド本が出来上がったら二部送る、とのことだった。

その翌日の同じ時間帯には地元の新聞社の女性記者がやって来て、やはり取材させて欲しいと頼まれた。前日やって来た観光協会の人から聞いて、紙面の生活欄でも紹介したいという。大将が購読している新聞だった。女性記者から、さかぐち膳が生まれるに至ったエピソードについて尋ねられたので、年配の知り合い女性がにゅうめんをときどき作って食べていると聞いて、ご高齢の常連さんが多いことから、メニューに加えることを思いついたと話した。さらに弘司は名前を聞かれ、顔写真も撮りたいと頼まれたが「店の宣伝になることはありがたいのですが、個人的に目立つのは好きじゃないので」とそちらは断った。実名や顔写真が新聞に掲載されたら闇金の連中に気づかれるかもしれないからである。

とはいえ、そのときは白壁氏に連絡すればいいので、以前と違って弘司はその点についての不安感は、今ではほとんどなくなっていた。

その日は一段と寒さが増して、ときおり強い風が店の戸をがたがたさせた。

昼の仕事が一段落したところで、縁なしメガネをかけた若い女性がやって来て、「すみません、湯崎さんはいらっしゃいますか」と尋ねた。テーブル席にいた大将が新聞をたたみながら「いらっしゃい」と応じたが、弘司は客ではなさそうだと感じた。ベージュのウールコートに白いマフラー、ベージュのベレー帽という格好で、顔立ちは整っているが性格はおとなしそうな雰囲気の女性だった。

洗い物をしていた弘司は水を止めて「はい、私が湯崎ですが」と応じると、女性は控えめな笑みを見せながら、肩から提げていたショルダーバッグから大きな封筒を出した。

「江口さんから頼まれて持って来ました。お誕生日おめでとうございます。喜んでいただけるかどうか判りませんが、どうぞ」

「えっ」

中身が何なのか、さっぱり見当がつかなかった。受け取った封筒の中から出てきたのは一枚の色紙だった。ひっくり返した弘司は「わっ」と声を上げた。

モノクロの筆で描かれたイラストだった。朋美を抱いている弘司。横には朋子がぴったり寄り添っている。三人とも、特徴をよく捉えてほどよくデフォルメされており、こぼれるような笑顔だった。

江口さんが家族の写真画像を寄越せと言ったのは、このためだったのか。

自分みたいな人間を、こんなに気にかけてくれる人たちがいる……。

急に涙腺が緩んで、イラストがにじんで見えた。そのせいで朋子の顔が、ちょっと困ったような表情に見えた。

手の甲で目尻を拭い、「ありがとうございます。こんな素敵な誕生日プレゼントをいただけるとは思ってもみませんでした」と女性に頭を下げた。

「真崎さん宅のお嫁さんが自転車で転んで怪我をしたところを」と女性は言った。「湯崎さんが助けられたと伺ってます。真崎ひかりさんは私にとって恩人なので、その家族を助けてくださった方のためにこれぐらいのことをするのは、何でもありません。喜んでいただけて光栄です」

大将が覗き込んで「いいもんをもらったね。実は俺もこのお姉さんに描いてもらってるんだ、うちの奴と俺が並んでる絵。ご丁寧に後ろには店まで描かれてあってよ」と言った。

「えっ、そうなんすか?」

「ああ。息子が写真をこの人に見せて」と大将が女性を指さす。「俺が知らないところで頼みやがったんだよ。今はうちの奴に持たせてるんだけど、入院先のベッドの上でときどき引っ張り出して眺めてるよ」

女性が「その節はお世話になりました」と笑って会釈をした。

大将は弘司の方に向き直り、「誕生日祝い、俺からは後で吟醸酒をやるよ。もらいもんだけど、封は切ってないから」と笑った。

女性は、さかぐち膳を食べて帰りたいというので、カウンター席に座ってもらい、お茶を出した。大将が小声で「代金はもらわんでいいから」と言った。

にゅうめんを一口すすった女性は「ほんとだ、スープ美味しい」と顔をほころばせた。

さかぐち膳を食べながら女性は、真崎ひかりさんとどういう経緯で知り合ったかを話してくれた。彼女は鳥海結衣という名前で、中央町にある、今ではシャッター通りとなってしまっている商店街でCバードという小さな喫茶店をやっていたが、客の入りが悪いためにこのままでは近いうちにたたまなければならないと覚悟していたという。しかしそんなときに今は亡き祖父と幼なじみだったという真崎ひかりさんが訪ねて来たのをきっかけに店が確実に変わっていって……その具体的ないきさつを聞くうちに弘司は、真崎ひかりさんは確かに魔法使いだなと思った。

潰れそうだった喫茶店を持ち直させたことがすごいのではない。実際、鳥海さんの喫茶店は賑やかにはなったが、カネ持ちになれるほど稼ぎが増えたわけではないという。そんなことよりも、以前は自分に自信を持てなかったという鳥海さんが、お客さんたちが楽しそうに話したり、似顔絵を喜んでくれることにやりがいを感じるようになったことこそが、真崎ひかりさんの魔法なのだ。店の経営状態を改善させるだけなら、経営コンサルタントにでも頼めば何とかなるかもしれない。しかし行き詰まっていた人の表情を変えることは、魔法使いでないとできない。

鳥海さんは「代金はちゃんと払わせてください」と財布を出したが、「まあそうおっしゃらずに。素敵なイラストのお礼です」と言うと、近いうちにCバードでコーヒーをごちそうになる、という約束をすることで決着した。弘司自身、店内に飾ってあるという古銭や外国コイン、ジッポライターなどを見物したい気持ちがあったので、数日のうちに行ってみようと決めた。

お客さんがいない間に大将に断りを入れて、弘司は歩いて［小さな手］を訪ねたが、江口さんは不在だった。そこでイラストをスマホで撮影して、お礼の言葉と共に画像をメールしたところ、後で［お安いご用。実は真崎先生の発案でした。］と返ってきた。

その日の夜に弘司は、久しぶりのメールを朋子に送った。車上生活をしていて真崎ひかりさんと出会ったこと、彼女の紹介で弁当宅配の仕事にありついた後、今は小さな寿司店に住み込ませてもらって働いていること、真崎ひかりさんは大勢の人から慕われている不思議な人で、彼女の人脈のお陰でもう闇金を恐れる必要もなくなったこと、ラーメン屋をやっていた頃と違って今はいろんな人たちと知り合いになれて充実した時間を過ごせていること、カネを貯めて近いうちに必ず迎えに行くからもう少しだけ我慢して欲しいこと――。

そして、あのイラストの写真画像を添付した。

しばらくして、返信メールが届いた。

［よかったね。お誕生日おめでとう。四月に三人で朋美の誕生日を祝えたらいいね。こ

っちもドラッグストアのパート、頑張ってるよ。素敵なイラスト、早く本物を見たい。」

その日は遅くまで、素敵なイラストの色紙と、スマホに入っている朋子と朋美の写真を眺めながら、大将からもらった吟醸酒を飲んだ。旨い酒だった。

翌日の土曜日は朝から雪がちらつく寒さだった。空気が乾燥しているようで、路面に落ちた雪はすぐには溶けず、風に乗って再び舞い上がったり、くるくる回ったりしていた。

寒さのせいか、ご近所の常連客たちもこの日は来店する代わりに、さかぐち膳の出前注文が相次いだ。弘司は白い息を吐きながら、すべり止め付きの手袋をして寿司桶を運んだ。さかぐち膳一人前を運ぶ場合は、小さな寿司桶を二段にして、上の桶にラップを張ったにゅうめんを載せる形になる。二人前の場合は寿司桶が三段になり、最上段ににゅうめんを二つ載せる。このやり方だと、四人前までは一人で無理せず運ぶことができる。

お昼どきを過ぎて、弘司たちもまかないのさかぐち膳を食べ終わったところで出入り口の戸が開き、見覚えのある人物が顔を覗かせた。真崎ひかりさんちのお嫁さん、真崎夫人だった。「こんにちは」と言われ、「あ、これはどうも」と弘司は席を立った。

真崎夫人に続いて真崎ひかりさんも入って来た。さらに制服の上に通学用らしきコートを羽織った細面《ほそおもて》の女の子。寒さのせいかほおが少し赤い。

真崎夫人が「先日は、本当にありがとうございました」と頭を下げた。「お陰で怪我も、ほとんど消えました」と右の手のひらを見せる。絆創膏が小さなものになっていた。

「いいえ、とんでもない。私の方こそ、こんなにいい仕事を紹介していただいて。あと、真崎先生、色紙のイラスト、ありがとうございます。昨日、鳥海さんがわざわざ届けてくださいました」

弘司が恐縮しながら礼を言うと、真崎ひかりさんは「私は何もしてませんから、お礼なんていいんですよ。江口さんから相談されて、思いつきで提案させていただいただけだから。あらためまして、お誕生日おめでとうございます」

真崎ひかりさんが笑って言い、真崎夫人と女子高生が短く拍手をしてくれた。

「いえいえ、誕生日がおめでたい年じゃありませんから」弘司は苦笑いをして片手を振った。「それよりも、この仕事を紹介してもらえたこと、本当に感謝してます」

大将がカウンターの奥から「感謝してるのはこっちだって」と言った。「湯崎さんに来てもらえたお陰で、以前は閑古鳥が鳴いてたこの店が見違えるように繁盛するようになったんだからよ」

真崎ひかりさんが笑ってうなずいている。

真崎夫人はさらに「高校一年の、うちの娘です。さかぐち膳を食べたいと言うので、今日は三人でお邪魔しました」と言い、娘さんは「真崎ミツキと申します。母と祖母がお世話になってます」と笑って会釈をしてくれた。

三人は出入り口に近いテーブル席に座った。真崎ひかりさんはこの日も作務衣の上に白い割烹着、姉さんかぶりの手ぬぐいという格好である。最初見たときは違和感しかなかったが、今ではこの人はこうでなきゃいけないんだよなと思ってしまう。

さかぐち膳をミツキちゃんは「うわっ、スープの味、神」と形容し、真崎ひかりさんが「江口商店が作った特製の出汁を使ってるのよ」と解説した。ミツキちゃんはさらに「これが噂のウチダザリガニかぁー。あっ、オニ旨っ」と表現し、真崎夫人から「ミツキ、変な言い方やめなさい」とたしなめられていた。

食べながら真崎夫人から、今日は夫も一緒に来る予定だったけれど風邪で微熱があるので留守番をさせていること、本人はこれぐらい大丈夫だと言って来ようとしたけれど妻と娘であきらめさせたこと、大学一年生の息子がいるが県外でアパート生活をしていること、さかぐち膳のことを教えたら、春に帰省したら絶対に食べに行くと言っていることなどを聞かせてもらった。真崎ひかりさんは「コウイチさんは、いつ頃帰って来るのかしら」と聞き、真崎夫人は「もうすぐ期末試験が終わるから、早ければ来週にでも帰って来ると思いますけど、アルバイトの関係でちょっと遅れるかもしれないって本人が言ってました」と答えていた。コウイチというのが、真崎夫人の息子の名前らしい。

真崎ひかりさんは、にゅうめんは全部食べたが、寿司は三貫だけ食べて残り三貫をミツキちゃんに「私はもうおなかいっぱいだから食べてくれる?」と言って譲った。ミツキちゃんは「うん、頂戴」とうなずいてから、「えっ? 私の好きな穴子とシメサバくれるの? おばあちゃん、孫にそんなに気を遣わないでよ」と、ちょっと怒ったように言った。真崎ひかりさんは「手前から順番に食べたらそうなっただけなのよ」と笑っている。

食べ終えた真崎ひかりさんが席を立ってカウンターの方にやって来た。

「湯崎さん、実は折り入ってお願いがあるんですけど」

「はい、何でしょう」

心の中で、あなたの頼みごとであれば喜んで、とつけ加えた。

「実は再来週の水曜日のお昼前、公民館に近所のお年寄りを招いて、軽いお食事をふるまう催しをすることになってるの。人数は二十人から二十五人ぐらい」

後ろに座っている真崎夫人が「NPO法人の小さな手が、毎月一回、いくつかの公民館を移動しながらやってる催しなんです。来月はちょうど、すぐそこの公民館でやることになってて」と補足説明した。

「それで、厚かましいんだけれど、今度は湯崎さんに協力してもらって、にゅうめんを出したいと思ってて」

「ああ、そうですか。それは光栄なことです。是非やらせてください」

「できればにゅうめんを一人前ずつ、お出ししたいんですけど」

「つまり、店で出してるやつの倍の量ってことですか」

「はい。丼や調理器具は公民館にあるので、湯崎さんには材料の調達と、当日の陣頭指揮をお願いできれば、すごくありがたいんですけど」

再び真崎夫人が「材料費は、小さな手の予算からちゃんと出ますから」とつけ加えた。

「任せてください」弘司は自分の胸を手のひらで叩いた。「真崎さんや江口さんたちに恩返しができるのなら喜んで。大将、その時間だけ、いいですよね」

「ああ、もちろん」大将は笑ってうなずいた。「あんたの特製にゅうめん、みんなに宣伝してきな」

弘司は、自分のにゅうめんではない、みんなで作ったにゅうめんなのだと思った。ヒントは真崎ひかりさんがくれて、出汁は江口さんが、トッピングは東郷さんが提供してくれた。自分は思いつきを口にしただけだ。何よりその思いつきを後押ししてくれたのは、他ならぬ大将だ。

でも、自家製スープでラーメン屋をやっていたときよりも、不思議と達成感があった。なぜなのだろうか。

「湯崎さん、ありがとう」

真崎ひかりさんは目を細くして両手を差し出してきた。一瞬その意味するところが判らなかったが、あっと気づいてカウンター越しに右手を伸ばし、握手に応じた。小さくて、ちょっとかさついていたが、温かい手だった。

真崎ひかりさんらが帰るとき、弘司は外に出て見送った。駐車場に停まっていた赤いフィットの運転席に真崎夫人が座り、真崎ひかりさんとミツキちゃんは後部席に乗り込んだ。

雪が強くなっていた。路面は濡れているだけだったが、車やブロック塀の上などに、うっすらと白く積もり始めている。

車を出しかけたところで真崎夫人が窓を下ろし、「寒いからもういいですよ」と白い息を吐きながら言った。弘司は「はい、雪で視界が悪くなってきてますんで、気をつけてください。ライトを点けた方がいいかも」とうなずいたが、車が見えなくなるまで見送るつもりでいた。この家族は自分にとっては超VIPなのだ。

手を振って、遠ざかって行くテールランプを見つめた。雪のせいで、たちまちテールランプの二つの赤い点がぼやけてゆく。

車が角を曲がって消えたところで弘司は「うう、寒っ」と両腕で身体を抱えるようにして、ぶるっと震えた。

店に戻ろうとしたとき、車が去ったのと反対方向をふと見ると、少し先の路肩に人影らしきものがあった。

斜めに吹く雪のせいで見えにくかった。目をこらした。

大きな影と小さな影。徐々に近づいて来て、輪郭や色が見えてきた。

白っぽいコートに白いニット帽らしき女性と、赤いフード付きマントを着た女の子。

女の子は小さい。

向こうはまだこっちに気づいていない。しかし弘司には、それが朋子と朋美だとすぐに判った。二人はつないだ手を楽しげに振っている。

居場所と近況を知らせたら、我慢できずにもう会いに来てくれたのか。

確かに、あの人は魔法使いだ。間違いない。

弘司は、二人のどちらを先に抱きしめるべきか、ちょっと迷いながら、「おーい」と右手を全力で振った。

・この物語はフィクションです。
実在の人物、団体などには一切関係ありません。
・本書は双葉文庫のために書き下ろされました。

双葉文庫

や-26-07

ひかりの魔女《まじょ》

にゅうめんの巻《まき》

2019年5月19日　第1刷発行
2020年9月14日　第7刷発行

【著者】
山本甲士《やまもとこうし》

【発行者】
箕浦克史
【発行所】
株式会社双葉社
〒162-8540 東京都新宿区東五軒町3番28号
［電話］03-5261-4818(営業)　03-5261-4833(編集)
www.futabasha.co.jp（双葉社の書籍・コミックが買えます）
【印刷所】
三晃印刷株式会社
【製本所】
株式会社若林製本工場
【カバー印刷】
株式会社久栄社
【フォーマット・デザイン】
日下潤一

ISBN978-4-575-52220-4 C0193
Printed in Japan